U0730813

胡峄阳传说

HUYIYANG CHUANSHUO JUBENJI

剧本集

刘世洁 主编

中国海洋大学出版社
·青岛·

胡峄阳传说剧本集编辑委员会

■《胡影寻父》剧照

■ 《胡影寻父》剧照

■ 《胡峄阳求学》剧照

■《胡峄阳救即墨城》剧照

序

《胡峄阳传说剧本集》是根据先贤胡峄阳的行状和传说创作的戏剧剧本合集。

2008年，胡峄阳传说列入青岛市级非物质文化遗产名录。为了更好地传承和宣传胡峄阳事迹和传说，东流亭峄阳文化园在历史资料挖掘整理、文学创作、非遗产文化进校园等基础上，着手创作戏剧剧本，首部剧作《胡影寻父》，由知名剧作家于孝修先生创作完成，并于2011年排练演出。因戏剧情节依据人们耳熟能详的传说故事改编，演出后在当地受到肯定和欢迎。之后参加地方政府组织的惠民演出及社会演出，至2019年，已演出320余场次。演出中每当出现胡峄阳教儿子胡映藜捎话给乡亲们“大歉不歉，大乱不乱，千难万难，不离崂山”一节时，观众都会心欢笑，掌声不断。

2013年，于孝修创作了《胡峄阳求学》并搬上舞台，同年，“‘胡峄阳传说’唱响柳腔舞台”荣获“青岛市非物质文化遗产保护工作亮点事项”证书。嗣后，又创作了《胡峄阳救即墨城》及小戏剧《流亭赶山》《流亭观灯》，少儿舞台剧《快乐的莲花湾》《峄阳劝学》《美丽的白沙河》，在城阳各地演出。

于孝修先生是一位本乡本土的知名剧作家和小说作家。他所执笔创作的剧本作品，善于抓取所述时代的人情物态和社会风情，设置的戏剧矛盾结构顺畅，跌宕起伏，入情入理。人物语言平实简练，将人们熟知的历史典故和特定人物以鲜活的语言予以表达，用戏剧语言展示人物性格，既富含理趣，又通俗易懂，达到戏剧语言与观者的会心融情，使人物形象融汇于读者心中，塑造出持久不灭的人物形象。

在剧本创作过程中，孙振文先生、马立宪先生、周龚女士等贤达均参与其中，使剧作逐步完善。

峄阳文化的传承保护和发展，凝聚了社会各界人士的心血和努力。也正是各位仁人贤达的辛勤努力，助力了峄阳文化的传承保护和发展。胡峄阳传说于2014年列入国家级非物质文化遗产代表性项目名录，2017年，东流亭胡孝华先生被认定为国家级代表性传承人。同年，胡峄阳及其传说列为“青岛文化符号”。这是许多峄阳文化理论研究者，文学、美术、书法、工艺美术工作者以及社会各界人士通力合作和用心创作结出的硕果。

借此《胡峄阳传说剧本集》出版之机，谨向热爱峄阳文化事业的各界人士表示衷心的感谢和真诚的祝福！

柳西庵

2020年6月

目录

附录　于孝修剧本选集

胡影寻父

人　物　胡峰阳，良桐，流亭村人，被后人誉
为"活神仙"。

胡夫人，胡峰阳之妻。

胡　影，胡峰阳之子。

蒋清山，百福庵道长，胡峰阳至交。

第一场　投影怀胎

胡峰阳　（上台引子）月朗星稀柳如烟，流水
西去过窗前。

（坐台诗）良宵美景无心观，一桩心
事在眼前。明日要去千里岛，离别之
时口难言。

（白）我，胡峰阳，乃流亭人氏，只
因明日要去千里岛修行，远离家门，
归期不定，抛下贤妻一人，独守空房，
这便如何是好？罢了，我不免将夫人
请出，与她实言相告一番也就是了。

（喊）夫人，夫人哪——

〔胡夫人内应"来了！"素衣打扮急上。

胡夫人　夫君唤我，有什么事情，你就说吧。

胡峰阳　油灯昏暗，蚊虫叮咬，夫人还在飞针
走线，我……

胡夫人　（笑）看你忧心忡忡，欲言又止，不
知有何难言之隐。你我夫妻三载，有
什么心事尽管说来。

胡峰阳　（为难）夫人，我……明日就要离家

去往千里岛修行，这……

胡夫人　千里岛？您就去呗。一年四季，你我
聚少离多，这有何难？

胡峰阳　此一去，天各一方，不知何年何日归啊。

胡夫人　（思忖）千里岛……是在何处？

胡峰阳　（低沉）东海之滨，大海烟波飘渺之处。

胡夫人　（难舍之情）夫君。（偎在胡峰阳怀里，
两人拥在一起）

胡峰阳　（唱）此一别音信全无归期不定，
撇下你独守空门青灯孤影。
为胡家你含辛茹苦任劳怨，
想到此怎不让我心里沉重。

胡夫人　（接唱）同风雨共患难恩深情浓，
纵然是一百年我也久等。
只是三年来这香火无续，
糟糠妻愧对咱列祖列宗。

胡峰阳　夫人！

（唱）一番话泣鬼神天地动容，
有这样的贤妻我三生有幸。
抬头望，一轮明月照苍穹，
我何不投影怀胎她腹中。
从此后，教子读书相依为命，
也算是还了夫人儿女痴情。

（白）夫人，你过来看——

（接唱）咱家院里一眼井，
月色溶溶洒水中。
你我井畔并肩立，

一对身影看得清。

投影怀胎身有喜，

十月过后有诞生。

胡夫人　夫君所言，可是真的？

胡峰阳　并非虚言。你看——（双手挥舞如捧月，然后缓缓推向妻）夫人，你我的身影已经融为一体，腹中可有动静？

胡夫人　（捂腹含羞，感觉良久）

（唱）腹中一阵暖流涌，

筋骨舒畅耳目明。

想必是夫君的血脉传给我，

咱胡家后继有人香火旺盛。

胡峰阳　夫人所指，可是男儿？

胡夫人　（玩笑地）他在腹中又蹦又跳，不是男儿又是什么？

胡峰阳　（近前听，故意）可不是嘛，我也听到他在里面拳打脚踢，孩儿是想早些出来拜见他的爹娘。

胡夫人　（嗔怪）看把你急的，我的腹中还无动静呢。

胡峰阳　（难掩兴奋）呵呵，不急，不急。夫人哪！

（接唱）漫漫长夜有照应，

夫人不再受孤零。

孩子出世名胡影，

你可切记在心中。

胡夫人　胡影？

胡峰阳　胡影！这孩子投影怀胎所生，故起此名。

胡夫人　哦。真是一个绝妙的名字。

胡峰阳　夫人，看天色已晚，你可先回屋里歇息去吧。

胡夫人　夫君也早点安歇了吧。

胡峰阳　夫人先请，良桐随后就来。（陪夫人下，

返回）

（唱）明日离家要远行，

今晚彻夜心难平。

离别之苦不再有，

夫人又圆儿女梦。

人逢喜事精神爽，

庭院牡丹别样红。

回屋与妻诉衷肠，

月落星稀到三更。

〔胡峰阳下。

〔幕徐落。

第二场　别母寻父

〔十五年后。胡夫人上。

胡夫人　自打奴家投影怀胎，次年生下儿子胡影，屈指算来，到现在已整整十五个年头。孩子他爹远在千里岛修行，十五年父子还不曾相见。胡影懂事以后，整日哭着闹着要去寻父，今日就要赶路，为娘的实在是放心不下啊。

（唱）胡影自小在娘边，

一人从未离家园。

此去千里寻生父，

怎不让娘把心牵。

人家的孩子爹娘全，

只有我儿最可怜。

出门低头不言语，

众人面前他避得远。

白日无精打采神无主，

夜里醒来泪涟涟。

一心只想见他爹，

硬磨软缠将我来劝。

左思右想遂他愿，

天经地义父子一脉连。

（白）胡影儿快来呀——

〔胡影肩搭蓝花小包袱急上。

胡　影　来啦来啦。娘，您看一切都准备好了，孩儿该赶路了。

胡夫人　孩子，娘嘱咐的话，你都记下了？

胡　影　您都嘱咐多少回了，孩儿全都记下了，娘，您就放心吧。

胡夫人　嘱咐多少遍，娘也是放心不下啊！

胡　影　娘，您就在家里等着孩儿的好消息吧。

胡夫人　胡影，那把雨伞带上没有？雨淋日晒的，路上也好有个遮挡。

胡　影　碍手碍脚的，多不方便，孩儿不带。

胡夫人　娘给你烙的葱花油饼，你可全都带上了？

胡　影　娘啊！

　　　　（唱）娘的油饼喷喷香，
　　　　　　　包袱里面全带上。
　　　　　　　您老在家莫牵挂，
　　　　　　　孩儿长大有主张。
　　　　　　　寻父之心已长久，
　　　　　　　离弦之箭难阻挡。
　　　　　　　别过母亲三叩首，
　　　　　　　一路向东走远方！

〔胡影跪拜后急下。

胡夫人　（大喊）胡影，我的儿啊——

　　　　（唱）胡影一去揪心肠，
　　　　　　　吉凶祸福难料想。
　　　　　　　回身点上三炷香，
　　　　　　　保佑我儿遇难呈祥。

　　　　（白）孩子他爹，你可得保佑胡影平平安安，顺顺当当！

〔灯渐暗。

〔幕落。

第三场　遇难呈祥

〔几日后。

〔蒋清山手持拂尘上。

蒋清山　（唱）暗随胡影一路上，
　　　　　　　危难之时将他帮。
　　　　　　　千里寻父情似海，
　　　　　　　苍天不负好儿郎。

　　　　（白）贫道，蒋清山，江南进士。大明朝亡国后，来到崂山百福庵出家修行，与流亭胡峄阳是至朋好友。峄阳先生在千里岛修行已有十五个年头，他的儿子胡影要去千里岛寻他父亲，路途遥远，我且暗中将他护送。（下）

〔胡影疲惫上。

胡　影　（唱）翻过一岭又一岗，
　　　　　　　山高水险风雨狂。
　　　　　　　困了睡在草垛边，
　　　　　　　饿了野果充饥肠。
　　　　　　　紧咬牙关抬头看，
　　　　　　　海天一色迷茫茫。
　　　　　　　临行母亲对儿言，
　　　　　　　我爹修行在岛上，
　　　　　　　此岛名叫千里岛，
　　　　　　　东海深处把身藏。
　　　　　　　天涯海角路已断，
　　　　　　　不知我爹在何方？

　　　　（绕场。眺望，喊）爹，你在哪里？爹——你在哪里？

　　　　（唱）天不作声地不应，
　　　　　　　只闻海风呜呜响。
　　　　　　　双眼望穿心如焚，
　　　　　　　不见爹爹哭断肠。（晕厥倒地）

〔蒋清山急上。

蒋清山　（接唱）胡影昏厥好悲伤，

　　　　　　　　急步上前扶儿郎。（扶于臂弯）

　　　　　　　　胡影，胡影！

胡　影　（慢慢苏醒）您是……我爹？

蒋清山　我是你蒋老伯。

胡　影　（吃力站起，仔细端详，认出）啊！

　　　　（唱）眼前果然是道长，

　　　　　　　手持拂尘在身旁。

　　　　　　　又惊又喜又思量，

　　　　　　　为何相逢在异乡？

　　　　（白）蒋老伯，天涯茫茫，渺无人烟，

　　　　您如何在此？

蒋清山　呵呵，贫道闲云野鹤，飘游四方，有

　　　　哪里去不得呀？

胡　影　影儿思念爹爹，觉也睡不好，饭也吃

　　　　不下，这才说服母亲来到这天涯尽头

　　　　寻父。听我娘说，爹就在大海边的千

　　　　里岛修行，可这千里岛又在何处？

蒋清山　贤侄呀！

　　　　（唱）云遮雾盖千里岛，

　　　　　　　荒无人烟路迢迢。

　　　　　　　你无双翅不能飞，

　　　　　　　又无帆船把撸摇。

　　　　　　　身单力薄年纪小，

　　　　　　　如何才能渡上岛？

　　　　（故意地）你还是就此回头，回家孝

　　　　奉母亲去吧。

胡　影　（坚决地）不，纵然是身无双翅不能

　　　　像鸟儿一样飞翔，纵然是人迹罕至没

　　　　有渔船过往，我也要在此守候决不彷

　　　　徨。

蒋清山　风大浪涌，雨雪冰霜，在此守候岂能

　　　　久长？

胡　影　见不到家父，我誓不还乡！

　　　　（唱）胡影我心如铁志如钢，

　　　　　　　为父亲哪怕它地老天荒。

蒋清山　（接唱）好一个胡家少年郎，

　　　　　　　　且看我挥拂尘送他前往。

　　　　　　　　（挥拂尘）胡影，你看——

胡　影　（向远处眺望，惊喜）

　　　　（唱）一叶小舟从天降，

　　　　　　　孤帆远影乘风浪。

　　　　　　　莫道山穷水无路，

　　　　　　　柳暗花明又一庄。

蒋清山　侄儿呀，小小木舟已在眼前，快些上船，

　　　　见你爹爹去吧。

胡　影　（拱手）多谢蒋老伯。如此大恩，胡

　　　　影来日相报。

　　　　（唱）别道长乘帆船欣喜若狂，

　　　　　　　千里岛早已是心驰神往。

　　　　　　　再大的凶险岂能阻挡，

　　　　　　　勇往直前劈开这惊涛骇浪。

〔胡影划船绕场下。

〔幕徐徐落。

第四场　父子情深

〔千里岛。夜。

〔胡峰阳手捧经书上。

胡峰阳　（唱）夜深沉鸟入林皓月当空，

　　　　　　　千里岛似梦幻万籁无声。

　　　　　　　忆当年少壮罢试气冲牛斗，

　　　　　　　到如今霜染青丝荣辱不惊。

　　　　　　　形只影单孤岛修身十五载，

　　　　　　　潮起潮落惯看这秋月春风。

　　　　　　　夜深人静更思念故土亲人，

　　　　　　　我的贤妻与娇儿可否安生？

想起那离别夜心潮难平，

投影怀胎恍如还在昨夜中。

（白）我胡峄阳，在这千里岛修行已
经整整一十五个春秋，我儿胡影也该
有十五岁了。长得是像他娘亲，还是
像他爹爹，现在是个什么模样儿，都
无从知晓。想那胡影，自小到大还从
未见爹爹一面，小小心灵一定充满了
怨恨和伤痛。

（接唱）小胡影与母亲相依为命，

风里来雨里去忍辱负重。

别人家天伦之乐享亲情，

唯我儿无父呵护受欺凌。

远在这千里岛独享清静，

为人父怎不是愧疚丛生。

想到此，神魂不安心不宁，

唯有一声长叹对长空。

十五年，暑来寒往悠悠过，

不知我儿心里还念父子情。

〔内传胡影哭喊声：爹，您在哪里，爹，
快来救我！

胡峄阳　（唱）忽闻得哭喊一声声，

想必是有人遇险情。（绕场四眺）

海上突然起狂风，

浪高雨急云涛涌。

一条恶龙正作怪，

上下翻滚呈凶猛。

风口浪尖小木船，

时隐时现往前冲。

势单力薄一少年，

危在旦夕在抗争。

若不及时将他救，

必将命葬鱼腹中。

（大喊）后生莫慌，老夫来了！（扔

书卷急下）

〔灯转暗。

〔海浪撞击礁石的轰鸣声与人的拼喊声交
织在一起，隐隐传来。

〔灯转明。胡影跌跌撞撞上。

胡　影　（唱）波峰浪尖斗恶龙，

耗尽力气险丧命。

多亏老人来搭救，

胡影死里才逃生。

〔胡峄阳上。

胡峄阳　（唱）一老一少驱妖孽，

恶龙屈服逃回宫。（发现胡影，

两人绕场互视）

这少年英俊威武满含真情，

莫不是我的儿他气度不同。

胡　影　（唱）这老人面目慈善和蔼可敬，

莫不是我的爹他道骨仙风。

（慢慢靠近）老人家是？

胡峄阳　你是？

胡　影　我叫胡影，只身千里来孤岛寻父。

胡峄阳　你父？

胡　影　我爹叫胡峄阳，在这千里岛修行已有
十五个春秋。

胡峄阳　（强忍住）你爹他，在千里岛修行已
有十五个春秋，他抛儿弃妻，无情无义，
你为何不辞劳苦舍生忘死还来寻他？

胡　影　（深情地）老人家！

（唱）俺爹临行投个影，

母亲怀胎把我生。

十五年父子未相见，

苦熬岁月痴痴等。

盼爹爹，娘在村口天天望，

想爹爹，俺在梦里总哭醒。

一日不见爹爹面，

好比烈火烧我胸。

今日不远千里来寻父，

报答爹爹养育情！

胡峰阳　（抑制不住感情）胡影，我儿！（紧紧抱住胡影）

胡　影　（挣开，惊愕）您真是我爹？

胡峰阳　我就是你朝思暮想的爹爹呀！儿啊！

胡　影　爹——（扑向胡峰阳，两人相拥哭泣）

胡峰阳　（抚摸着）我儿，让爹好好看看你。

（唱）我的儿衣衫褴褛面容憔悴，

一路上一定是饱尝苦和累。

影儿呀，千里岛与家乡隔山断水，你如何，你如何跋山涉水来相会？

胡　影　爹啊！

（接唱）为爹爹胡影我无惧无畏，

山再高水再长百折不回。

多亏了蒋道长暗中跟随，

才得以与爹爹相依相偎。

爹爹呀，你在青石板上歇一会，

儿为你揉揉肩膀捶捶背。

（扶胡峰阳坐下，双膝跪地，接唱）

十五年孝心未尽自怨自悔，

今日了却了夙愿心里无愧。

胡峰阳　孩儿有如此孝道，老夫造化，老夫造化呀！（扶起胡影）

（唱）儿为爹揉肩又捶背，

十五年情未结千金难买回。

都说山高千仞大海深邃，

哪比得人世间血浓于水。

（白）影儿，你我父子相认，此乃人生一大幸事。十五年来，为父远在孤岛，爱莫能助，孩儿一定受了不少委屈。

胡　影　今日见了爹爹，那点委屈又算得什么。

爹，您就住这里呀，你看这石屋，断墙残壁的，夏不遮雨，冬不避寒，您还是早些回家去吧。

胡峰阳　儿呀，你爹孤岛修炼，必先苦其心志，劳其筋骨，饿其体肤，空乏其身，别的不曾想过。这小小石屋，虽夏不遮雨，冬不避寒，但有一处栖身之地，已是心满意足了。

胡　影　我就知道爹会这么说。爹呀，您在孤岛独自一人无依无靠的，这十五年是怎么过来的？

胡峰阳　呵呵，不说这些，不说这些。影儿，你母亲……可好？

胡　影　好。对了，爹，我娘还给你纳了一双布鞋。（打开包裹取出布鞋）

胡峰阳　（接过，看了又看）

（唱）见鞋如见夫人面，

捧在手不由得老泪涟涟。

一针针一线线痴心可鉴，

夫妻情父子爱海枯石烂。

莫说老夫无遗憾，

梦里几回在身边。

来日还乡再团圆，

重温旧梦花好月圆。

胡　影　爹，听娘说，您在家的时候，能耐可大了。

胡峰阳　（笑）那你学学，你娘是怎么说的。

胡　影　爹，您听着

（数板）爹的本领大如天，

能掐会算赛神仙。

分身种豆人称奇，

劝虎向善披肝胆。

惩恶扬善有智谋，

"搬搬躲躲"免水淹。

　　　　爹的故事说不尽，
　　　　人人敬仰美名传！

胡峄阳　儿呀！
　　　（唱）爹的本领不值谈，
　　　　才来这千里岛苦修炼。
　　　　做人要学松与竹，
　　　　高风亮节胸怀宽。
　　　　做事要讲诚与信，
　　　　德行高洁为圣贤。
　　　　我儿年少要勤奋，
　　　　莫等老大徒悲叹。
　　　　胡家美德要世代传，
　　　　做好儿郎志高远。

胡　影　（唱）爹的教诲拨我心弦，
　　　　字字句句记在心间。
　　　　自小立下鸿鹄志，
　　　　做一个顶天立地男子汉！

胡峄阳　哈哈哈，影儿，不愧是胡家血脉，有志气，有志向，将来必成有用之才！

胡　影　爹，您别夸我了。哦，我想起来了，我娘说，老家的人都想问问你，你有什么话要捎给乡亲们。

胡峄阳　有什么话捎给乡亲们？（想想）儿呀，还真有一句话要捎给乡亲们，你可要记住了，不可遗漏半句。

胡　影　爹，什么话您说吧。

胡峄阳　大歉不歉，大乱不乱，千难万难，不离崂山。

胡　影　大歉不歉，大乱不乱，千难万难，不离崂山？爹，这是什么意思啊？

胡峄阳　儿呀！
　　　（唱）崂山自古好山川，
　　　　神灵保佑永平安。
　　　　大涝之年它不涝，

　　　　大旱之年它不旱。
　　　　风调雨顺天遂人愿，
　　　　五谷丰登有吃穿。
　　　　烽烟四起兵祸连，
　　　　唯有崂山避祸端。
　　　　瘟疫杂症不敢侵犯，
　　　　台风来了也拐弯。
　　　　风水宝地人人羡。
　　　　家家户户太平年。
　　　　纵然有千难与万难，
　　　　千难万难不离崂山。
　　　（白）爹的话，你可记下了。

胡　影　爹的话，孩儿一字不漏全都记下了。回去后，我就原原本本说给俺娘听，让她告诉乡亲们。

胡峄阳　看东方破晓，日出云散，儿呀，你就在这里小住几日，歇息几天，待吃饱穿暖再回家也不迟。

胡　影　爹爹呀，孩儿的梦想已经实现，家中老娘还需照看。再说我在这也会耽误您修炼，孩儿还是早些回家去吧。

胡峄阳　也罢。儿呀，打开包袱，爹有几样东西让你捎回去。（胡影打开包袱，胡峄阳把豆芽、樱桃放进去）呵呵，只顾得豆芽、樱桃了，我再采几片柳树叶，你也一同捎回去。（抓来几片柳叶放入）

胡　影　爹，几片柳树叶子又有何用？

胡峄阳　影儿！
　　　（唱）一捧豆芽金灿灿，
　　　　捎回家去度饥寒。
　　　　你爹身上无他物，
　　　　只有豆芽表心愿。
　　　　一串樱桃红艳艳，
　　　　珍珠玛瑙它不换。

回家路上多艰难，
饥渴难耐它化甘泉。
几片柳叶不起眼，
放入水中活鱼现。
白沙河水清如镜，
仙胎鱼从此美名传。

胡　影　（跪拜）爹爹！（起身）
　　　　（唱）跪拜爹爹心潮翻，
　　　　　　　短暂相逢聚又散。
　　　　　　　爹爹呀，
　　　　　　　春日里来暖和天，
　　　　　　　白日长来夜里短；
　　　　　　　爹的年龄不饶人，
　　　　　　　少些熬夜多睡眠。
　　　　　　　夏日里来三伏天，
　　　　　　　赤日炎炎无遮拦；
　　　　　　　爹的身板不结实，
　　　　　　　当心中暑冒虚汗。
　　　　　　　秋日里来连阴天，
　　　　　　　凄风冷雨隔不断；
　　　　　　　爹要吃饱三顿饭，
　　　　　　　身子硬朗避伤寒。
　　　　　　　冬日里来冰雪天，
　　　　　　　万木凋零百花残；
　　　　　　　爹要备好雪中炭，
　　　　　　　出门不忘把衣添。
　　　　　　　春夏秋冬四季分，
　　　　　　　为儿只有一个心愿，
　　　　　　　爹爹早日回家来，
　　　　　　　让儿尽孝在身边。

胡峰阳　（唱）相逢难来别亦难，
　　　　　　　心如大海起波澜。
　　　　　　　我儿虽然年纪小，
　　　　　　　一字一句暖心间。

我儿呀，
山高水长终有尽，
骨肉相连情无限。
你娘在家翘首望，
快快赶路莫迟缓。

〔胡影绕场急下。

〔胡峰阳喊："影儿，影儿——"追下。

〔蒋清山持拂尘上。

蒋清山　（唱）一个跑来一个撵，
　　　　　　　一个哭来一个喊。
　　　　　　　人间一对真父子，
　　　　　　　留给后人成美谈。

〔胡影过场。

〔胡峰阳气喘吁吁上。

蒋清山　胡老弟莫追！

胡峰阳　不知道长在此，多谢一路护送，使我
　　　　父子平安相聚。

蒋清山　你我兄弟，何以言谢。胡影归心似箭，
　　　　你岂能追得上。贫道在此，你尽可宽心。

胡峰阳　多谢，多谢。

蒋清山　来日方长，待你大功告成，你我再叙
　　　　兄弟之谊。贫道暂且去了。

胡峰阳　蒋兄先行一步。

〔两人分头下。

〔幕落。

第五场　童心归路

〔几日后。

〔胡影上。

胡　影　（唱）骄阳当空口渴干，
　　　　　　　心中好似烈火煎。
　　　　　　　前不靠村后无店，
　　　　　　　哪有清溪润心田？

（白）哦，差点把我爹送的樱桃忘了。
（坐下，打开包袱吃樱桃）这樱桃甜中带酸，酸中带甜，又解渴又解馋。（发现豆芽）唉，我爹也真是的，送我一把樱桃路上解渴倒也罢了，还送我一捧豆芽……这些家常之物，我娘要是知道了，远路迢迢的就捎回这些东西，岂不数落我爹几句？干脆把它扔了，对，把它扔了，我走路身上还轻快。（扔豆芽）

（唱）吃罢樱桃力量添，
　　　脚下生风轻如燕。
　　　攀崖越水过险滩，
　　　归心似箭难阻拦。

（白）这是到夏庄地界了吧。到了夏庄地界，离俺家流亭就不远了。

（唱）挺挺胸，擦擦汗，
　　　迈开大步往家赶。
　　　哎，一条大河波浪翻，
　　　原来是白沙河就在眼前。

（白）我爹说，把柳树叶放水里就会变出活鱼，我倒要看看灵验不灵验。（将柳叶撒入河中，观望）咳，这哪里有什么仙胎鱼呀，柳树叶都被水冲走了。我爹是与孩儿说笑的，爹呀！（眺望）

（唱）我家住在河北岸，
　　　两棵白果遮炊烟。
　　　俺娘在家将儿盼，
　　　快快回去报平安。

〔胡影跑下。

〔幕落。

第六场　合家团圆

〔胡夫人上。

胡夫人　（唱）胡影寻父未回还，
　　　　　　　茶饭不思难入眠。
　　　　　　　门口再往远处看，
　　　　　　　不见踪影心不安。

（白）我儿胡影去千里岛寻父已经有些时日，他是见到了父亲，还是没见到父亲，是走得顺当，还是不顺当，是饿了，还是渴了，有个头痛脑热的，也没人照应，无音无信的，真让人担心哪。唉，这孩子走的时候，烙的油饼也没舍得全带上，当初就不该让他去哇！（胡影内喊："娘，娘——"跑上）啊，我儿回来了，我儿真的回来了？影儿——（母子相拥，互相打量）

胡　影　娘，影儿真的回来了。

胡夫人　（拭泪）真的回来了，好，好。快让娘好好看看。哟，黑了，瘦了，为娘心痛啊。

胡　影　几日不见，娘脸上添了不少皱纹，白发又多了，娘，儿子让您担惊受怕了。

胡夫人　我儿平安回来，娘悬着的心就放下了。影儿，快跟娘说说，见着了你爹没有？

胡　影　见着了。我爹让我告诉您，他一切都好，您不用挂念。

胡夫人　好，好，没事就好。儿啊，你爹可有什么东西捎回家来？

胡　影　（挠头）娘，还是给您实说了吧，俺爹就让儿捎回一捧豆芽菜，我把它扔半路上啦。

胡夫人　你扔了？

胡　影　扔了！（揭开包袱，抖落下一颗金豆，忙拾起）娘，您看这是什么？

胡夫人　（接过，一惊）金豆子？这是一颗金豆子！

胡　影　（大惊）金豆子？（用力抖包袱，再无）娘，原来那豆芽是金豆子！可我都把它扔山崖下面去了！爹，你怎么不早说呀！

胡夫人　影儿！

　　　　（唱）你爹一定有预见，
　　　　　　　豆芽成金在试探。
　　　　　　　你若全部带回家，
　　　　　　　豆芽断然不会变。
　　　　　　　剩下一颗告诉你，
　　　　　　　做人千万不能贪。
　　　　　　　要想得到财和富，
　　　　　　　还得自己流血汗。

〔蒋清山暗上。

蒋清山　（唱）此话虽然道理浅，
　　　　　　　要想做到难上难。
　　　　　　　且看身边多少人，
　　　　　　　贪心不足抱恨晚。
　　　　　　　夫人如此胸怀宽，
　　　　　　　天下须眉也汗颜。
　　　　　　　教子明理有承担，
　　　　　　　忠厚之家代代传。

　　　　（出，施礼）胡夫人，贫道特来贺喜。

胡夫人　（还礼）蒋道长来了，快快请进。不知蒋道长所言何喜？

蒋清山　胡影寻父，十五年父子相见，岂不是大喜？

胡夫人　原来道长早日知晓，是大喜，是大喜。

胡　影　娘，多亏了蒋道长一路暗中帮助，我和爹才得以相见。

胡夫人　原来如此，多谢蒋道长。

蒋清山　胡夫人，还有一喜你可知道？

胡夫人　还有一喜？

蒋清山　（袖里抽出一柳枝串的鱼）胡影，你看这是什么？

胡　影　（接过）是一条小鱼呗。

蒋清山　此鱼的名字，你可叫得出来？

胡　影　（摇头）这……

蒋清山　此鱼名曰仙胎鱼，你如何不记得呀？

胡　影　仙胎鱼？（惊喜）是我爹给的柳树叶变的？

蒋清山　对喽！胡夫人——

　　　　（唱）村前白沙河水蓝，
　　　　　　　不曾有鱼穿梭间。
　　　　　　　良桐采来柳枝叶，
　　　　　　　胡影放它水里面。
　　　　　　　柳叶化作仙胎鱼，
　　　　　　　成群结队游往返。
　　　　　　　浑身透明头尾尖，
　　　　　　　敢称世间第一鲜。

　　　　（大笑）哈哈哈……

胡夫人　还有这等奇事，那我得抽空去看看。

蒋清山　胡夫人，还有喜哪！

胡夫人　蒋道长，还有什么喜事你快把它都说出来。

蒋清山　（接唱）胡影寻父一路间，
　　　　　　　　好事一件接一件。
　　　　　　　　良桐一把红樱桃，
　　　　　　　　胡影路上作甘泉。
　　　　　　　　吐出的桃核发新芽，
　　　　　　　　风吹雨浇它连成片。
　　　　　　　　再等三年与五年，
　　　　　　　　秃岭变成花果山。

　　　　（白）胡夫人，你说这是不是喜上加喜？

胡夫人　是啊，是啊。这以后咱崂山的人就都有樱桃吃了。这还多亏了胡影的樱桃

核呢。（众笑）

胡　影　娘，看您说的，这叫有心栽花花不开，无心插柳柳成荫。

蒋清山　天意，天意。胡影，你爹嘱咐的话，你可记得？

胡夫人　是啊，娘让你问的话，你爹是怎么说的？

胡　影　记得可清楚了，我爹说，（学）大歉不歉，大乱不乱，千难万难，不离崂山！

胡夫人　哦，你爹说得对呀！

　　　　（唱）崂山自古好山川，

　　　　　　　神灵保佑世代平安。

　　　　　　　大歉不歉，大乱不乱，

　　　　　　　千难万难，不离崂山。

　　　　〔胡峰阳上。

合　唱　世上人，天上仙，

　　　　美名留芳三百年。

　　　　神奇故事唱不尽，

　　　　口耳相传到今天。

　　　　一代圣贤胡峰阳，

　　　　精神长存天地间。

　　　　盛名厚德垂青史，

　　　　留给后人世代传。

　　　　〔四人造型。

　　　　〔幕徐徐落。

　　　　〔剧终。

胡峄阳求学

人　物　胡峄阳，名良桐，字峄阳，流亭人氏。

　　　　贤　妹，江姓，胡峄阳未婚妻。

　　　　赵　硕，财主赵员外之子。

　　　　刘婆子，媒婆。

　　　　慧明大师，崂山慧炬院道长。

　　　　衙役甲、乙。

第一场　应试

〔清顺治十二年（1655年），阳春三月。

〔远处青山连绵，近处村落、官道。

〔幕启：胡峄阳内喊："走啊！"提书箱上。

胡峄阳　（唱）翻过一山又一岭，

　　　　　　　身插双翅脚步轻。

　　　　　　　阳光明媚风拂面，

　　　　　　　送我赶考奔前程。

　　　　　　　满腹经纶心里装，

　　　　　　　科举考场求功名。

　　　　　　　我曾在即墨县里考第一，

　　　　　　　我再到莱州府里去争雄。

　　　　　　　无边农田葱葱绿，

　　　　　　　莺语燕歌杨柳青。

　　　　　　　条条小河长流水，

　　　　　　　看不尽一路好光景。

　　　　（白）俺胡峄阳，今年一十六岁，即墨流亭人氏，十年寒窗苦读，今日去往莱州府考取功名。

　　　　（接唱）不学燕雀檐下飞，

　　　　　　　要做鲲鹏展雄风。

　　　　　　　功名利禄如草芥，

　　　　　　　忧国忧民济苍生！

〔胡峄阳昂首阔步下。

〔赵硕大大咧咧上。

赵　硕　啊哈！

　　　　（唱）赵硕我好福气，

　　　　　　　有个好爹无人比。

　　　　　　　想吃鸭，他买鸭，

　　　　　　　想吃鸡，他买鸡，

　　　　　　　俺要有个不愿意，

　　　　　　　摁住老爹当马骑。

　　　　　　　胡峄阳与俺是同乡，

　　　　　　　提起他来就生气。

　　　　　　　我看上贤妹睡不着觉，

　　　　　　　他说贤妹是他妻。

　　　　　　　这次府里开考场，

　　　　　　　俺爹早把银子递。

　　　　　　　定叫他竹篮打水一场空，

　　　　　　　水中捞月空欢喜。

　　　　（白）胡峄阳，你和我作对，那是疤瘌眼照镜子，自找难看！哈哈！

〔赵硕得意下。

〔幕落。

第二场　罢试

〔翌日，临考前。

〔考院门外。

〔幕启：衙役甲、乙各持棍棒上。

衙役甲　领了知府命，把守考院厅。

衙役乙　有钱门前过，无钱路不通。

〔甲、乙分列两旁。

二衙役　（高喊）时辰已到，考生进场啦！

〔胡峄阳挺胸抬头大步走上。

胡峄阳　（唱）听得门官一声喊，
　　　　　　　　整衣弹冠进考院。
　　　　　　　　拔得头筹遂我愿，
　　　　　　　　安民兴邦宏图展。

衙役甲　你是干什么的？

胡峄阳　即墨县胡峄阳前来应试。

衙役甲　噢！你就是人称神童的胡峄阳？

胡峄阳　神童不敢当，正是小生。

衙役乙　（端详）我看你也没长三头六臂，还说是什么神童！（对甲）这不长得和你我一样吗？（两人讥笑）

衙役甲　（伸手）拿来！

胡峄阳　什么？

衙役甲　银子。

胡峄阳　银子，什么银子？

门官乙　连这都不懂，纯粹傻帽一个。（近前低声）这是规矩，没银子你来考什么？

胡峄阳　噢！进考场还要收银子？我一介穷书生，身上仅有数日盘缠，哪有多余银两？

门官甲　这是莱州府不是即墨县，若无银子快快走开！

胡峄阳　读书人言谨行方，考院是为国选才纳贤的场所，为何还要银两？望二位多行方便！

门官乙　别文绉绉的了。要不，这样吧。（对甲示意）他这件长衫也值几两银子，扒下来算了，正好看看他身上藏没藏着猫腻。（指考题）

门官甲　嗯，把长衫脱了！

胡峄阳　两位大人，小生乃读书达理之人，岂能在这光天化日之下脱衣解带！

门官乙　别假装正人君子，脱！

门官甲　脱！（欲上前动手）

胡峄阳　慢！（一把甩开）真是岂有此理！
　　　　（唱）未进考场急难当，
　　　　　　　　脱衣搜身好荒唐。
　　　　　　　　考场为国选栋梁，
　　　　　　　　却把士子当钱庄。
　　　　　　　　似这样的狗官府，
　　　　　　　　怎能为国选贤良？
　　　　　　　　小生自幼秉性刚，
　　　　　　　　蒙羞受辱刺胸膛。
　　　　　　　　心头怒火高千丈，
　　　　　　　　罢考还乡种农桑！
　　　　（义愤填膺）无耻小人！私行勒索，光天化日之下还要扒衣羞辱，天理何在！公道何存！

门官甲　天理？公道？给你明说了吧，早有人施了银子，你今天休想踏进考场半步！哈哈哈……

胡峄阳　卑鄙！无耻！

〔胡峄阳怒下。

〔幕急落。

第三场　拜师

〔紧接前场。

〔莱州府外，凉亭。

〔幕启：赵硕幸灾乐祸上。

赵 硕 （唱）蜘蛛生来会拉网，

马蜂天性把人伤。

胡峰阳稀里糊涂上了当，

再大的抱负泡了汤。

泡了汤，喜洋洋，

江贤妹，回去俺俩配成双。

配成双，结鸳鸯，

吹吹打打进洞房，

进洞房，抱上床，

亲亲热热到天亮。

（傻笑）嘿嘿哈哈，嘿嘿哈哈！胡峰阳啊胡峰阳，这就叫（拖长腔）龙游浅滩遭虾戏，虎落平阳被犬欺。哼，和我赵硕斗，你还差了点！

〔胡峰阳愤愤不平地上。

〔两人照面，同时愣住。

胡峰阳 赵硕，你为何在此？

赵 硕 （支吾）哦，我，我要到二姨家走亲戚去。胡贤弟！你不是去应试了吗？怎么，这么快就考试完了？

胡峰阳 （余怒未消）狗衙役，不知受何人指使，向我索取入场银子，还要当众扒衣羞辱，一怒之下，我便拂袖而去。

赵 硕 （窃喜）噢，这些狗官，真是欺人太甚！要是我赵硕碰上，非把他们（比画）一个个打趴下不可。（故意试探）不过，你名落孙山，就这样空手而回，就不怕贤妹她……

胡峰阳 怕她什么？

赵 硕 怕她……就此与你分手，成为别人的娇妻。如是这样，贤弟可就惨了。

胡峰阳 （摇头）不会，不会。

赵 硕 贤弟，不瞒你说，我可是听西村刘媒婆亲口说过，这一回您要是功不成名不就，她就要和你——（手砍）咔嚓！一刀两断！

胡峰阳 一派胡言！

（唱）十六年与贤妹朝暮相伴，

同学习同劳动携手并肩。

喝的一井水，共挑一副担，

两颗苦瓜一藤相连。

虽然是苦岁月无边无岸，

风雨中心不改意志更坚。

多少回花前月下倾诉真情，

多少次柳溪旁边鼓励共勉。

贞洁的爱情美如霞，

深厚的友谊重如山。

贤妹她重信义，品行端，淡富贵，

鄙官权，疾恶如仇，正气凛然，

她是我人生路上好伙伴！

恨只恨，流言蜚语挑拨离间，

不由得怒火中烧气冲丹田！

贤妹呀，胡峰阳家虽贫，少田产，

无功名，缺官衔，

唯有一颗炽热的心日月可鉴！

赵 硕 哎哟哎，感动的我泪珠子都要掉下来了。（旁白）他还在做美梦呐。（近前）胡贤弟，你呀，这是烧火棍子一头热，你的心不变，可是贤妹的心肯定变了。

（唱）都说女大十八变，

此话绝非是虚传。

贤妹见你落了榜，

肯定变心把脸翻。

哪个不想攀富贵？

哪个甘心受苦难？

有权有势头高抬，

无权无势腰折弯。

说什么山盟海誓不分离，

大难临头各自散。

贤弟你听我一句劝，

往后莫与贤妹再纠缠。

她花容月貌富贵命，

怎能与你配姻缘！

胡峰阳　（怒）休得胡说！我和贤妹青梅竹马，两小无猜，岂能容你在此恶语中伤，分明是你不怀好意，图谋不轨！我来问你，你想在贤妹身上打什么鬼主意？

赵　硕　（假装委屈）贤弟呀，你可冤死我了。（摆出一副高傲姿态）就是贤妹想高攀我，我也不要，她跪地求我，我还是不要！（旁白）谁不想要啊？我做梦都想着呢。

〔慧明道长持拂尘上。

慧道长　二位公子，不知何事如此雅兴？

赵　硕　你这个老道士，我们说话，你凑什么热闹？胡贤弟，你们说着，我去我二姨家了，咱们后会有期。（下）

胡峰阳　（躬身施礼）大师，请多多包涵，晚生失礼了。您是？

慧道长　我乃崂山慧炬院慧明道长。我看你面容憔悴，莫非你是前来应试的童生？

胡峰阳　晚生正是。

慧道长　既是应试，开考已经开始，却又为何在此？

胡峰阳　大师有所不知。晚生前去应试，不料看守的衙役百般刁难，索取银两不说，还要脱衣搜身，晚生不堪羞辱，决意罢考还乡。

慧道长　公子一时冲动，怒罢考场，现在想来可有悔意？

胡峰阳　朝廷昏庸，官场黑暗，胡峰阳指天发誓，从今往后决不踏入仕途半步，永不为官！

慧道长　你叫什么名字？

胡峰阳　晚生胡峰阳，名良桐，即墨流亭人氏。

慧道长　（点点头）我知道了，你父亲是胡际泰。

胡峰阳　正是家父名讳，只是老人家前些年已经过世，剩下我与老母相依为命。哦，大师，你如何知晓家父名讳？

慧道长　呵呵，贫道游走四方，只是听说而已。公子，方才那位公子姓甚名谁，哪里人氏？

胡峰阳　与我邻村，姓赵名硕，赵员外之子。

慧道长　（似有所悟）噢，原来是赵员外的公子。

胡峰阳　大师，晚生归家心切，先行告辞。

慧道长　公子留步，贫道有几句话相送，不知可否听听？

胡峰阳　请大师赐教。

慧道长　（唱）小良桐青春年少意气刚，

几句话说与你记在心上。

虽说是朗朗乾坤日月光，

还须防阴暗的角落起风浪。

你涉世不深心地坦荡，

哪知道世间的险恶似虎狼。

做人不卑又不亢，

谨慎处事细思量。

心胸宽阔有理想，

人生路上不迷航。

胡家的美德要发扬，

做一个品行高洁的好儿郎！

胡峰阳　（施礼）多谢大师教诲。

慧大师　（接唱）慧炬院名人常来往，

留下了锦绣好诗章。

四方的学子慕名来，

同学同游读寒窗。

潜心修道求真理，

圣贤大道传四方。

我有意收你为弟子，

不知公子有何想？

胡峰阳　承蒙大师不弃，良桐正有此意，从今往后愿追随师父学艺求道。

慧大师　你天庭饱满，地阁方圆，眉宇间透出超凡脱俗之相，只要刻苦用功，将来必是一位济世安民的良才奇人。

胡峰阳　大师过奖，弟子恕不敢当。师父在上，先受弟子一拜！

慧大师　不拜也罢！

胡峰阳　拜下去了！师父，待我回家告知母亲和贤妹，几日即可上山。

慧大师　哈哈哈哈……

〔师徒道别分头下。

〔幕徐徐落。

第四场　求学

〔几日后。

〔村口桥头。溪水潺潺，岸柳成行。

〔幕启：贤妹在翘首张望。

贤　妹　（唱）溪水暖远山青春光融融，

蝴蝶飞喜鹊叫燕语声声。

峰阳哥赶考回家来，

约好了小桥边久别重逢。

临行前峰阳哥誓言铮铮，

莱州府去应试金榜题名。

一别就是十五天，

俺在家等消息忧心忡忡。

担心他远路风程受饥寒，

又怕他一人在外多孤零。

贤妹我虽未娶进胡家门，

与哥哥早有婚约父母命。

在家的时候觉不出，

分别才觉得心里疼。

哎哟哟，还没见着他人影，

怎么一阵阵心跳脸红。

（白）小女，江贤妹，年方一十六岁，自幼与邻家胡峰阳哥哥青梅竹马，一起长大。三年前我家爹娘相继去世，临终前将我托付给胡家照料，并许配峰阳哥为妻。今儿一大早他捎来口信，约好在村口桥头会面，一定是报喜来了。

〔赵硕提一礼盒上。

赵　硕　（唱）吃不下，睡不香，

江贤妹让我想断肠。

今日去请刘媒婆，

牵线搭桥当红娘。

（发现贤妹，大喜）贤妹！贤妹！

贤　妹　（装作不认识）你是……？

赵　硕　我是赵硕！俺爹是即墨南乡有名的大财主赵员外。

贤　妹　哦，你就是赵老虎的儿子。

赵　硕　怎么说话呢，那是穷光蛋给俺爹起的外号。哟，今天打扮得真漂亮，在这等我呀？

贤　妹　又不认识，谁等你？

赵　硕　你是在等胡峰阳吧？这一回胡峰阳可丢大人了。

贤　妹　休要胡说八道。

赵　硕　谁胡说了。嘿嘿，他呀，去莱州府应试，灰头土脸回来喽。

贤　妹　你的话，我才不信。

赵　硕　不信？你听我说了！

（唱）胡峰阳人小鬼点子多，

考场作弊让人识破，

监考官把他轰出门，
今后不准再登科。

贤　妹　真的假的？

赵　硕　（唱）俺从来不会说假话，
要说假话遭雷打。

贤　妹　（信以为真）哎哟，羞死人了！
（唱）哥哥作弊不应当，
羞的我无处躲也无处藏。
你求取功名心迫切，
也不该投机取巧弄伎俩。

赵　硕　（唱）妹妹不要把心伤，
从此与他断来往。
你看你，模样俊，
我看我，身子胖，
郎才女貌结成双，
欢欢喜喜去拜堂。

贤　妹　你个二不溜子，让我嫁给你，痴心妄想！

赵　硕　（嬉皮笑脸）嘿嘿，俺俩比比，你说我是不是长颈鹿进马圈，比他高出那么一头？你跟他还不得受一辈子穷。

贤　妹　穷也愿意！你走，你走！

赵　硕　妹妹一发火，模样更好看，我的小美人。
（上前拉扯调戏，贤妹极力躲避）
〔胡峄阳背包裹上。

胡峄阳　贤妹！贤妹！你们在干什么？

贤　妹　（欲上前，又赌气坐回石凳）哼！

赵　硕　贤弟，咱们又见面了。贤妹她，她生你的气了。

胡峄阳　生我气？赵硕，你来这里干什么？

赵　硕　（示意礼盒）哦，我去看看干娘，路过这里，看到贤妹生气，就过来劝劝她。（耳语）她呀，要和你（手砍）咔嚓，一刀两断。我先走了，妹妹呀，不用送，我走了。（尴尬退下）

胡峄阳　贤妹，你听赵硕说什么了？

贤　妹　哼！你！
（唱）考场作弊脸丢尽，
让人轰出考场的门。
满心欢喜把你盼，
谁知你是这样的人！

胡峄阳　（一惊）考场作弊？（稍顿）一定是赵硕胡说八道！贤妹呀——
（唱）谗言秽语莫轻信，
胡峄阳不是那样的人。
仕途功名如浮云，
人格尊严牢记在心。
他赵硕施诡计用意不纯，
你可要多提防处处留神。

贤　妹　（转忧为喜）我就说嘛，哥哥不是那样的人，我怎么能听信赵硕的鬼话。胡大哥，这么说，你榜上有名了？

胡峄阳　（沮丧地）没有。

贤　妹　没有？那又是怎么回事啊？

胡峄阳　贤妹哪！
（唱）进了莱州考院旁，
门监衙役站两厢。
手持刀棍如凶煞，
耀武扬威似虎狼。
伸手便把银子要，
无钱便要扒衣裳。
哥我无端受侮辱，
一怒之下回家乡。

贤　妹　（唱）哥哥做事太鲁莽，
一怒罢考欠思量。
为了追求你梦想，
受点委屈又何妨？

胡峄阳　（唱）峄阳自幼读诗章，
出语严谨行端方。

从不做那亏心事，
岂能俯首做顺羊。
世上事业千百行，
行行都出状元郎。
只要一心求专一，
同样治家安国邦。
今日与你来道别，
慧炬院里把师访。

贤　妹　哥哥要去慧炬院？

胡峰阳　莱州府巧遇慧明大师，他答应收我为徒。我与母亲商量好了，我走后，你就搬过去住，母亲年迈，也好有个照应。

贤　妹　那得去多久呀？

胡峰阳　少则三年，多则五载。妹呀，你在家侍奉好老母，等我回来咱二人就举行完婚大礼，我去做一名塾师，教书育人，匡扶正义。

贤　妹　哥哥，妹是真心舍不得你，刚见面又要分手，一别又是三五年呐！妹妹不拦你！只盼望着你早日学成回家！

胡峰阳　贤妹！哥也舍不得你呀！

贤　妹　离别之时，我有一样东西送你。（取出一串桃玉珠）你看。

胡峰阳　（接过）这是什么？

贤　妹　这是桃玉珠，是用磨光滑的桃核串起来的，每串八个，你数数。

胡峰阳　嗯，是八个。

贤　妹　是我娘给咱的，每人一串。

胡峰阳　真好看。这得花多大工夫才能磨成这样啊。

贤　妹　哥哥，你想我的时候，就拿出看看，我想你的时候，也拿出来看看，每当看到桃玉珠，就会感到你我在一起了，就不会感到孤单了。

胡峰阳　说得好，贤妹不要难过，这桃玉珠我会时时刻刻带在身边。

贤　妹　哥哥——！（扑进胡峰阳怀里）

〔幕后唱：兄妹一别难相见，
桃花流水两缠绵。
今朝暂受离别苦，
来日回乡再团圆。

〔贤妹挥手送别，胡峰阳依依不舍下。

〔幕徐徐落。

第五场　勾结

〔几日后。

〔赵员外家客厅。

〔幕启：赵硕摇扇踱步。

赵　硕　（唱）天不热来天不冷，
满头大汗心不静。
贤妹的模样眼前晃，
害得我上树要跳井。
前天使了离间计，
定叫胡峰阳有口难说清。
不知现在怎么样，
肯定是一个西来一个东。
刘婆子答应牵红线，
让俺在家耐心等。
一天两天三四天，
五天六天不见影。
都说度日如年俺不信，
这一回滋味尝得钻心痛。
（白）这个刘婆子，是四村八疃有名的麻将迷，谁叫她打麻将，他脱不跌裤子就去了。说媒的事，十有八九是忘脑后了。再等她一天，要再不来，看我能善饶了她！（下）

〔刘婆子上。

刘婆子 四圈麻将刚打完，铜钱输了八吊三。今日的手气不算好，怪不得昨晚梦见死鬼将我缠。（咳嗽几声）老身刘氏，过门不到一年，当家的暴病身亡，没有留下一男半女。本想另嫁人，一提亲，人家说我是个丧门星，再就没有敢要俺的了。前几天，赵员外的儿子找我提亲，看中了江家的闺女江贤妹，没想到，咳，我还是进屋说给少爷听吧。（进屋）少爷！少爷！

〔赵硕闻声出。

赵　硕 哎哟，刘妈妈，我可想死你了。快说说，到底怎么样了？

刘婆子 （坐）先喝碗水润润。嗓子都快冒烟了。

赵　硕 刘妈妈，你倒是快说呀！到底怎么样了？

刘婆子 咳，少爷啊！

　　　（唱）前日江家去说媒，

　　　　　　没想到碰了一鼻子灰。

　　　　　　任凭你把嘴说破，

　　　　　　她好心当成驴肝肺。

　　　　　　说着说着动了怒，

　　　　　　拖着老身往外推。

　　　　　　若是再将此门进，

　　　　　　要给老身砸断腿！

　　　　　　她一心认定胡峄阳，

　　　　　　不碰南墙头不回。

　　　　　　碰上这么个不好丼，

　　　　　　俺算倒了八辈子霉！

赵　硕 完了，完了！这个胡峄阳，你说他哪里好？贤妹为什么就非他不嫁？我和贤妹，年纪相当，模样般配，郎才女貌，天生一对，为什么她就看不上俺呢？

刘婆子 生就的骨头长就的肉，这个丫头，这个犟是和她娘一模一样的。当初您爹赵员外看上了贤妹的娘，可她就是至死不从，最后把她关进地牢，那嘴还是巴巴的犟，你说她的心有多硬。

赵　硕 俺爹是俺爹，他儿是他儿，俺爹娶不上她娘，不一定他儿娶不上她闺女。刘妈妈，人家都说，你是黑瞎子吃石榴，一肚子熊点子，你再给想想办法。

刘婆子 你这是说我好呢，还是说我坏？

赵　硕 嘿嘿，说漏嘴了。快说说，还有什么好办法？

刘婆子 嗯，办法倒是有……唉，麻将不顺手，刚才吃顿饭工夫又输了八吊三，点子太背了，人要倒霉，屎壳郎也绊脚后跟。

赵　硕 你明说不就行了，还拐弯抹角啰里啰唆的。（拿出一锭银子）拿着，够你输半月二十日的了。

刘婆子 又让少爷破费。

赵　硕 等事办成了，另有重谢。快说说，你有什么熊点子？哦，好点子。

刘婆子 （故作神秘）少爷还不知道吧？胡峄阳进崂山当道士去了！

赵　硕 当道士去了？哈哈，刘妈妈，贤妹不会嫁给个道士吧？

刘婆子 人家是黄花闺女，怎么能嫁给个道士？

赵　硕 这么说，贤妹和胡峄阳吹了？

刘婆子 肯定吹了！

赵　硕 断了？

刘婆子 肯定断了！

赵　硕 哈哈哈哈！刘妈妈，我这就去找江贤妹，告诉她胡峄阳当道士去了。哎哟，我的小美人，一听胡峄阳当了道士，泪眼汪汪地对我说，赵硕哥哥，你哪天娶我呀？我可想死你了！

刘婆子　少爷，现在还不能高兴得太早。

赵　硕　为什么？

刘婆子　我去那天，贤妹正忙着往胡家搬弄东西，说是要和胡峰阳她娘住在一块，现在呀，恐怕已经住进好几天了。

赵　硕　什么？她住胡峰阳家了？这可怎么办？不行，我找她去！

刘婆子　少爷去不得，胡家的门口不好进，胡峰阳他娘不是善茬子。再说，你去了万一把他娘气得一口气上不来，你这不是没抓着黄鼠狼，倒惹了一身臊？

赵　硕　你说怎么办？

刘婆子　我看胡峰阳他娘病恹恹的，没多长活头了，等老婆子一归西，还愁贤妹不是你的？

赵　硕　她娘什么时候归西？你可得让她快当点儿。

刘婆子　我又不是阎王爷，怎么知道她哪天归西？土埋半截了，你急个啥？

赵　硕　我是怕夜长梦多，到时候让别人弄了去，我两手不够天。

刘婆子　少爷相中的，哪个敢老虎嘴里抢食？那他得找死。

赵　硕　这话我爱听。刘妈妈，到时候她还不从怎么办？

刘婆子　到时候还不从？哼，无毒不丈夫，过来。
　　　　（耳语）

赵　硕　嗯，到时候她还不从，我就杀了江贤妹，嫁祸胡峰阳！哈哈哈！
　　　　〔灯渐暗。
　　　　〔幕落。

第六场　下山

〔三年后。
〔夜，慧炬院书斋。
〔幕启：胡峰阳掩卷沉思。

胡峰阳　（唱）深山修道三年整，
　　　　　　　　日夜苦读到三更。
　　　　　　　　潜心学艺心无它动，
　　　　　　　　今夜晚却为何勾起思乡情？
　　　　　　　　想起了老母她年迈多病，
　　　　　　　　不孝儿未能侍候在家中。
　　　　　　　　想起了贤妹她孤苦伶仃，
　　　　　　　　风里来雨里去受人欺凌。
　　　　　　　　想起了三间草房潮湿阴冷，
　　　　　　　　抵不住雨雪冰霜凛冽寒风。
　　　　　　　　想起了二分薄田无人耕种，
　　　　　　　　春不播秋不收米缸空空。
　　　　　　　（风突起，灯灭）
　　　　（接唱）忽然间一阵风把灯吹灭，
　　　　　　　（重新点亮，手持蜡台）
　　　　（接唱）黑夜里怎能够没有光明。
　　　　　　　　伏身我把心安定，
　　　　　　　　又为何一阵阵坐卧不宁？
　　　　（白）想必是贤妹思念与我。临别之时，我俩约定，每当想念的时候，便各自取出桃玉珠一看，今晚夜深人静，不妨拿出一观。（取出桃玉珠，轻抚，深情地）桃玉珠啊桃玉珠！看到你，如同看到贤妹在我身边。贤妹啊！（桃玉珠突然断开，珠落，大惊）啊！好好的桃玉珠，怎么突然线断珠落？此乃不祥之兆啊！（慌忙拾起）
　　　　（接唱）桃玉珠捧在手突然断落，

不由我冷汗出胆战心惊。

这玉珠是贤妹亲手相送，

这玉珠我与她魂牵梦萦。

这玉珠在我身不离形影，

这玉珠在我心比山还重。

（白）桃玉珠啊桃玉珠！

（接唱）桃玉珠呀我问你，

线断珠落有何隐情？

〔慧明道长上。

慧道长　夜已至此，为何还不入眠？

胡峄阳　哦，是师父。（故作镇静）弟子刚要入睡。

慧道长　你手持何物？拿来我看。

胡峄阳　（无奈递与师父）师父请看。

慧道长　物从何来？

胡峄阳　（不好意思）是，是我的未婚妻江贤妹所送。

慧道长　哦，既是你的未婚妻相送，有没有给你说过此物的来历？

胡峄阳　没有。她只说过是她母亲相送。

慧道长　师父没有记错的话，这桃玉珠该是两串，一串八个。

胡峄阳　（惊奇）师父说得没错，共有两串，一串八个。师父何以知晓？

慧道长　徒儿，刚才见你神色异常，可是为何？

胡峄阳　师父，自打弟子进山以来，日夜苦读，别无杂念，可是今晚不知何故顿起思乡之情，不能自抑，故取出桃玉珠慰藉心灵，不料线断珠落，因而惶恐不安。

慧道长　原来如此。良桐，有一件事情，师父从来未向你提起过，现在也该让你知道了。

胡峄阳　师父，什么事啊？

慧道长　良桐听了！

（唱）见玉珠不由得心里悲酸，

有一件过往事如在眼前。

贤妹爹他本是铮骨铁汉，

不料想积劳成疾命归黄泉。

赵员外起歹意毒辣阴险，

想霸占贤妹娘他徒劳枉然。

关牢房遭毒打宁死不降，

磨桃核度光阴以泪洗面。

桃玉珠一颗颗饱含仇和冤，

临终时送贤妹嘱托再三。

今夜晚线断珠落应天意，

血海的深仇要见青天！

胡峄阳　（唱）听师父道真相怒起胸间，

桃玉珠沾满了血泪斑斑。

赵员外人面兽心蛇蝎一般，

贤妹娘遭迫害死的凄惨。

赵硕他莱州府暗中施奸，

对贤妹早已是三尺垂涎。

恨不能生双翅飞回家园，

惩奸贼除邪恶报仇雪冤！

慧道长　赵家父子恶贯满盈，气数已尽，明儿一早你就下山，惩恶扬善，报仇雪冤！

胡峄阳　（眼含热泪）多谢师父！

〔幕急落。

第七场　重逢

〔翌日。

〔胡家。供桌、牌位。

〔幕启：贤妹素衣上。

贤　妹　（唱）婆母下世好凄凉，

无有儿女守身旁。

只有贤妹在空房，

替儿尽孝跪灵堂。

临终娘把遗嘱讲，

死后对儿不声张。

儿子求学在深山，

学业未成不还乡。

我若传书召他回，

无奈母命难违抗。

（取出桃玉珠，满怀深情地）我与哥
哥离别之时，曾将桃玉珠当作信物相
送与他，哥哥当时只是喜欢，却哪里
知道这其中的隐情。

（唱）强压怒火心底藏，

再大痛苦我一人当。

待到哥哥学艺归，

且看你狗员外怎样下场！（下）

〔赵硕、刘婆子同上。

赵　硕　（念）老太婆去了黄泉，

终于盼来这一天。

今日她要再不从，

休怪赵硕把脸翻。

刘婆子　（念）一圈麻将没打完，

少爷催着把路赶。

吃了人家叫嘴短，

拿了人家听使唤。

赵　硕　刘妈妈，你先进去打探打探，看看贤
妹是否在家。

刘婆子　（有些后怕）还是少爷先进，她婆婆
刚死不久，还在家守孝呢，肯定在家。
（往里推赵硕）

赵　硕　我怕有外人，胡峰阳真的没回来？

刘婆子　没回来，哼，死了亲娘，也不回来吊丧，
真是不孝！

赵　硕　他哪还有脸回来。刘妈妈，要不咱俩
一块进去？

刘婆子　我个臭老婆子进去干吗？你和贤妹又
是搂又是抱的，我在场多碍事。你说
是不是？

赵　硕　嗯，是这么回事。你在门口望着，我
自个进去了。（敲门）贤妹，贤妹！
开开门！（刘婆子溜下）

〔贤妹上。

贤　妹　谁呀？（开门，怒起）你来干啥？走
走走！（用力关门，赵硕挤进）

赵　硕　（见室内无人，肆无忌惮）小美人，
你可想死我了，让哥哥抱一个。（猛
扑，闪倒，再扑）胡峰阳当道士去了，
你还蒙在鼓里，我的小美人真是个死
心眼，来，抱一个。

贤　妹　可恶贼子！竟敢如此无礼。

赵　硕　大胆！我见你长得好看，想娶你当老
婆，是你的造化，我可告诉你，要乖
乖顺从与我，享不尽的荣华，受不尽
的富贵，如若不从，哼！让你尝尝我
这个花花太岁的厉害！

贤　妹　你想怎样？

赵　硕　我想怎样？今天也不和你磨牙，痛痛
快快一句话，我想娶你当老婆，中还
是不中？

贤　妹　你痴心妄想！

赵　硕　好，痛快。（拿出砒霜）知道这是什
么吗？这是砒霜，喝了立刻见阎王！
你死了以后，我就给胡峰阳栽上一赃，
说他应试不中，你与他分手，因此恼
羞成怒加害于你。如此一来，胡峰阳
必是人头落地，你们两个只有到阴曹
地府去做夫妻喽，哈哈哈哈！

贤　妹　无耻之徒，谅你不敢！

赵　硕　（凶相毕露）顺我者昌，逆我者亡，
我赵硕没有不敢做的。其实，我也舍
不得杀你，可你的心比铁石还硬，非
胡峰阳不嫁，我是被逼无奈呀。胡峰

阳处处与我做对，我岂能善罢甘休，我得不到的，他也休想得到！（赵硕把砒霜倒入水碗）药已经放进碗里，怎么样？现在后悔你还来得及。

贤 妹 （怒不可遏）哼！生，我是胡家人，死，我是胡家鬼！你杀了我的身，却杀不了我的心，你这个卑鄙无耻的小人，总有一天会遭报应的！

赵 硕 （气急败坏，声嘶力竭）我要你死！要你死、死、死！

贤 妹 狗贼子！（捞起剪刀步步紧逼）

（唱）多少冤来多少恨，
　　　手握剪刀对仇人。
　　　满腔愤怒化烈火，
　　　要与恶贼死一拼！

（贤妹猛刺，赵硕急躲，打斗中贤妹剪刀落地，倒在地上）

赵 硕 （大叫）刘婆子，快来帮我！（刘婆子急上）快把她给我绑了！

刘婆子 （手忙脚乱）我去找麻绳。哎哟，渴死我了。

（刘婆子团团转，至桌前，误将砒霜喝下）

赵 硕 刘婆子，你喝什么？

刘婆子 我喝口水润润嗓。

赵 硕 （大叫）那是砒霜！

刘婆子 （大惊）俺的娘哎，小命完了。（捂肚子踉跄跑下，赵硕仓皇逃下）

〔胡峰阳急上。

胡峰阳 （唱）星夜下山回家转，
　　　　两个人影离家园。

（发现贤妹，急喊）啊！贤妹！（扶于臂弯）你醒醒！

贤 妹 （慢慢苏醒过来，惊喜）啊？胡六哥！

（与胡峰阳紧紧抱在一起，放声恸哭）你怎么回来了？咱娘她……

胡峰阳 娘怎么样了？

贤 妹 娘下世去了。

胡峰阳 啊！（跪至灵前，极度悲痛）娘啊，我的亲娘啊，孩儿不孝！

（唱）跪灵前哭我娘刀扎心肝，
　　　滴滴泪声声喊换不回娘在眼前。
　　　我的娘啊，三年分离一瞬间，
　　　今日相逢已是阴阳两重天。
　　　不肖儿未能尽孝在身边，
　　　任你打，任你骂，
　　　任打任骂也赎不出，
　　　儿的愧疚，儿的心酸！
　　　临行前，娘的话犹在耳畔，
　　　学艺归来一家欢，
　　　再与贤妹成婚配，
　　　抱一个孙儿颐养天年。
　　　娘啊，您夙愿未了身先去，
　　　九泉下怎能够瞑目心安。
　　　忘不了养育之恩重如山，
　　　自小到大把心担。
　　　忘不了冬棉夏单身上衣，
　　　飞针走线五更寒。
　　　忘不了送儿学堂把书念，
　　　风里雨里将儿搀。
　　　忘不了家里外头四季忙，
　　　白发如霜腰累弯。
　　　桩桩件件说不完，
　　　焚纸上香在灵前。（上香）

（唱）为儿我点上一炷香，
　　　愿娘亲与爹爹相依相伴。
　　　为儿我点上二炷香，
　　　愿胡家老小福寿长绵。

为儿我点上三炷香，

愿天下善良人随心所愿。

贤　妹　哥哥，生老病死，谁也奈何不得，哥哥的孝心天地可知。

胡峰阳　贤妹，你侍候年迈多病的娘亲，一定受了不少苦吧。

贤　妹　再苦再累，这都是我应该做的。明日是娘的头七，你我去准备些香火纸钱，也好祭奠之用。

胡峰阳　就依贤妹。

〔幕落。

第八场　除恶

〔几天后。

〔赵员外家客厅。景同六场。

〔幕启：赵硕若无其事上。

赵　硕　（唱）东边日出西边雨，

世上事谁能说清楚？

本想加害江贤妹，

谁知道刘婆替她去送死。

省下纹银三十两，

都是她命中注定没有福。

俺爹昨天去了县衙门，

就说是刘婆输钱服了毒。

（白）爹啊，你怎么还不回来？肯定又下窑子去了，你能不能干点正经营生。不过，也出不了什么大事，我还是放心困觉去吧。（下）

〔胡峰阳、贤妹同上。

胡峰阳　（唱）赵硕投毒实狂妄，

刘婆无辜把命丧。

捕快已经在路上，

提拿凶犯入法网！

贤　妹　（唱）赵家二十大罪状，

连夜送到县衙上。

赵员外昨天去打点，

当即扣在了县大堂。

胡峰阳　（高喊）赵硕，出来！

〔赵硕打着哈欠上。

赵　硕　（吃一惊，假扮笑脸施礼）啊呀呀，不知两位贵客登门，有失远迎，赔罪！赔罪！请进，快快请坐。（倒茶递水，被胡峰阳挡回）

胡峰阳　赵硕，你惹下人命官司，还能安然入睡？

赵　硕　贤弟，这话我就听糊涂了，何来人命官司？

贤　妹　你毒死刘婆子，还想抵赖不成？

赵　硕　贤妹说的是哪里话？刘婆输光银子，在家服毒自杀，与我有什么相干？

胡峰阳　（一拍桌子）大胆赵硕！你还在演戏，你勾结刘婆子妄想毒死贤妹，然后再加害于我，事成之后你答应给刘婆三十两银子，没想到她误服了你的剧毒暴亡。仵作在她身上搜出了你立的字据，白纸黑字，证据确凿，你岂能赖掉！

赵　硕　（原形毕露）胡峰阳呀胡峰阳，既然到了这个份上，我就实话告诉你，我是想毒死贤妹，然后再加害于你，让你们两个变成一对屈死鬼。我告诉你，我参现在就在即墨县衙，他已经打通了关系，谁坐牢，杀谁头，还不一定呢。

贤　妹　你说的没错，你爹是在即墨县衙，可他永远也别想回来了。

赵　硕　你什么意思？

胡峰阳　（大笑）哈哈！哈哈！（怒指）赵硕！

（唱）湛湛青天不可欺，

多行不义必自毙。

善恶到头终有报，

只争来早与来迟！

〔衙役甲、乙上。

衙役甲 门官变捕快，

衙役乙 捉拿凶手来。（给赵硕上枷，赵硕不服）

衙役甲 （对赵硕）老实点，你小子月剧毒毒死刘媒婆，证据确凿还敢抵赖。

衙役乙 你爹莱州府施奸，害得我俩从莱州府降到即墨县。走！

〔衙役甲、乙押赵硕下。

〔胡峄阳、贤妹随下。

〔幕落。

尾声　梦圆

〔竹庐书院前。

〔幕启：慧明道长持拂尘上。

慧道长 （唱）白沙河边好风光，

清风徐徐送人爽。

一对新人刚婚配，

又闻塾馆要开张。

良桐甘做教书人，

为师欢欣心花放。

（白）呵呵，赵家父子已被严惩，良桐与贤妹终成眷属，今日又要在这举行挂匾仪式，设帐收徒，真可谓喜事连连哪。

〔贤妹内喊："挂匾喽！"与胡峄阳抬门匾上。

贤　妹 （合唱）雨过天晴百鸟唱，

同举牌匾喜洋洋。

多年梦想今成真，

桃李满天留芬芳。

胡峄阳 （同贤妹）拜过师父（慧道长）。

慧道长 免礼。

贤　妹 大师，这个门匾是你徒弟亲手书写，你来瞧瞧写的咋样？

慧道长 唔，待我看来。（念）竹庐书院……好，写得好！个个饱满精神，字字刚劲有力，字如其人啊！来，咱们一同挂匾！（三人兴高采烈挂匾）

胡峄阳 （唱）门匾高挂闪闪亮，

竹庐书院新气象。

从此我短褂换作长袍衫，

高举教鞭抒华章。

我愿仁爱之心长流水，

一人有难众人帮。

我愿礼仪之邦代代传，

人人温良恭俭让。

我愿智慧之树结硕果，

千家万户福满堂。

我愿信用诚实满天下，

心胸浩瀚似海洋。

莫道隐身乡野无人识，

蜡炬成灰迎曙光。

贤　妹 （唱）大红门匾高挂上，

哥哥变成教书匠。

你为人师我种粮，

夫妻恩爱日月长。

慧道长 胸无春秋志难远，腹有诗书气自华。今日见你甘居僻壤，安于清贫，造福于民，为师高兴啊！

胡峄阳 （深施一礼）多谢恩师栽培。

慧道长 牌匾已挂好，四方闻讯来，你就正式开学吧！

〔欢呼声中幕徐徐落。

〔剧终。

胡峪阳救即墨城

人　物：胡峪阳，即墨城南关塾师。
　　　　江员外，塾馆东家。
　　　　江雪儿，江员外之女。
　　　　张木匠，江家雇工。

第一场　惊现异象

〔清康熙年间。午后。

〔即墨城南关塾馆院内。门楣之上刻有"塾馆"字样。

〔院侧柳树下，设有简易桌凳。

〔幕启：胡峪阳捧书上。

胡峪阳　（念）手捧书卷看乾坤，
　　　　　　　日色苍茫云沉沉。
　　　　　　　古往今来多少事，
　　　　　　　吉凶祸福皆相邻。

　　　　（白）我胡峪阳，即墨流亭人氏，来到这城南关开馆办学，屈指算来已有三个春秋。今日约好张木匠前来塾馆修缮桌椅，日已偏西还不见来，心里不免焦虑不安哪。

　　　　（唱）众学童回家去各自散尽，
　　　　　　　塾馆里剩下我独此一人。
　　　　　　　忆当年寒窗苦读立志发奋，
　　　　　　　要做一个忧国忧民忠良臣。
　　　　　　　不曾想莱州府一怒罢考场，
　　　　　　　从此后终生不踏仕途门。

　　　　　　　城南关做塾师已过三秋，
　　　　　　　设账收徒，教化子民，
　　　　　　　不枉这满腹学问。
　　　　　　　即墨城遇大旱百年难寻，
　　　　　　　河水断原野荒人心消沉。
　　　　　　　约好了张木匠迟迟不来，
　　　　　　　想必是挖井开源误了时辰。
　　　　　　　柳树下我举目再望，
　　　　　　　只见他肩挑担子由远及近。

〔张木匠挑木匠担上。

张木匠　胡先生，您等急了吧。

胡峪阳　可不是，我担心影响孩子上课，您来了就好。

张木匠　我也急得火烧火燎。（放担）你说胡先生，狗急跳墙俺见过，可这老母猪跳墙您见过没？今天算开眼了，没白活这四十多岁。

胡峪阳　我还是第一次听说老母猪跳墙，张木匠，这是怎么回事？

张木匠　呵呵，都说你上知天文下知地理，见多识广，这一回您可不如我了。

胡峪阳　你快说说到底是怎么回事。

张木匠　咳，你听啊！

　　　　（唱）我家的母猪犯了浑，
　　　　　　　不吃不喝较上了劲。
　　　　　　　只见它竖耳瞪眼头拱门，
　　　　　　　顶翻了热乎乎的猪食盆。

俺左挡右拦不管用，

棍打鞭抽它更精神。

猪圈墙与俺肩膀一般高，

它哼一声翻了筋斗云。

大街小巷胡乱跑，

累的我气喘吁吁头发晕。

耽误了修理桌和椅，

都怪这老母猪让人憎恨。

胡峄阳 原来这样。张木匠，你家的老母猪以前也跳过墙？

张木匠 要是以前跳过，我又何必大惊小怪。胡先生，俗话说，燕子低飞蛇过道，大雨不久就来到，我琢磨着，这老母猪跳墙，咱这里是不是也要下大雨了？

胡峄阳 下雨好啊。如果这个时候来一场及时雨，那可是求之不得呀。

张木匠 是啊是啊。老天爷睁睁眼，走快下场大雨吧。胡先生，快把桌椅拿出来吧，柳树底下还凉快些。

胡峄阳 有劳张师傅了。（进塾馆下）

张木匠 （扯一片树枝折断）唉，响蹦干了，老天爷，你发发慈悲来一场大雨啊。（胡峄阳提两把小凳上）

胡峄阳 张师傅，两把小凳都裂开了，孩子坐着不稳当，你看看。

张木匠 （拭了拭）小毛病，一会儿就好。胡先生，你自管看书，这里你帮不上忙。

胡峄阳 就听张师傅说了。

（唱）张木匠修桌椅聚精会神，

我的心此时却顿生疑云。

他家的蹊跷事绝非偶然，

难道说真的要大水降临？

天遂人愿洒下雨露甘霖，

万物复苏大地一片绿茵；

苍天无道降下洪水猛兽，

美好家园必遭践踏蹂躏。

都说我胡峄阳谙熟地理与天文，

殊不知世事难料天有不测风云。

是凶是吉还需冷静思忖，

且不能一叶障目妄下定论。

常言道水可载舟亦可覆舟，

紧要关头我还要稳住身心。

张木匠 胡先生，你过来看看，俺老张的手艺如何。

胡峄阳 张师傅的手艺在即墨城是出了名的。（拭凳子）这两把小凳子，经您手一修理，再坐个三年五载保准没问题。

张木匠 那是。修个桌儿凳儿的，俺是张飞吃豆芽小菜一碟。

胡峄阳 （玩笑地）你们张家，可真是代代出能人啊。

张木匠 哈哈，我与那张翼德可是八竿子拎不着啊。

胡峄阳 我说张师傅，你最近的棒槌生意如何？

张木匠 咳，人心惶惶的，哪还有人买我的棒槌。前天即墨大集，俺是一个大子也没见到啊，家里的棒槌都堆成山了。

胡峄阳 等塾馆放假，我帮着你去卖。

张木匠 这可不行，棒槌卖不了，我当劈柴烧，也不能让先生给俺去卖啊。

胡峄阳 张师傅，有个事得问问你，昨天你家黑娃怎么没来上学，是不是病了？

张木匠 没病。不过……等以后再说吧。

胡峄阳 黑娃天资聪颖，是棵好苗子，你可千万不能让他辍学。

张木匠 不瞒先生说，交不起学费啊。再说家里也正缺个帮手，打草喂猪的，添个蛤蟆四两力嘛。

胡峄阳	你这不是犯糊涂吗？等我见了东家帮你说说，是赊欠还是多少省点？再不行，我还可以给你垫上，不管怎么说，得让孩子回来上课。

〔江雪儿急上。

江雪儿	哎哟，你这个糟烂木匠，害的本小姐跑了多少冤枉路，脚也痛了，腰也酸了，上气不接下气的。（推）快快快，我爹让你帮着去淘井。
张木匠	淘井？
江雪儿	是啊，淘井！河也枯了，沟也干了，小姐我的嗓子也冒烟了，再不淘井，我去哪里喝水呀？你还磨蹭啥？赶快走哇！
胡峄阳	江小姐，好好说话。
江雪儿	胡大哥，你又护着他。（看了看）不就是给你修理了两把小凳子嘛！（对张木匠）快走啊！
张木匠	好好好。胡先生，那我去了。
胡峄阳	去吧，去吧。（张木匠挑担下）
江雪儿	胡大哥，您看的这是什么书呀？（翻看）
胡峄阳	你要喜欢，等我看完了，你就拿回去看。
江雪儿	这样的诗文，我可看不懂，不像你有那么大学问。胡大哥，我有个事儿得问问你，你可要如实回答哦，知道吗？
胡峄阳	知道，你问吧。
江雪儿	听人家说，你小的时候能用竹筛子端水，这是真的吗？
胡峄阳	真的。
江雪儿	你胡说！竹筛子满身是眼，怎么能端水？明明是在说谎嘛。胡大哥，快说说，到底是真的还是假的？
胡峄阳	说真的？
江小姐	说真的。

胡峄阳	那你可听好了。
	（唱）我家门前柳溪湾， 一池碧水一池莲。 那一天我拿筛子去采藕， 捉到了一条小白练。 没有盆，没有碗， 筛子不能把水端。 情急之下灵光闪， 采一片荷叶铺里面。 带回家，仔细看， 陪我读书做伙伴。
江雪儿	原来是这样。胡大哥，你真是绝顶聪明。您要是身着蟒袍，头戴乌纱，肯定是一个断案如神的好官，可惜当了一个哄孩子的教书匠。
胡峄阳	教书匠有何不好？
江雪儿	教书哪有做官好，做官吧，天天吃香的喝辣的，出门还有抬轿的。有人捧着，有人哄着，逢年过节还有送礼的，你看，做官多好。
胡峄阳	雪儿呀！
	（唱）胡峄阳自小志存高远， 要做个万人称颂的大清官。 莱州府遭搜身义愤填膺， 从此后厌恶官场断了此念。 贪官污吏腐朽昏庸为我不齿， 教书育人济世救民是我所愿。 城南关做塾师无悔无怨， 远离尘嚣自有净土一片。
江雪儿	如此说来，哥哥是不想当官了？
胡峄阳	不想当官。
江雪儿	如此说来，哥哥是厌恶官场了？
胡峄阳	厌恶官场。
江雪儿	可是哥哥，你不想当官，厌恶官场，

到头来还是没离开官哪。

胡峄阳　此话从何说起？

江雪儿　你看，你来到城南关，开了塾馆，做了教书倌，你说是不是没离开"官"哪？（偷笑）

胡峄阳　这……，可他们不是一个"官"呀。

雪江儿　（旁）给他棒槌他就当真了。

　　　　（唱）峄阳哥品行端庄人称赞，

　　　　　　　不愧是顶天立地男子汉。

　　　　　　　江雪儿早有意以身相许，

　　　　　　　愿与他莲蒂同结好姻缘。

　　　　　　　想起了闺房里飞针走线，

　　　　　　　绣一对鸳鸯帕情意缠绵。

　　　　　　　我不妨拿出来让他惊喜，

　　　　（想）且慢，我再对他戏弄一番。

　　　　（佯装）哎哟！哥哥快来扶我！

胡峄阳　小姐怎么了？

江雪儿　哎呀呀……

　　　　（接唱）忽觉得一阵头晕目眩，

　　　　　　　　手脚冰凉出了虚汗。

胡峄阳　（不知所措）这可如何是好？你先坐着，我请郎中去！

江雪儿　哥哥扶我坐下就好。

胡峄阳　这……小姐金枝玉叶，我可碰不得。

江雪儿　人家病成这样了，你还袖手旁观。快快扶我坐下。

胡峄阳　（搬过凳子）你还是自个坐吧。

江雪儿　（委屈坐下）胡大哥，拭拭我的手，是不是成冰棍了？拭啊！

胡峄阳　（伸手又缩回）我还是请郎中去吧。

江雪儿　哥哥拭拭就好。

胡峄阳　（犹豫）这……（张木匠慌张上）

张木匠　胡先生，大事不好了！

江雪儿　（忽站起）你个糟烂木匠，早不来晚不来，偏偏这个节骨眼上来，你是成心和本小姐过不去呀！

张木匠　（懵懂）胡先生，这是……？

胡峄阳　小姐刚才有点不适，你看，你这一来，小姐的病全好了。

江雪儿　（对张木匠）你呀，死眼皮！哼！（掏出手帕对胡峄阳）给你！你呀，榆木疙瘩，呆子！（悻悻下）

胡峄阳　（看着手帕）榆木疙瘩？呆子？

张木匠　哈哈，这是江家小姐给你绣的手帕，恭喜胡先生。

胡峄阳　喜从何来？

张木匠　小姐心里有你了，你就准备当新郎官吧。

胡峄阳　不可胡说，小姐怎么能看上我一个穷教书的。此话到此为止，不可再提。快说，出了什么大事？

张木匠　大事不好了！

　　　　（唱）江员外家里去淘井，

　　　　　　　淘上一个怪物让人惊。

　　　　　　　三条腿，独眼睛，

　　　　　　　背上长角面目狰狞。

　　　　　　　它不说话不吭声，

　　　　　　　满身枷锁将它绷。

　　　　　　　员外吓得脸煞白，

　　　　　　　俺也哆嗦没章程。

　　　　　　　急三火四赶过来，

　　　　　　　请您快去看究竟。

　　　　（白）胡先生，赶快去看看吧，或许您认得这个怪物。

胡峄阳　这个怪物现在何处？

张木匠　我大着胆子把它放在井台盖上，用一个瓦盆扣在里面哪。

胡峄阳　走！

〔两人急下。

〔幕落。

第二场　事有先知

〔紧接前场。

〔江员外家院内。井台盖扣一瓦盆，江员外面壁焚香祷告。

江员外　（唱）心惊又胆战，

胆战又心惊，

淘井淘上一个丧门星。

点上三炷香，

再把双手拱，

菩萨保佑消灾避祸凶。

菩萨保佑，菩萨保佑！

〔江雪儿上。

江雪儿　爹，您又烧香又磕头的，家里出什么事了？

江员外　小点声。雪儿呀，咱家出大事了。（指瓦盆）

江雪儿　那是什么呀？（近前欲揭）

江员外　（挡住）千万动不得！千万动不得！

江雪儿　什么动不得呀？爹，瓦盆里扣着什么宝贝呀？

江员外　哎哟我的好闺女，哪有什么宝贝，里面扣着一个怪物！

江雪儿　爹，您可真能说笑，青天白日的，哪有什么怪物！

江员外　张木匠淘井淘上来的，三条腿，一只眼，背上长刺，铁链缠身，吓人哪。

江雪儿　（惊）爹，这可怎么办？赶快找胡先生啊！

江员外　张木匠去叫了，快来了。

〔胡峰阳、张木匠上。

江雪儿　爹，胡大哥来了。

江员外　你们可来了。

胡峰阳　东家，莫要害怕，让我看看再说。

张木匠　胡先生，这个怪物就扣在这。

江员外　你可当心点。

胡峰阳　（慢慢揭开，大惊）啊？水龟！

江雪儿　原来是一只水龟，不就是一只王八吗？你这个王八羔子，怎么跑到我家来了？看不扁死你！

胡峰阳　小姐，不可轻举妄动！让我来好好问问它。（俯身，对水龟）水龟呀，看你缺腿少眼，遍体鳞伤，又是铁索加身，你是从哪里来又要到哪里去？我们都是善良人家，不会亏待你，有什么话尽管说出来。江员外，这水龟好像有话要说，你们几个暂且回避一下。

江雪儿　什么呀，胡大哥，这水龟还会说话？

张木匠　是呀，我孙子到现在还不会说话呢，这水龟倒会说话了。

江员外　胡先生非寻常人可比，咱们都回屋去吧。（三人回屋下）

胡峰阳　大难将临啊！

（唱）见水龟顿使我冷若寒冰，

果不然即墨城降下灾星。

这水龟四千年前在天庭，

凌霄殿外把守天宫。

偷吃了太上老君三粒丹，

擅自下界幻化成妖精。

翻江倒海无所不能，

兴风作浪是八面威风。

黄河决口祸害百姓，

淮河泛滥遍野哀鸿。

唐尧帝一怒赐神剑，

大禹治水将它囚禁牢笼。

铁索加身关押在地狱，
断腿去眼用了宣刑。
不料想混世魔王今又现，
必将是一场大祸眼前生！

（白）大禹当年把水龟押进大牢，留下一句话，水龟若现世，必有天灾生；天机不可泄，一切随机行。这便如何是好？

（唱）眼见得大祸落头顶，
我岂能袖手旁观装哑聋。
自小熟读圣贤书，
济世救民记心中。
乡亲们待我一家亲，
此时不报天理难容。
纵然是妖孽出世苍天注定，
纵然是机不可泄天条重重，
我也要挺身出，见机行，挽狂澜，
避祸凶，拯救即墨城芸芸众生。

（白）赵员外做事，一向心细如麻，这水龟凭空出世，一定会引起他的警觉，我把洪水要来的灾祸巧妙转达与他，既不泄露天机，员外也必会领悟，如此，即墨城的百姓可躲过此劫。

〔三人上。

江雪儿 胡大哥，你嚷咕了半天，这水龟到底说些什么？

张木匠 是啊，这怪物说些什么，我怎么一句也没听到啊。

江员外 胡先生，不会有什么大事吧？菩萨保佑，菩萨保佑。

胡峄阳 这只水龟原是玉皇大帝门口的看守，因为触犯了天条被打进地牢，今日流浪在此，放它回去就是。

江雪儿 你个糟烂乌龟，凭着凌霄殿的妄日子

不过，落到今天这个地步，活该！

胡峄阳 张师傅，你还是把水龟放回井里去吧。

张木匠 员外，你看……

江员外 就依胡先生说的，放回去吧。

张木匠 好来。这个王八羔子，可吓死我家员外了，滚回去吧你！再出来剁了你的头！（放龟）

胡峄阳 东家，我爹在世时结识了一位好友，名叫蒋清山，现在百福庵做道长，这些年对我一直帮衬很多，今天突然记起来，想去看看他。

江员外 哦，先生要去，老夫答应就是。

胡峄阳 多谢员外了。

江员外 既然去看望你父多年的老朋友，做晚辈的总得讲一些礼数，我为你备下一些礼物，让张木匠陪你送去就是。

胡峄阳 多谢员外。

江员外 此去，不知几日可回？

胡峄阳 少则三五日，多则七八日。

江员外 好。先生可回去收拾一下，张木匠随后就到。

胡峄阳 峄阳告辞了。（下）

江雪儿 爹，胡大哥要是不回来呢？

江员外 休要担心。雪儿，快回屋收拾一副担子，让你张叔送过去。

江雪儿 好嘞。

张木匠 员外呀，今天我家的老母猪跳墙，这里又挖出个怪物，蹊跷事一件妾一件，我心里老是发毛，你说会不会要出什么大事？

江员外 我也觉得不对劲啊。不逢年不过节的，胡先生突然提出要去见他爹的老朋友，这可是有悖常理，其中必有缘故。张木匠你听好了，一路上你要特别留心

观察，记住先生说的每一句话，到了以后速速回来报我。

张木匠 哦，您放心，胡先生说的每一句话，我肯定一字不漏全都给您记着。

〔雪儿挑担上。

江雪儿 爹，您看咋样，要不要我亲自去送？

江员外 净说傻话。

江雪儿 哼！糟烂木匠，快接过去。

张木匠 （接过担子）员外，那我去了。（下）

江员外 快去快回。

〔灯暗。

〔幕落。

第三场　一语双关

〔野外，小道。

〔胡峰阳搭包袱上。

胡峰阳 （唱）步履匆匆出城关，
即墨城今夜晚必遭水淹。
江员外有心计把木匠派遣，
听口风探虚实再细盘算。
这件事关系大不可轻言，
一路上寻时机一语双关。（下）

〔张木匠挑担上。

张木匠 员外嘱咐我，一路上要特别留意胡先生说过的每一句话，那我可得当心了。哎，要是胡先生一句话不说呢？嘿嘿，他又不是哑巴。（吆喝）胡先生，等等我！
（唱）先生大步往前走，
木匠紧紧随身后。
三步并做两步行，
只等先生开尊口。
走完大道走小路，

跨过石桥越深沟。
转眼过了即墨城，
铁骑山上见庙楼。
（白）哎！我得想个法子让先生开口呀，他要是不说话，我回去可是没法交差哪。有了，胡先生，你看你看！
（板）路边来了两只狗，
一只胖来一只瘦。
你说胖的是公狗，
还是瘦的是母狗？
（白）怎么不搭话呢！哎，胡先生，你再往那看！
（板）一群玩童背竹篓，
跳进河里不停手。
你说哪个捉小虾？
你说哪个摸泥鳅？
（白）怎么还是不搭话呢！（胡峰阳上）哎哟，胡先生，您可急死我啦！
（板）您不说话不开口，
俺是发毛直哆嗦。
回去如何来交差，
再不说话俺不走。
（胡峰阳径直走去）哎，哎！
（板）先生你且慢些走，
一匹大马在前头。
马上媳妇穿孝衣，
回家奔丧泪花流。

胡峰阳 （大声）往东躲躲。（下）

张木匠 哎哟，终于说话了！你说这得费多大劲。胡先生刚才说什么来着？……说什么来着？一匹大马迎面而来，马上坐着一位年轻漂亮的媳妇，穿白衣，抹眼泪，胡先生让我怎么来着？哦，是让我往东躲躲，是，他是让我往东

躲躲。嗨！这谁不知道啊，不往东躲躲，我还不被撞到沟里去哇。真是的，胡先生！（追下）

〔幕急落。

第四场　全城避灾

〔江员外家。江员外焦躁不安。

江员外　（唱）张木匠送先生至今未还，
　　　　　　　天色晚音信无焦虑不安。

〔雪儿上。

江雪儿　（唱）峄阳哥出城关几日不见，
　　　　　　　撇下我闺房里如坐针毡。
　　　　（白）爹，红日西沉，鸟儿归林，胡大哥可否到了百福庵？

江员外　到是到了，只是张木匠至今不回，让人心烦。

江雪儿　那个糟烂木匠，阴腔怪调的，不回来更好，让他留在百福庵做个道士算了。

江员外　一派胡言。雪儿，你也老大不小了，往后说话可得有点分寸。

江雪儿　雪儿怎么说话没有分寸了？爹呀，让胡大哥给您做个上门女婿，你看怎么样？

〔张木匠挑担上。

张木匠　员外，我回来了。

江雪儿　你说这个糟烂木匠，他是插着空和俺过不去。刚想问问俺爹，他就来搅和了。

江员外　哎呀，你怎么才回呀。快说说，胡先生路上都说了些什么？

张木匠　咳哟，你可别提了。（放担）这个胡先生啊，他路上什么也没说。

江员外　什么也没说？

张木匠　是啊，什么也没说。

江员外　不对啊。你再好好想想。

张木匠　就说了四个字，还全是废话。

江员外　哪四个字？

张木匠　铁骑山下，迎面来了一匹高头大马，马上坐着一位年轻漂亮的小媳妇，穿白衣，抹眼泪，看样子是回娘家奔丧，那马骑的像刮风似的……嗒，嗒……嗒……

江雪儿　你啰唆什么呀你，快说是哪四个字！

江员外　是啊，拣重要的说。

张木匠　是，拣重要的说。那马骑得像刮风似的朝我而来，胡先生说，你们猜，他说什么来着？

江雪儿　谁知道他说什么来着？

张木匠　他说，呵呵，他说往东躲躲。你说这不是废话嘛，我孙子见马来了也知道躲躲。

江雪儿　往东躲躲？往东躲躲？不好！胡先生这是一语双关，暗示我们大水要来，要我们赶快往东躲躲。

张木匠　什么话呀，他是怕我被马撞着才这么说的。

江员外　一路之上，胡先生其他只字未提，单单说了往东躲躲四个字，玄机就在此。东边地势高，大水来了，只有往东躲躲才可转危为安。张木匠，雪儿，你们两个赶快分头行动，通知家家户户，连夜往东转移。（二人答应分头下）牵马来！（持马鞭）
（唱）情势危急不能等，
　　　快马加鞭去县城。
　　　告知王大人发号施令，
　　　火速转移脱险境！（急下）

〔灯转暗。

〔幕前,群众扶老携幼过场。一片嘈杂声。

〔显示屏上,电闪雷鸣,大雨滂沱,洪水滚滚而来。

〔幕后伴唱:滔滔大水从天降,

即墨城里变汪洋。

逢凶化吉有神算,

万人称颂胡峄阳。

〔幕落。

第五场　水淹墨城

〔几日后。

〔幕前。胡峄阳上。

胡峄阳　(唱)一场大水成泽国,

淹没了田园与庄舍。

苍天无道水无情,

惨不忍睹心如刀割。

江员外果然有谋略,

才使得全城百姓把险脱。

大灾过后必生乱,

百福庵与道长已有对策。

重回城关赈灾放粮,

救乡亲脱苦海免受饥饿。(下)

〔张木匠夹一布袋垂头丧气上。

张木匠　(唱)盼大水盼来大横祸,

冲走了老母猪没了下落。

俺的小命比那母猪大,

阴曹地府没见着阎罗。

江员外家里去借粮,

一家老小等米下锅。(下)

〔幕启。江员外家。江员外头缠绷带,精神颓废。

江员外　(唱)三日暴雨酿祸端,

洪水汹汹虎狼残。

万贯家财随水去,

一病不起卧床前。

多亏先生有预见,

家财虽去人尚安。

雪儿进城抓药去,

百药难解心头寒。

〔江雪儿上。

江雪儿　(唱)家家户户断炊烟,

即墨城里人马乱。

药铺关门人无踪,

只有空手把家还。

(白)爹,您怎么下来了,快回屋里歇着。

江员外　雪儿,抓到药了?

江雪儿　哪有什么药啊!城里的店门都关得紧紧的,我敲了东家敲西家,敲完南家敲北家,没有开门的,气死我了!

江员外　也难怪,家家遭了灾断了粮,谁还有心思开门营业。

江雪儿　还有不少人家往北去了,看样子是讨饭去了。

江员外　雪儿,这场大水让你爹身心疲惫,怕是来日不多,等稍做安停,就把你的事办了吧。

江雪儿　爹,你说什么呀!什么来日不多,您的来日长着呢。爹啊,您刚才还说什么来着,把什么事给办了?(旁)我心里呀,知道呢。

江员外　傻孩子,你和胡先生的事嘛。

江雪儿　唉哟我的爹,都什么节骨眼上您还说这个。爹,那您说要怎么个办法嘛。

江员外　等先生回来,择个吉日,爹就为你们做主,把好日子定下来。雪儿,这场大水过去几天了?

江雪儿　今天是第四天了。

江员外　胡先生临走的时候说，短则三五日，长则七八日，他就要回来，不知现在回来了没有。

江雪儿　他回来又有何用，现在家家缺的是粮食，他回来也变不出粮食不是？（旁）变不出粮食，俺也盼着他回来。

江员外　胡先生不在，我这心里没底啊。

　　　〔胡峄阳上。

胡峄阳　东家，小姐，让你们受惊了。

江员外　你可回来了。胡先生啊，这场大水卷走了我的万贯家财，我现在可是……

胡峄阳　您舍弃家财，及时告诉县衙，使全城百姓安全撤离，即墨城的人都得感谢你哪。

江员外　老夫惭愧呀！如果不是你及时相告，莫说万贯家财，就连我和雪儿的身家性命也搭进去了哇，即墨城的人都该感谢您的大恩大德。

　　　〔张木匠上。

张木匠　员外啊，哦，胡先生也回来了。

胡峄阳　张师傅，你家的情况怎么样？

张木匠　一言难尽，我是向员外借米来了。

江雪儿　你个糟烂木匠，你以为我家是米囤粮仓啊？

江员外　家家都一个样，我也是有了这顿没下顿。不管怎么说，乡里乡亲的，雪儿，给张木匠盛一瓢，暂度饥荒。

江雪儿　爹，您说得轻巧，咱家的米也不一样打了水漂！

张木匠　唉！怪我张了这张臭嘴。胡先生，救人救到底，你快想个法子吧。再没有吃的，即墨城就要变成一座空城了。

江员外　胡先生，没有粮食，即墨城必乱，不知您有何良策？

江雪儿　你们都说什么呀胡大哥，能有什么良策？他又不是天上神仙。

张木匠　是啊，能掐会算，可是掐不出谷子算不出米粒来。

胡峄阳　好，各位听我说，我胡峄阳今日就要当一回天上神仙，掐出谷子算出米粒来。

张木匠　哎哟哎，笑死我了。您要真能掐出谷子算出米粒来，我从今往后给你当孙子。

江雪儿　去你的，这样的糟烂孙子，胡大哥不要。你说是不是，胡大哥？

张木匠　这不是说笑嘛。胡先生，您真有那么大本事？反正我是服了您了，一句往东躲躲，就四个字，全城人都保住了性命。唉，可怜我的老母猪啊。

江员外　先生的话，向来不虚。胡先生，你有什么奇妙之术能稳住全城人的心？

胡峄阳　张师傅！

张木匠　木匠在！

胡峄阳　你家的棒槌，可在？

张木匠　还好，让水冲的，都堵在我家胡同里了。

胡峄阳　那好，你速去城里报信，告诉那些没有粮食的人家，就说胡峄阳在城南关祭天借粮，让他们到你家各领棒槌一只，红日落山之前，到城南关七星坛凭棒槌领取粮食。

张木匠　这……能行吗？

胡峄阳　（唱）此言不虚也不诳，
　　　　棒槌可以换米粮。
　　　　人心浮动情势急，
　　　　唯有此计最妥当。

张木匠　既然这样，我就走一趟。（急下）

胡峄阳　江员外！

江员外　老夫在！

胡峰阳　（唱）城南关上筑高台，

　　　　　　　七星坛上拜天罡。

　　　　　　　祭天借粮安民心，

　　　　　　　重修家园度灾荒。

　　　　　（白）员外速派一干人马于城南七星

　　　　　　　台下，准备赈灾放粮！

江员外　老夫这就去了！（急下）

江雪儿　胡大哥，还有我呢。

胡峰阳　小姐身体单薄，在家静候佳音便是。

　　　　　我先行告辞。（下）

江雪儿　你！

　　　　　（唱）雪儿自幼似男孩，

　　　　　　　岂能在家享自在。

　　　　　　　煮水烹茶去南关，

　　　　　　　助我哥哥祛天灾！（急下）

　　　　　〔幕落。

第六场　拜坛借粮

　　　〔城南关七星坛。

　　　〔幢幡肃立，鼓角相闻。

　　　〔胡峰阳着道袍舞剑上。

胡峰阳　（唱）登高台七星坛上放眼望，

　　　　　　　即墨城遭涂炭遍体鳞伤。

　　　　　　　缺柴米断炊烟人心恐慌，

　　　　　　　逃难人携老幼背井离乡。

　　　　　　　如此情景我早有料想，

　　　　　　　百福庵与道长已有商量。

　　　　　　　看红日西沉暮云苍茫，

　　　　　　　我料定运粮的马车近在身旁。

　　　　　　　忽听得山下人声喧嚷，

　　　　　　　分明是蒋道长前来放粮。

　　　〔张木匠、江雪儿上。

张木匠　胡先生，您借的粮食已经到了。大车

　　　　　小车望不到边儿，有白生生的大米，

　　　　　还有黄灿灿的小米，这一回，咱们即

　　　　　墨人有救了。

江雪儿　你这个糟烂木匠，还不赶快跪下叫声

　　　　　爷爷。

张木匠　哎，小姐不是说了嘛，你胡大哥不认

　　　　　我这个孙子。

江雪儿　胡大哥，下面有一个糟烂道士，点着

　　　　　名要见您。

胡峰阳　那一定是蒋道长了。

张木匠　蒋道长？百福庵的蒋道长？胡先生，

　　　　　原来你这是早安排好了啊。

胡峰阳　张师傅，你去告诉大家，拿着你的棒

　　　　　槌换回一袋粮食。蒋道长为筹粮日夜

　　　　　辛劳，今日又远路迢迢亲自押运而来，

　　　　　我得好好谢谢他。

　　　〔三人下。

　　　〔幕落。

第七场　天成姻缘

　　　〔江员外屋内。

　　　〔桌上摆着菜肴。江员外精神矍铄，喜不

自禁。

江员外　（唱）一轮明月照山川，

　　　　　　　苦尽甘来换新颜。

　　　　　　　先生智救即墨城，

　　　　　　　功德无量人人赞。

　　　　　　　我家小女早有意，

　　　　　　　要与先生结俦鸾。

　　　　　　　今夜备下酒一坛，

　　　　　　　只等贤婿登门槛。

　　　　　　　花好月圆良宵夜，

天造地配成姻缘。

（白）我家小女去请胡先生过来，老夫备下酒筵，一来为他接风洗尘，感谢他救即墨城之大功大德；二来老夫做主，为他俩定下百年好合，也了我一桩心事。

〔江雪儿、胡峄阳上。

江雪儿 爹，胡大哥来了。

胡峄阳 （施礼）见过员外。

江员外 （还礼）胡先生来了，快快请坐。雪儿，给胡先生斟酒。

胡峄阳 晚辈不曾饮酒，请员外见谅。

江员外 哎，今晚不比往常，无论如何也得饮上一杯。

〔张木匠暗上。

张木匠 家里有粮，心里不慌，刚才想起我的木匠担子还搁在这儿。（欲进，止步偷听）好香啊，木匠我可是几天没闻到酒香了。

胡峄阳 不知员外唤我有什么大事？不妨直言道来。

江员外 先生救即墨于水火，功德流芳，万民称颂，先受老夫一拜。

胡峄阳 晚辈只是尽心做事而已，岂敢受此大礼，员外快快请坐。

江员外 既如此，老夫还有一事不妨直言相告。胡先生，你与我家雪儿情投意合，爱慕日久，今晚老夫做主，就与你俩定下终身大事，择个良辰吉日，把小女迎娶过去便是，不知先生意下如何？

胡峄阳 （慌忙施礼）使不得，万万使不得。小姐出身贵门，千金之体，晚生家境贫寒，又是一穷教书匠，如此门不当户不对，岂敢有半分非分之想。

张木匠 胡先生啊，我都替你着急，你可别推脱。

江员外 哎，此言差矣，先生学识渊博，品行高尚，如此少年才俊，是小姐的莫大福分，你就不要推辞了。

胡峄阳 员外言重了。晚生才疏学浅，一介书生而已，岂可担当如此美誉。请员外收回成命，晚生方可心安。

张木匠 这不是傻帽儿一个嘛。

江员外 如此说来，雪儿是配不上你了？

胡峄阳 岂敢岂敢。

江雪儿 爹，他就是瞧不上小女嘛。胡大哥，你答应啊！你就说，你喜欢雪儿，你爱我，哎哟，都快羞死个人了。

胡峄阳 这，这……

张木匠 （闯进）如此美酒佳肴，木匠也来喝一杯。

江员外 来得正好。雪儿，给木匠添一杯。

江雪儿 你这个糟烂木匠，刚才的话你都听到了？

张木匠 听到了，哎，没听到哇，小姐说的话，我是一个字也没听到哇。（旁白）谁没听到啊，你喜欢我，你爱我，丢死人了。

江员外 小女出嫁，一得有父母之命，二得有媒妁之言，张木匠，今晚你赶得巧，此乃天意，就当一回月下老人如何？

张木匠 员外，这月下老人是一个什么人啊？

江雪儿 月下老是神仙，就是媒人，我爹让你当神仙，当媒人，给我和胡大哥做媒人呗。胡大哥，我说的对吧？

胡峄阳 哦，对，对。

张木匠 当神仙好，当媒人那就更好了。胡先生，你还愣着干嘛？快叫岳父大人啊！（推）你就叫吧，快叫吧！

胡峰阳　张木匠，这，这……

张木匠　你快叫吧，快叫吧！

胡峰阳　岳，岳父大人！

江员外　贤婿！哈哈哈！

张木匠　快叫娘子，叫啊！

胡峰阳　娘子！

江雪儿　郎君！

胡峰阳　（唱）一声娘子喜心间，

江雪儿　（唱）我与哥哥把手牵；

张木匠　（唱）一对情人配成双，

江员外　（唱）老夫心里乐翻天。哈，哈哈哈……

众　人　（合）窗外明月似玉盘，

　　　　　　　良宵美景彻夜欢。

　　　　　　　只待明朝红日升，

　　　　　　　一顶花轿落庭院。

〔欢笑声中幕落。

〔剧终。

流亭观灯

爆竹一声响连空，街上来了俺高美蓉。
昔日观灯为宝童，今日观灯唱流亭。
文化园里好光景，大红柱子挂红灯。
大殿前边搭戏台，戏台连着万盏灯。

万盏灯，灯火红，茶叶市场一溜溜的灯。
天日禾墙上的大屏幕，白天黑夜不歇屏。

品青茶，观红灯，南方茶行里有茶叶灯。
茶叶灯，灯火红，顾客满门他把钱来挣。

茗聚源他挂灯笼，买卖兴隆讲信诚。
大自然，有神龙，品牌代理他把金榜登。

瑞丽公司是大股东，百年的技艺享誉西东。
批发零售他都经营，铁观音照着百盏灯。

安溪县里的品祥茶厂，来流亭街上挂红灯。
生态茶园有二百亩，声誉从西他响到东。

晓天茶行里挂红灯，品种齐全他会经营。
五福茗茶的货色好，产品达标他不糊弄。

茶叶盒，茶叶筒，宏盛包装他样样能。
来年推出新包装，一盒茶叶拐着一盏灯。

朝前走来往东行，洼里盘鼓震天动。

十步一道拱门灯，一闪一闪电子灯。
仙人故居灯火明，中国结也结成灯。
喷泉围着石球涌，水里闪着送彩灯。

白沙河水灯火红，橡胶坝上两条龙。
千盏灯影水里摇，摇得鲤鱼直蹦动。
运动场在河北岸，工程一完就安灯。
这里电费政府出，十瓦八瓦不查灯。

条条大路彻夜明，路灯用上太阳能。
折回头来转西行，前面来到鑫复盛。
百年字号食客多，墙上挂着猪蹄灯。
木栈道上观夜景，姑娘小伙依冬青。

老桥北头人头涌，正月十五卖灯笼。
如今灯笼省蜡烛，两节电池亮明灯。
滴答锦来花爆杖，媳妇孩子挑花灯。
耳朵眼里放光明，手机一响也亮灯。

重庆路上通宵明，银行连片霓虹灯。
一块巨石顶天立，紫月国际忙施工。
塔吊伸进云彩里，争明瓦亮探照灯。
人来车往头接尾，路口闪着信号灯。

调头再向西边行，民航机场一片灯。
串花灯，卧地灯，松树底下反射灯。
登上扶梯远处望，跑道两头十旦灯。

嗡的一声震天响，飞机上天还亮灯。

出了民航往东行，两溜路边都是灯。
快通灯，秋临灯，丹顶鹤过了是复盛。
隔着玻璃朝里望，海参食府挂满了灯。
新春佳节真热闹，下雨刮风照的明。

往前走，朝北行，立交大桥一层层。

就像彩带当空舞，一眨一晃变色灯。
车尾灯，车头灯，两边还有转向灯。
顺着车灯往上瞅，一层桥上两层灯。

转身再往村里走，十字街在建设中。
日后大街变闹市，五光十色万盏灯。
明年举办上灯节，亲朋好友齐上灯。
热热闹闹过十五，红红火火享太平。

流亭赶山

按：流亭千手佛庙山会，创始于明宣德（1626—1655）年间。流亭地处南北要冲，东、西方向则有山货、海鲜在此集散。旧日的流亭千手佛庙山会，商贾云集，车马辐辏，大戏连台，百行艺人悉数登场，游人顾客接踵联袂，俗称"赶山"，曾流传有"赶山"戏词，今凭记忆加以整理，以广见闻。

人　物：生，旦。

〔乐起

〔生、旦联袂上

生　（唱）春风送暖杨柳鲜，
　　　　　我领着新娘子去赶山。
　　　　　小脚的媳妇她不觉累，
　　　　　一路小跑乐翻天。

旦　（白）哎！你光说上流亭赶山，这里一没有岭，二没有山，这赶的是什么山？

生　（唱）小娘子你听我言，
　　　　　二月十九是菩萨圣诞。
　　　　　千手佛庙办庙会，
　　　　　这赶庙会也就叫作赶山。

旦　（白）看把你明白的像个二大爷似的！我早就听老人们说，唐朝就有了千手佛庙，这个庙会也该有一千多年了。
　　（唱）大唐盛世一千多年前，
　　　　　唐王东征在流亭歇鞍。

接着建起了千手佛庙，
保佑百姓过太平年。

生　（唱）千手佛庙里两座塔，
　　　　　一东一西高上云天。
　　　　　塔的北面是大悲殿，
　　　　　塔的东边是南庙湾。

旦　（唱）南庙湾它不一般，
　　　　　跟十字街的水井有牵连。
　　　　　鸭子掉进了井底下，
　　　　　一宿就游到了南庙湾。
　　　　　南庙湾里有灵验，
　　　　　遇到喜事它行方便。
　　　　　家里的碗盘不够用，
　　　　　祷告一番它就借给咱。

生　（白）看你这刚进门的新媳妇，怎么比我知道得还多？怪不得一听说要来赶山，把你欢气地半宿拉夜不睡觉，忙着起来梳妆打扮。
　　（唱）半夜五更你把被窝掀，
　　　　　端上铜盆就忙着洗脸。
　　　　　提留普隆地找东找西，
　　　　　闹得俺，被窝里头也难入眠。

旦　（唱）我早上三点就洗脸，
　　　　　三点一刻开始打扮。
　　　　　盘个高髻卷乌云，
　　　　　戴上耳环再插金簪。
　　　　　胭脂描上樱桃唇，

两道蛾眉描春山。
脱去夜来的小夹袄，
绸缎的衣衫正合肩。
细梳理，再打扮，
对着镜子仔细看。
流亭赶山有千万人，
来他个，群芳失色羞牡丹。

生 （唱）快快走，往前赶，
招牌幌子连成片。
泉盛涌酒馆食客多，
正在划拳的是两个醉汉。

旦 （唱）肉太荤，酒太酸，
大肉大鱼俺不稀罕。
老远闻着喷喷香，
不知是哪家把油饼煎。

生 （唱）不是哪家炸油饼，
是云香斋的点心香又甜。
看喜走亲少不了它，
半大小子更害馋。

旦 （唱）老烧酒辣，瓜齑头咸，
益隆烧锅挂牌匾。
你要害馋不要紧，
往家走时买两坛。

生 （唱）流亭猪蹄带着冻卖，
黄家炉包它包着汤鲜。
河底下还有馇锅子，
脂渣火烧油水里氽。

旦 （唱）纸花缸子锅盖垫，
颠蒜的臼子豆绿色碗。
擦冲炘（qiang）子饭罩子，
十件八件花不几个钱。

生 （唱）挑的挑，担的担，
半大小子啃麻山。

旦 （唱）麻山硬，小嘴软，

喀哧喀哧声声响，
鼓的那个小腮滴溜圆。

生 （唱）媳妇子俏（qiao）来小姑嘴甜，
油摊子上讲价钱。

旦 （唱）卖油郎只顾看新媳妇，
脚一哆嗦把油罐子碰翻，
淌了一地豆油他没看见。

生 （唱）十字街上买卖多，
肉铺连着豆腐摊。
流亭有名的大馒头，
二面外边包着头子面。

旦 （唱）绸布招牌招人眼，
进得门来仔细看。
茄花色绸子割七尺，
回家给婆婆做春衫。
皮老虎俊，僵木人憨，
一吹一蹴（cu）它直叫唤。

生 （唱）两毛钱能买三个，
你生下宝宝咱就逗他玩儿。

旦 （唱）糖球葫芦光鲜鲜，
象通红珠子连成串儿。

生 （唱）红的似你那个樱桃小嘴唇，
只是它，好看好吃不会动弹。

旦 （唱）苞米皮，编成蒲团；
盘腿一坐真舒坦。

生 （唱）快起身往前边赶，
新鲜光景看不完。

旦 （唱）艮硬硬地糖瓜筋道地面，
香油果子炸鸡蛋。

生 （唱）大槐树底下咱先吃饭，
一毛钱就能买两碗。

旦 （唱）东西多急忙买不完，
咱买完了东西再吃饭。

生 （唱）红夹袄，花手绢，

粗布裹脚稀烂贱。
　　　胭脂粉要多买些，
　　　成亲时买的都叫你用完。

旦　（唱）长命锁子金光闪，
　　　买上丝绸再买细缎。
　　（白）我数算着，年底就能赶上孩子过百岁。
　　（接唱）你去请个好裁缝，
　　　　　给孩子做两套百岁衫。

生　（唱）杏花裤，桃花衫，
　　　给你买上四五件。

旦　（唱）铜盆帽高，毛尼鞋宽，
　　　你穿戴上真好看。

生　（唱）海蜇皮虾皮一块买，
　　　白菜丝子加蒜拌。

旦　（唱）买韭菜，买鸡蛋，
　　　韭黄炒蛋咱娘稀罕。

生　（唱）豆芽菜长，豆腐贱，
　　　庄户日子最省钱。

旦　（唱）买长生果，买蜜饯，
　　　大小孩子都解馋。
　　（白）买了这么多东西，拿都拿不动，还要去拜佛看光景，这可怎么是好？

生　（唱）南车行有马车店，
　　　东益货栈在桥北边。
　　　今天买的东西多，
　　　雇辆马车往家窜。

旦　（唱）益和兴连着益兴诚，
　　　玉泰胡同在街北边。
　　　广聚广来是老字号，
　　　龙祥茶庄它有人缘。

生　（白）走啊，到前边木器市场看看有什么好家什，咱接着买上。

旦　（唱）嘭嘭嘭就是一阵爆竹户，
　　　把人吓得直不愣登。

生　（唱）今天是个好日子，
　　　放鞭上梁立门庭。

旦　（唱）崂山里头采木料，
　　　宅子头的木匠做窗棂。

生　（唱）棘洪滩的葫桔最顶烂，
　　　西城汇的砖瓦它最顶用。

旦　（唱）洼里的瓦匠把夹子，
　　　沙沟的石匠手最灵。

生　（唱）沙沟还有地瓜轱辘，
　　　吃得人起闯身板硬。

旦　（唱）楸木箱，槐木凳，
　　　王疃的风显（风箱）嘴子灵。

生　（唱）风显嘴子里有个呼达（木舌头），
　　　十年八年它最耐用。

旦　（唱）集头的媳妇不简单，
　　　当柜卖酒也花枝招展。
　　　卖的酒水空了柜，
　　　门外躺着一片醉汉。

生　（唱）集头的闺女不避嫌，
　　　招揽买卖笑为先。
　　　你来与她们比试一番，
　　　来他个花魁斗牡丹。

旦　（唱）快别在这里插把俺，
　　　甜言蜜语她为了挣钱。
　　　自古以来有句话，
　　　十个商人他九个要奸。

生　（唱）赶紧走，往前赶，
　　　四弦京胡响成一片。
　　　河滩上边搭戏台，
　　　柳腔茂腔轮番演。

旦　（唱）赵美蓉才刚观完了灯，
　　　《罗衫记》后面是《南京殿》。

生　（唱）台上走来了裴秀英，
　　　西京寻父她真可怜。

李颜容是个负心郎，
招了驸马他忘了前缘。

旦　（唱）胡兰英她真淑娴，
南京殿里救儿男。
前妻的儿子她不嫌弃，
劝夫认子合家欢。

生　（唱）徐继祖是个钢铁汉，
惩恶扬善的好儿男。
复仇认母有真情，
一曲柳腔唱罗衫。

旦　（唱）巾帼女子她胜过儿男，
春兰秋兰不一般。
当堂告倒李武举，
《王定保借当》说从前。

生　（唱）张廷秀是八府巡按，
微服私访他装作讨饭。
王二英玉杯来作证，
夫妻相认皆大欢喜。

旦　（唱）毕秀英她是个鬼仙，

真情真意感动了上天。
与丫鬟同嫁一夫婿，
《风筝记》里说仙缘。

生　（唱）唱完一出又上来一段，

旦　（唱）三天两天也看不完。

生　（唱）转身来到千手佛庙，

旦　（唱）拜罢了观音就回家转。

生　（唱）二月山，十月山，
一年就赶两回山，
二月十九赶了山，
十月十九还赶山。

旦　（白）哎，十月十九还来赶山？

生　（白）娘子，这你就不明白了吧？流亭一
年就有两次山会，下次赶山是十月十九。
到时候呀，我们有了大胖小子，我使小车
推着你娘俩。

旦　（白）让赶山的人看看俺们的大胖小子。

合　（唱）把流亭山会再来转个遍。

〔幕落

44

白沙河的春天

人　物　胡峰阳，飞飞（小胖子），

雪梅（均为少年）。

　　众小伙伴，众小天鹅。（由低年级学生扮演）

〔白沙河波光粼粼，岸边垂柳吐绿，碧水蓝天，春意暖暖。

〔欢快的音乐声中，众小天鹅迈着轻松的舞步翩翩而来。

〔小天鹅欢叫着，优美的舞姿充满着对春天的赞美和向往。

〔众小天鹅展开洁白的翅膀，自由飞翔——

〔雪梅沿着河边的小路边看边上。

雪　梅　（喜悦地）春天来了，白沙河真漂亮。你看，碧水荡漾，绿柳成行，鱼虾蹦跳，鸟语花香；再看河水中央，一群白鹅追逐嬉闹，纵情歌唱……这是一幅多么美丽动人的画卷啊！峰阳哥，你快过来看呀！咦，峰阳哥云哪儿了？（张望）峰阳哥！峰阳哥——！

〔飞飞头戴柳条帽率领众伙伴呼喊着跑上。

飞　飞　（对雪梅调皮地）报告大将军，飞飞带领全班人马前来报到！随时听候调遣。

〔众伙伴嬉笑。

雪　梅　（严肃地）闹什么闹？峰阳哥不见了！

〔众伙伴停止嬉闹，围拢过来。

众伙伴　啊，峰阳哥不见了？

飞　飞　大家别着急，让我掐指一算。

雪　梅　（生气地）这都什么时候了，你还在取闹！快，咱们大家分头去找！

飞　飞　（故意地）我不去，我肚子饿了，想吃东西。

雪　梅　你就知道吃吃吃，吃得像只小笨猪。你去还是不去？

飞　飞　不去。你心里只有胡峰阳，人家饿了，却没人管。

雪　梅　（揪住飞飞的耳朵）你不去，我把你的耳朵揪下来喂鱼。

飞　飞　（喊叫）哎哟，好疼好疼，我去还不行吗。

雪　梅　你快点吧！

飞　飞　好好好，大将军下令，我坚决服从。（对众伙伴）兵分两路，马上出发，发现胡峰阳者有重赏！

〔众欢呼，分头跑下。

〔胡峰阳欢跳着上。

胡峰阳　小树林里鸟儿多，我为它们垒新窝，小鸟有了一个家，小鸟快乐，我也快乐！咦，哪是什么？啊，一只受伤的小天鹅。（轻轻抱起来）小天鹅啊小天鹅，你怎么会受伤呢？妈妈要是知道了，不知心里该有多疼。快快好起来吧，跟妈妈回家去，妈妈丢了自己的宝宝，是会着急的。（脱掉自己的衣服为小天鹅盖上，皱眉思索）

我应该怎么办呢？

〔幕后众伙伴的喊声：峰阳哥，你在哪里？你在哪里？

胡峰阳 我在这儿，你们快来！

〔雪梅、飞飞与众伙伴上。

雪　梅 峰阳哥，你一个人跑到哪儿去了？让我们好找。

飞　飞 我就说嘛，峰阳哥丢不了，看把大将军急的。

胡峰阳 雪梅，飞飞，你们来得正好，我在小树林里发现一只受伤的小天鹅，正不知怎么办好呢。

飞　飞 （惊奇地）一只受伤的小天鹅？在哪？（发现）我看看。（众伙伴争看，发出一片嘘声，胡峰阳示意不要惊扰了小天鹅）啊哈，还真是一只小天鹅，肉嘟嘟的真好看。

雪　梅 （抚摸小天鹅）这只小天鹅又可爱又可怜，峰阳哥，你想怎么办？

胡峰阳 大家说说，我们应该怎么办？

飞　飞 （摸着头皮）怎么办？好办！

胡峰阳 你有什么好主意，快说出来。

飞　飞 （眨着眼睛）要我说嘛……这到口的美味，你不想尝尝？

雪　梅 什么？癞蛤蟆想吃天鹅肉？你痴心妄想！

飞　飞 能吃到天上美味，我当一回癞蛤蟆也行。哎哟，我的口水都快要流出来了。

胡峰阳 如果没有好主意，我想把它抱回家去，为它治病疗伤。

雪　梅 这是个好办法。

飞　飞 不行不行。我还有一个主意。

胡峰阳 啥主意？

飞　飞 咱们做一笔交易，我用好吃好玩的东西交换你的小天鹅，哈哈，我天天提着鸟笼游山玩水，多自在，多快活。

雪　梅 （使劲揪住飞飞的耳朵）你再敢胡言乱语，我真把你的耳朵拧下来喂鱼。

飞　飞 （捂住耳朵）哎哟，天不怕地不怕，就怕耳朵搬了家。大将军饶命，你听我把话说完。

胡峰阳 （大笑）哈哈哈！雪梅，你饶了他吧，飞飞说的有道理。

雪　梅 （吃惊地）有道理？他说的有道理？峰阳哥，难道你？

胡峰阳 雪梅，没有鱼儿的河水，水再清也无活力，没有鸟儿的天空，天再蓝也无朝气，没有动物的存在，人再多也会感到寂寞。飞飞要告诉大家的是，停止买卖，停止杀戮，让我们和动物们一起共享美好家园。

雪　梅 飞飞，你真是这么想的？

飞　飞 峰阳哥，还是你理解我。

胡峰阳 （动情地）春天的鸟鸣，夏天的蛙声，还有秋天的蝉噪、冬天的鸡鸣，可爱的动物为我们奏响四季的欢歌，我们真的应该好好谢谢它们。

飞　飞 峰阳哥，你说得太好了，动物就是我们亲密的朋友，我们要好好善待它们。

胡峰阳 对！那么现在我们应该为小天鹅做些什么呢？

雪　梅 （兴奋地）峰阳哥，快来看，小天鹅睁开眼睛了。它好像在说，救救我吧，我渴了。

胡峰阳 太好了！走，我们到河边取水去。

〔胡峰阳、飞飞与众伙伴用手捧水，高兴地来回穿梭。

〔雪梅抱着小天鹅喂水。

雪　梅　（激动地）峄阳哥，飞飞，你们看，小天鹅的翅膀开始抖动了，它好像在说，我要唱歌。

胡峄阳　白天鹅的歌声是大自然最动听的声音，为了让它的歌声永远回荡在美丽的白沙河畔，我提议咱们大家为小天鹅唱一首歌，用我们的歌声呼唤小天鹅早日回到妈妈的身边，回到它属于自己的乐园。大家说好不好？

〔众人拍手叫好，将小天鹅围在中间，放声高唱。

美丽的白沙河
有一只小小天鹅
它离开了亲爱的妈妈
牵动着大家的心窝
我们用真情呼唤你
这是一首爱的赞歌。
碧水蓝天是你的天堂
愿你天天快乐
啊，洁白的小天鹅
我们亲密的伙伴
让我们一同沐浴在阳光下
茁壮成长，幸福生活
〔歌声中，众小天鹅欢快地涌上。
〔胡峄阳与大家手拉手，欢乐起舞。

快乐的端午节

〔一群小学生高举小花篓欢快跑上。

众同学　（唱）小花篓，手中扬，
　　　　　　　朵朵笑脸放红光。
　　　　　　　迎来端午包粽子，
　　　　　　　欢歌笑语喜洋洋。
　　　　　　（齐呼）老奶奶，老奶奶——

老奶奶　来了，来了！
　　　　　　（唱）老奶奶我倍儿爽，
　　　　　　　老少同乐聚一堂。
　　　　　　　文化园里包粽子，
　　　　　　　中华美食大发扬。

男生甲　老奶奶，您看我包的粽子怎么样？

老奶奶　（唱）你的粽子真是棒，
　　　　　　　咬上一口喷喷香。

男生甲　老奶奶夸我的粽子喷喷香！

女生甲　老奶奶，您瞧我包的粽子又咋样？

老奶奶　（唱）你的粽子也叫棒，
　　　　　　　闻上一闻比蜜糖。

女生甲　老奶奶夸我的粽子比蜜糖！

男生乙　老奶奶，您看我的粽子有什么不同？

老奶奶　（唱）你的粽子味道好，
　　　　　　　里面包着大红枣。

男生乙　老奶奶夸我的粽子味道好！

女生乙　老奶奶，您瞧我的粽子有什么特别？

老奶奶　（唱）你的粽子也叫好，
　　　　　　　蛋黄做馅营养高。

女生乙　老奶奶夸我的粽子营养高！

众同学　（唱）棒棒棒，好好好，
　　　　　　　传统美食奶奶教。

老奶奶　（唱）传统美食要记牢，
　　　　　　　传统美德莫忘掉。
　　　　　　　我来问，你们想，
　　　　　　　香甜的粽子谁先尝？

众同学　奶奶呀！
　　　　　　（唱）这个问题早想好，
　　　　　　　孝敬亲人尽孝道。

老奶奶　你们说给老奶奶听听。

男生甲　（唱）我的妈妈最辛劳，
　　　　　　　废寝忘食吃不消。
　　　　　　　我把粽子敬母亲，
　　　　　　　愿她幸福少烦恼。

众同学　（唱）我把粽子敬母亲，
　　　　　　　愿她幸福少烦恼。

女生甲　（唱）我的爸爸不容易，
　　　　　　　起早贪黑少休息。
　　　　　　　我把粽子敬父亲，
　　　　　　　为他工作添力气。

众同学　（唱）我把粽子敬父亲，
　　　　　　　为他工作添力气。

男生乙　（唱）我的奶奶岁数大，
　　　　　　　走路不便眼也花。
　　　　　　　我把粽子敬奶奶，
　　　　　　　祝她健康笑哈哈。

众同学　（唱）我把粽子敬奶奶，

祝她健康笑哈哈。

女生乙 （唱）我的爷爷七十八，
身体硬朗真不差。
我把粽子敬爷爷，
盼他越老越潇洒。

众同学 （唱）我把粽子敬爷爷，
盼他越老越潇洒。

老奶奶 好孩子，你们有孝心，有爱心，老奶
奶我就开心啦！

（唱）热气腾腾粽子香，
送给亲人尝一尝。
不忘父母养育恩，
你们都是好榜样。

众同学 （唱）小花篓，手中扬，
朵朵笑脸放红光。
牢记父母养育恩
中华美德永不忘。

峄阳精神代代传

人物：奶奶，孙子。

（幕后唱）
三百年来，代代传。
胡峄阳的故事说呀说不完。
新时代的春风，四海都吹遍，
胡峄阳传说千秋留传。
（幕后）

奶　奶　孙子。

孙　子　奶奶。

奶　奶　走，听奶奶讲故事去。

孙　子　好的。

奶　奶　走了。（上场）

孙　子　奶奶，您要讲什么故事呀？

奶　奶　奶奶要给你们讲一个胡峄阳的故事。

孙　子　奶奶，胡峄阳是个什么人呀？

奶　奶　孩子，胡峄阳先生是我老爷爷、老爷爷的老爷爷啊！

孙　子　有这么老啦！

奶　奶　孩子，你听奶奶慢慢跟你们说道说道。
　　　　（唱）三百多年前一个早晨，
　　　　　　　百花灿烂，
　　　　　　　天空中映出霞光漫天。
　　　　　　　胡家有一棵梧桐树，
　　　　　　　一只凤凰落在上边。

孙　子　噢？凤凰！

奶　奶　（唱）此时的胡峄阳他……

孙　子　奶奶，他怎么样了？

奶　奶　（唱）降临人间，
　　　　　　　满屋的光亮四壁光鲜。

奶　奶　（唱）奇景奇象有奇缘，
　　　　　　　胡峄阳从此美名传。

孙　子　奶奶，老爷爷有什么传奇故事？

奶　奶　他性格坚强，刻苦钻研，品学兼优，老师都夸赞。

孙　子　噢！品德好，老师都夸赞？

奶　奶　可不是吗！他是班里顶顶好的好学生呀！

孙　子　那他应该去考清华大学吧？

奶　奶　（嗔爱的）傻孩子！那个年代哪里有清华大学呀？当时都是官学，没有钱的人是上不起官学的。因此呢，他就不去上学了，去到了崂山慧炬院，潜心攻读圣人的学问去啦。

孙　子　哪……，怎么现在又把他当成神仙了呢？

奶　奶　孩子，你年纪还小，有许多事情还不知道，奶奶就不详细说了。孩子，你们要牢牢记住胡峄阳小时候是怎么用功学习的，把自己的智慧留给了后人！

孙　子　噢，奶奶我知道了。

奶　奶　（唱）峄阳先生品德高尚，
　　　　　　　排忧解难人品贤良。

遇到难事求他解答，
一字字一句句遇难呈祥。

孙　子　老爷爷竟有这么大的能耐？

奶　奶　（唱）世上的千般事，他都有灵算，
古往今来都有预见。
家乡人居住在福地，他说过，
千难万难不离崂山。

孙　子　千难万难不离崂山，这是老爷爷说的？

奶　奶　（唱）青岛崂山是福地，
从来没有大变乱。
大涝之年它不涝，
大旱之年它不旱。
瘟疫杂症不沾边，

风调雨顺遂人愿。

孙　子　奶奶，老爷爷的本事可真大，不管什
么事情，他一眼就能看穿？

奶　奶　（唱）峄阳先生真神仙，
逢凶化吉他最灵验。
四面八方都敬仰，

孙　合　老爷爷真不简单。

奶　奶　（唱）他的名字上了国家名单。

孙　合　老爷爷真棒。

合　唱　说古道今三百年，
口耳相传不简单。
做人要做这样的人，
胡峄阳精神代代传，代代传。

附录　于孝修剧本选集

JUNBEN XUAN JI

最后一副春联

人　物　韩忠厚，50 多岁，农民。

赵立兴，30 多岁，农民。

刘大娘，65 岁，农村妇女。

〔临近春节。

〔集市一角。

〔幕启：北风呼啸，雪花纷飞，韩忠厚推自行车顶风冒雪上。

韩忠厚　（唱）大雪飘飘到年关，

一桩心事挂在心间。

剩下了最后一副春联，

冒风雪寻买主来到集前。

（支车，抖雪）俺叫韩忠厚，家住 30 里外的韩家铺，每年腊月赶集卖对子。今天赵家夼逢集，我在这里支个摊儿。

（插竹竿，系线绳，将一副对联高高挂起）这是今年最后一副对子了，是一位瘸子老人早就定好的。老人嘱咐我每年要为他专门写上一副，至今已经有 13 年了。可不知为什么，自从进了腊月，老人家却迟迟没有露面，今天是年前最后一个集了，（张望）不见他来，我这心里着急啊！

（唱）心急切不由得左顾右盼，

年关集热腾腾人呼马欢。

熙来攘往不见他的踪影，

老人家因何故未到摊前？

（白）他该不会来了吧？下这么大的雪，还是一个瘸子……（摇头）不！他是一个信守承诺的人，一定会来的。

（唱）老人家曾经对我言，

诚信二字重如山。

虽然是风吼雪舞刺骨寒，

我等他集市散日落西山。

〔赵立兴内喊："好冷的天啊！"紧缩身子上。

赵立兴　（唱）大雪飘飘好冷的天，

年关集上我走一圈。

鸡鸭鱼肉皆备齐，

再捎上对联过大年。

抬眼望，灰蒙蒙天，

一副大红对联挂高竿。

我走上前讨价钱，

他要不卖就得等来年。

（走上前）卖对子的，快拿出对子让我好好看看呀。

韩忠厚　实在抱歉，只有竹竿上这最后一副对联了。

赵立兴　剩下一副对子，也值得你站在冰天雪地里受罪？赶紧卖了，好回家忙年去呀。

韩忠厚　是啊，我心里也着急，可是买对子的人他还没来哟。

赵立兴　呵呵，我不是来了嘛。今儿碰上我，算你运气好。这对子写的什么词？

韩忠厚 上联是，一人诚信一人立，下联是，天下诚信天下兴。

赵立兴 什么意思？

韩忠厚 这意思是说，人人讲诚信，国家才兴旺。

赵立兴 我看看。虽然不太好懂，可我知道这是一副好联。本人名叫赵立兴，这上联最后有一个立字，下联最后有一个兴字，嘿嘿，真巧了，这对联就是专门为我写的。摘下来吧，便宜便宜，我买了。

韩忠厚 不卖。

赵立兴 不卖？多少钱卖？

韩忠厚 多少钱也不卖。

赵立兴 哎咳，这就怪了。你不卖，大冷的天来找罪受啊！

韩忠厚 小老弟，这副对子已经有人买下了。

赵立兴 哦，有人买下了。买下了，你怎么还挂着它？

韩忠厚 集上人多，买主来了不好找。把它挂起来，人家隔老远能看得见。

赵立兴 我问你，人没来，怎么就买下了？你的生意虽然不大，可也算是个生意场的人，总该知道先来后到的规矩吧？我先来，这对联就是我的。（上前欲摘，被韩忠厚挡住）

韩忠厚 小老弟，当心撕破。这对联，人家去年腊月就定好了，你怎么能拿去？

赵立兴 （讥笑）啊哈，去年腊月？你可笑死我啦，如今早上说的话，到晚上就不算数，这一年前定下的事，到现在还好用？你呀，死心眼！

韩忠厚 不是死心眼，这是说话算数，信守承诺。

赵立兴 信守承诺？如今谁还讲这个。你看看，

你站在冰天雪地里活遭罪，可人家正在家里围着火炉取暖喝茶哪。他呀，肯定不能来，你就别在这里傻等啦。

韩忠厚 不会不会，他肯定来，我了解他。

赵立兴 他是哪个村的？

韩忠厚 不知道。

赵立兴 叫什么名字？

韩忠厚 也不知道。他买了我13年对联，从来不多说一句话，我只知道他是一个瘸子。

赵立兴 瘸子？那就更不能来了，刮风下雪路滑，他是瘸子可不是傻子。这样，我也不和你砍价，你说多少钱就多少，这对子我买下了。

韩忠厚 不行。

赵立兴 再加十块钱。

韩忠厚 不行。

赵立兴 再加二十。

韩忠厚 ……（摇头）

赵立兴 加五十！不瞒你说，这对子有我的大名，我是讨个吉利才花这个冤枉钱，要不你哪里去找这样的好事？

韩忠厚 小老弟呀！

（唱）小老弟你莫纠缠，

信义岂能钱来换。

我与老人十三载，

相互守信心相连。

赵立兴 你拉倒吧！

（唱）做生意，为赚钱，

诚实守信不相干。

冰天雪地刺骨寒，

自讨苦吃傻又憨。

韩忠厚 （唱）做生意，为赚钱，

见利忘义不能干。

	不怕地冻天又寒,
	一诺千金记心间。
赵立兴	（唱）好一个痴心的汉,
	世上难寻我遇见。
	编个谎话将他骗,
	不达目的心不甘。
	（白）这位老哥,刚才我是跟您开玩笑,你说的那个瘸子,他是我的大伯,今儿风雪太大,老人腿脚不便,让我替他来取对子。
韩忠厚	（半信半疑）小老弟,你说的可是真话?
赵立兴	哪有假话? 我大伯还夸你哪,说你人忠厚,讲信用,是天底下难找的大好人。
韩忠厚	（信以为真）哦,要是这样,我韩忠厚就把对联交给你。（欲摘对联,又生疑惑）小老弟,真是你大伯让你来的?
赵立兴	（旁白）这人名叫韩忠厚,是够憨厚的。（对韩）哪还有假? 快摘下来吧,要不你搓搓手暖和暖和,我自己来。（欲摘对联被挡住）
韩忠厚	别急,别急! 让我再好好想想。
赵立兴	有啥好想的? 就是一副对子,谁会骗你?
韩忠厚	别急,别急。
	（唱）小老弟你别着急,
	让我仔细问问你。
赵立兴	（不情愿地）问吧。
韩忠厚	（唱）你大伯身高有几许?
赵立兴	我就胡诌吧。
	（唱）我大伯身高一米七。
韩忠厚	（点头）差不多。
	（唱）他是胖来还是瘦?

赵立兴	（唱）他不胖不瘦正合适。
韩忠厚	也差不多。
	（唱）你大伯脸上可有黑痣?
赵立兴	（挠头）这……还是诌吧。
	（唱）我大伯无疤无麻白脸皮。
韩忠厚	还是差不多。
	（唱）你大伯黑发还是白胡须?
赵立兴	（唱）我大伯白发多黑发稀。
韩忠厚	也还是差不多。
	（唱）你大伯哪条腿上有残疾?
赵立兴	这可难住我了。
	（唱）我大伯他左腿……他右腿……
	他左腿右腿我不知。
韩忠厚	（唱）支支吾吾答不出,
	分明你是假冒的。
赵立兴	你这人真是,为一副对子问来问去,我就不客气了!（上前强摘对联,韩忠厚极力阻拦,两人推搡拉扯互不相让）
	〔刘大娘急上。
刘大娘	（唱）急急忙忙来赶集,
	差点误了天大的事。
	（刘大娘推开两人,走到对联旁,凝望良久,无比激动）一人诚信一人立,天下诚信天下兴! 多亲切、多熟悉的对联啊!
	（唱）见对联挂在高竿上,
	禁不住心潮翻腾热泪盈眶。
	这对联在我家一十三载,
	一字一句铭记在我的心房。
	抚摸着这大红的对联呀,
	又激动又喜悦强忍悲伤。
	丈夫临终病榻上讲,
	有一副对联牵挂心肠。

今日我尊遗嘱来到集上，
取对联了他愿诚信不忘。

韩忠厚　大娘，您是……？

刘大娘　同志，请将对联摘下来吧，我要了。

韩忠厚　大娘，这副对子……

刘大娘　我知道，我就是买了你十三年对联的
　　　　那位瘸子的老伴儿。

韩忠厚　（惊喜万分）大娘，您终于来了！大
　　　　叔他？

刘大娘　他来不了了。

韩忠厚　怎么？

刘大娘　他走了。

韩忠厚　走了？

赵立兴　（诧异地）婶子，你怎么来买对子？

韩忠厚　你们认识？

刘大娘　我和赵立兴是一个村的。

赵立兴　大叔刚刚过世,按风俗三年不贴对子，
　　　　你怎么还……

韩忠厚　（吃惊地）大叔他，过世了？

刘大娘　（平静地）临终之时，你大叔嘱咐我，
　　　　一定不能忘了这副对子，你们是有承
　　　　诺的。人啊，不管什么时候，都要时
　　　　刻记住诚信二字,这是做人的本分啊！
　　　　同志，对不住了，让你在冰天雪地里
　　　　受苦了。

韩忠厚　（哽咽地）大娘！
　　　　（唱）大娘的话似雷霆，

字字句句震撼着我的心灵。
诚信两个字，
说来倒轻松，
真正要做到，
绝非易事情。
我愿世上人，
铭记在心中：
一诺重千金，
一生守信用。

赵立兴　（深受感动）忠厚大哥，婶子，你们
　　　　讲诚信，守信用，是我学习的好榜样。
　　　　大哥，你要为我写上一副，我要一年
　　　　一年一直贴下去。

韩忠厚　好啊！

刘大娘　立兴，大娘的这副对子，就交给你了，
　　　　你要把诚信二字牢记心中，一直传下
　　　　去。

赵立兴　婶子，您就放心吧！
　　　　〔合唱：我愿世上人，
　　　　　　　　铭记在心中：
　　　　　　　　一诺重千金，
　　　　　　　　一生守信用。
　　　　〔韩忠厚与赵立兴各执一联，刘大娘居中，
造型。
　　　　〔幕徐落。

原载安徽《黄梅戏创作》2016 年第 2 期

芝麻开店

时　间　某日中午。

地　点　山脚下的"芝麻酒家"。

人　物　芝　麻，农村青年，经营小酒店。

　　　　麦　子，女青年，与芝麻谈对象。

〔幕启：芝麻戴着厨师帽焦虑地向外张望。

芝　麻　（颓丧地）双眼望穿，心似火燎，俺的芝麻酒家没人来，还是没人来！今天的生意又黄了，唉，生意好难做呀！

　　　　（唱）芝麻我今年二十三，

　　　　　　　小酒店开在山脚边。

　　　　　　　起个店号"芝麻酒家"，

　　　　　　　哪想到芝麻酒家生意淡。

　　　　　　　自打开张到今天，

　　　　　　　门庭冷落好清闲。

　　　　　　　急得我嘴上起了泡，

　　　　　　　气得我跺脚心不甘。

　　　　　　　当初开业有人言，

　　　　　　　说俺是榆木疙瘩不开栓，

　　　　　　　做生意脑袋要灵活，

　　　　　　　死脑筋怎能把钱赚？

　　　　　　　芝麻我不要滑不使奸，

　　　　　　　本分经营为什么这样难！

　　　　　　　前几天谈了个对象叫麦子，

　　　　　　　这几日就要前来把家验，

　　　　　　　她见我灰头土脸没生意，

　　　　　　　肯定是心灰意冷了断姻缘。

　　　　　　　唉唉唉一声叹，心烦意乱，

　　　　　　　有什么好计策妙手回天？

〔芝麻扔掉帽子，坐在凳上唉声叹气，抱头发呆。

〔少顷，麦子花枝招展挎包上。

麦　子　俺叫麦子，家住山外三里铺，今日远路迢迢进山来，是为了定下俺的终身大事。

　　　　（唱）谈一个对象叫芝麻，

　　　　　　　小酒店开在山脚根。

　　　　　　　今日乔装改扮来试探，

　　　　　　　看他是一个啥样的人。

　　　　　　　他若是安分守己走正道，

　　　　　　　俺与他好姻缘定下终身；

　　　　　　　他若是见利忘义走歪路，

　　　　　　　俺与他形同陌路人。

　　　　　　　一路走来一路想，

　　　　　　　只怕他鬼迷心窍佐俺的心。

　　　　　　　抬眼望芝麻酒家在眼前，

　　　　　　　不由得脸红心跳又慌神。

　　　　（走至门口）他不会把我认出来吧？要是认出可咋办？（看自己，笑）他呀，认不出来，俺头披纱巾，描眼画眉，像换了个人，他咋能认出来？俺先不忙敲门，听听动静再说。（偷听，见无动静，踮起脚往里窥视）我看他呀，双手托腮，愁眉苦脸，垂头丧气，像个木墩!

（唱）他愁眉紧锁无精神,

一定是生意冷清不开心。

俺正好给他下个套,

看他是瓦砾还是真金。

（敲门,捏嗓子喊）屋里有人吗?

芝　麻　（闻听从凳上弹起,戴上厨师帽,欢喜地）有,有啊! 俺的娘哎,总算见着个活人了。（开门,毕恭毕敬地）芝麻酒家全体员工,欢迎您的光临! 请进。

麦　子　（偷笑,见芝麻未认出,放下心）大哥,你刚才说啥? 全体员工欢迎光临,俺怎么就看见你一个人?

芝　麻　（一本正经地）这里就我一个人,既是老板,又是厨师,还兼职服务员。

麦　子　（故意惊讶地）你是老板?

芝　麻　是老板。

麦　子　哪有你这样老板? 戴着厨师帽,浑身葱花味,是个伙夫吧。

芝　麻　（憨笑）嘿嘿嘿,羊毛出在羊身上,老板伙夫都一样。（搬凳）您请坐,（递上菜单）这是菜单,您点着菜,我马上给您泡茶。

麦　子　不用客气。大哥,你有什么拿手的好菜尽管说来。

芝　麻　（高兴地）果然是富家小姐,穿戴打扮就与众不同,今天的生意错不了。（殷勤地）您坐好,听俺报报菜名。

麦　子　你呀,专挑那些俺在山外吃不到的说,海参鲍鱼龙虾呀,俺都吃腻歪了。

芝　麻　妹子,你真说对了,你说的这些,你就是想吃俺还没有呢。我这里都是你从来没听过没吃过的,你可听好了。

麦　子　俺听好了。

芝　麻　（唱）芝麻酒家农家宴,

风味小吃品种全。

蝎子蚂蚱油榨干,

蜂蛹蛤虫黄灿灿。

蘑菇炖上小乌鸡,

香嫩可口让人馋。

热炒凉拌山里参,

葱花虾米山鸡蛋。

越嚼越香拳头菜,

水库鲤鱼美又鲜。

烫上一壶地瓜酒,

野菜包子做午餐。

吃饱喝足打个嗝,

舒舒服服赛神仙。

（得意地）怎么样? 我说的这些,都是你从来没吃过的吧?

麦　子　好东西真不少,听了让人馋得慌,可惜俺没有口福,今天不是来消费的。

芝　麻　（沮丧地）不是来消费的? 俺等了大半天,说了一大串,原来你不是来消费的,让俺空欢喜一场。不来吃饭,那你来干嘛?

麦　子　大哥,你问俺来干嘛?

芝　麻　你来干嘛?

麦　子　实言相告,俺是来你这里打工的。

芝　麻　打工?

麦　子　对呀!

（唱）大学毕业回家转,

找个工作实在难。

听说芝麻酒家缺人手,

今日毛遂来自荐。

芝　麻　哦,你是找工作来了。

麦　子　对呀,你答应了?

芝　麻　我啥时答应了? 我这里呀,（学麦子腔）

实言相告，我这里不缺人手。

麦　子　你刚才亲口说，老板、厨师、服务员都是你自己，这才多大工夫，咋又不缺人手了？

芝　麻　这里真不缺人手，我自己还嫌多余呢。

麦　子　哟，这是什么意思？公交车有无人售票，飞机有无人驾驶，你一个人还嫌多余，难道要开无人饭店？

芝　麻　（苦笑）还真让你说着了，我这里和无人饭店差不多。你呀，还是到别处看看吧。

麦　子　大哥不留俺？

芝　麻　不能留。

麦　子　留下吧。

芝　麻　不能留。

麦　子　大哥嫌俺长得丑？

芝　麻　不是。

麦　子　嫌俺不能干活？

芝　麻　也不是。

麦　子　这也不是，那也不是，那是为什么？

芝　麻　反正不能留。

麦　子　大哥！

　　　　（唱）你看俺有多为难，
　　　　　　　找工作东奔西走进深山。
　　　　　　　高抬贵手你留下俺，
　　　　　　　俺一定好好工作使劲干。

芝　麻　（唱）并非大哥不讲情面，
　　　　　　　这件事情真不好办。
　　　　　　　你大学毕业有学历，
　　　　　　　找份好工作不会太难。

麦　子　（唱）别的工作我不喜欢，
　　　　　　　就愿意工作在酒店。
　　　　　　　刷锅洗碗俺全包，
　　　　　　　挑水扫地都归俺。

芝　麻　（无奈地）咳，我还是对你说了实话吧！

　　　　（唱）小店开张到了今天，
　　　　　　　生意清冷只赔不赚。
　　　　　　　如果再把人手添，
　　　　　　　到哪里给你发放工钱？

麦　子　哦，原来你的生意不好，发不出薪水？

芝　麻　是啊。

麦　子　如果生意好起来，您就收留俺了？

芝　麻　是啊。可这生意不知哪天才能好起来呀。

麦　子　你想好起来？

芝　麻　俺天天想，夜夜盼，想来盼去望穿双眼。可这莲花山地处偏僻，交通不便，要想好起来难于上青天。

麦　子　常言道，酒香不怕巷子深，美味不惧地方偏，要想生意好起来，其实并不难。

芝　麻　说得轻巧，你有好主意？

麦　子　俺有好主意。

芝　麻　你有啥好主意？我才不信。

麦　子　大哥！

　　　　（唱）莫要门缝把人看扁，
　　　　　　　小妹自有妙药灵丹。
　　　　　　　只要你将俺来收留，
　　　　　　　芝麻酒家一步登天。

芝　麻　（唱）小妹说话口无遮拦，
　　　　　　　不分轻重不知深浅。
　　　　　　　果真有妙药和灵丹，
　　　　　　　俺叫你姑奶奶心甘情愿。

麦　子　真的假的？

芝　麻　没有戏言。

麦　子　你叫一声俺听听。

芝　麻　还不知道你葫芦里装的是灵丹还是狗皮膏药，让我咋叫？

麦　子　想听听？

芝　麻　洗耳恭听。

麦　子　想听俺还不说了。

芝　麻　知道你没啥好主意，要有那本事，你
　　　　会到我小店来？

麦　子　那俺说了？

芝　麻　说，俺竖着耳朵听。

麦　子　那俺说了，大哥！

　　　　（唱）小妹来到你店家，
　　　　　　　冷清清如遭霜打。
　　　　　　　生意不好有原因，
　　　　　　　原来店里没有花。

芝　麻　啥？没有花？

　　　　（唱）此话把我要笑傻，
　　　　　　　说什么店里没有花。
　　　　　　　原以为你有锦囊计，
　　　　　　　哪知道睁眼说瞎话。

麦　子　俺问你，你叫什么名字？

芝　麻　芝麻。

麦　子　这就对了。

　　　　（唱）芝麻开花节节高，
　　　　　　　芝麻无花一棵草。
　　　　　　　光有芝麻没有花，
　　　　　　　难怪生意做不好。

芝　麻　（唱）葫芦茄子挨不着，
　　　　　　　米是米来糕是糕。
　　　　　　　你的意思俺知道，
　　　　　　　那是花店来经销。

麦　子　（唱）红花绿叶见不着，
　　　　　　　无香无色像冰窖。
　　　　　　　这样的酒家谁愿来？
　　　　　　　顾客不来准萧条。

芝　麻　（挠头）这么一说，好像有道理。要
　　　　说花，那还不现成？家里多着呢。

　　　　（唱）端来一盆大牡丹，
　　　　　　　又红又紫像花篮。

麦　子　（唱）牡丹太俗都看惯，
　　　　　　　人人见了不喜欢。

芝　麻　（唱）端来一盆蟹脚兰，
　　　　　　　一层一层像塔尖。

麦　子　（唱）蟹脚兰它香味淡，
　　　　　　　人人见了不喜欢。

芝　麻　（唱）端来一盆月季花，
　　　　　　　清香扑鼻满小店。

麦　子　（唱）月季花它花期短，
　　　　　　　人人见了不喜欢。

芝　麻　（唱）端来一盆仙人掌，
　　　　　　　无冬历夏不枯干。

麦　子　（唱）仙人掌它满身刺，
　　　　　　　人人见了不喜欢。

芝　麻　这也不喜欢，那也不喜欢，你倒说说
　　　　什么花人人喜欢？

麦　子　大哥！

　　　　（唱）窈窕淑女女人花，
　　　　　　　人人见了都喜欢。

芝　麻　女人花？菊花茶花海棠花，桂花樱花
　　　　玫瑰花，哪里还有女人花？

麦　子　大哥真不知道，还是装糊涂弄傻？

芝　麻　我真不知道，这女人花哪里有？

麦　子　（故作腼腆地示意自己）你看嘛！

芝　麻　看什么？

麦　子　大哥真是。

　　　　（唱）俺就是——
　　　　　　　百媚千态女人花。

芝　麻　你是女人花？我看像狐狸花，打扮妖
　　　　里妖气的。

麦　子　大哥咋说话？（装出搔首弄姿的样子）
　　　　俺芳龄十八，正当青春年华，天生丽质，

秀雅绝俗，如出水芙蓉，似杏花含露，
说不尽的温柔可人，真好有一比……

芝　麻　比什么？

麦　子　比那当年西施、貂蝉、王昭君、杨玉环。

芝　麻　哎呀呀，好不知羞，见过脸皮厚的，
　　　　从来没见过这么厚的，真好有一比……

麦　子　比什么？

芝　麻　比老太太纳的鞋底，比铁匠铺钉的马
　　　　掌，比俺烙的冷水面大饼。

麦　子　大哥，俺还有一比……

芝　麻　别比了。

麦　子　别比了？

芝　麻　别比了，你这是啥意思嘛？

麦　子　大哥，俺没多大意思，俺就是想帮帮
　　　　你呗。

芝　麻　帮帮我？咋个帮法？

麦　子　咋个帮法？

芝　麻　咋个帮法？

麦　子　俺说说？

芝　麻　你说说。

麦　子　真说说？

芝　麻　真说说。

麦　子　那俺说了。

芝　麻　说了。

麦　子　大哥让说，俺就说了。其实嘛，俺就
　　　　是陪陪客人喝喝酒，陪陪客人唱唱歌，
　　　　陪陪客人……

芝　麻　啥？

　　　　（唱）闻听此言怒冲冠，
　　　　　　　你怎可来到我的店。
　　　　　　　芝麻开店守本分，
　　　　　　　岂容污秽来糟践！
　　　　（往外推麦子）你走，你走！

麦　子　（唱）大哥不要把脸翻，

一片好心当驴肝。
做生意，想赚钱，
陪酒揽客胜灵丹。

芝　麻　（唱）歪门邪路我不走，
　　　　　　　芝麻不赚昧心钱。
　　　　　　　遵纪守法做生意，
　　　　　　　哪怕停业把门关。

麦　子　（暗喜）
　　　　（唱）大哥再听一声劝，
　　　　　　　千万莫钻牛角尖。
　　　　　　　这里山高皇帝远，
　　　　　　　无人问来无人管。

芝　麻　（唱）脚踩山梁头顶天，
　　　　　　　坦坦荡荡男子汉。
　　　　　　　一生不做亏心事，
　　　　　　　清清白白人世间。

麦　子　（唱）大哥再听二声劝，
　　　　　　　过了此村无他店。
　　　　　　　食宿开销俺自担，
　　　　　　　小费给你留一半。

芝　麻　呸！
　　　　（唱）树要皮来人要脸，
　　　　　　　不讲廉耻生恶念。
　　　　　　　金山银山我不贪，
　　　　　　　勤劳开出幸福泉。

麦　子　（唱）大哥再听三声劝，
　　　　　　　可有女友在身边？
　　　　　　　无房无车无存款，
　　　　　　　哪个来到你门槛？

芝　麻　（唱）她若爱财不爱人，
　　　　　　　我持棍棒将她赶。
　　　　　　　芝麻无财也无权，
　　　　　　　只有梦想飞得远。

麦　子　（唱）芝麻不愧好青年，

再三试探也枉然。
这样的伴侣遂心愿，
我与他定下好姻缘。

芝　麻　（拽麦子）咋还不走？快点快点！芝麻再也不想见到你。

麦　子　再也不想见到俺？

芝　麻　再也不想见到你！

麦　子　你不后悔？

芝　麻　决不后悔！

麦　子　芝麻，你看俺是谁？

芝　麻　不管是谁，快走，快走！

麦　子　俺是麦子！

芝　麻　你是大豆也得走！（感觉出不对）……你，你说你是麦子？

麦　子　（摘下纱巾）俺真是麦子！你好好看看。

芝　麻　（仔细端详）你是麦子？（认出，惊喜地）真是麦子，麦子！（欲扑过去，又停住）麦子，你这是演的哪一出呀？你吓死我了。

麦　子　（调皮地）俺呀，乔装改扮，微服私访，访出了一个榆木疙瘩认死理的大好人！

芝　麻　麦子，还开玩笑，你看看，刚才我真把你当小姐了，还一个劲儿往外推你，可别生我的气呀。

麦　子　谁生你的气，俺高兴还来不及呢。芝

麻哥，你说得好，做得对，做生意就得像你这样，遵纪守法，文明经营。你还不知道吧？这里马上就要变成旅游区了。

芝　麻　变成旅游区？麦子，这消息可靠？

麦　子　（从包里拿出一份报纸）你看，报纸上都说了，还会有假？

芝　麻　（看报纸，念）我市将在莲花山开辟新的旅游景点，不日将对外开放……（兴奋地）太好了！麦子，莲花山变成旅游区，咱这里可就热闹了，这样一来，芝麻酒家有救了。

麦　子　是啊！咱们再在饭菜质量、环境卫生、价格、服务等方面做好文章，芝麻酒家一定会红红火火！

芝　麻　说得对！到那时，可真是芝麻开花节节高了！

〔芝麻与麦子击掌相庆，兴高采烈，载歌载舞。

合　唱　芝麻开花节节高，
　　　　山村一片新面貌；
　　　　事业爱情双丰收，
　　　　比翼双飞乐陶陶。

〔欢笑声中幕落。

原载《文化大视野》第6卷

特殊年礼

时　间　除夕夜。

地　点　郑乡长家。

人　物　老杨头，贫困户。

　　　　郑乡长，某乡乡长。

　　　　萧　兰，郑妻。

〔舞台正中是郑乡长家客厅，一组沙发，一张茶几，茶几上摆有花生糖果茶具等；正北墙壁上贴着一个大红"福"字，舞台左侧是客厅房门，右侧通内室。

〔幕启：雪花飞舞，爆竹声声。客厅门外，老杨头抱一个搭着一条旧白毛巾的柳条小篓忐忑不安地上。

老杨头　（唱）大雪飘飘年除夕，

　　　　　　　我到乡长家来送年礼。

　　　　　　　这份礼物它不一般，

　　　　　　　是收是拒我的心胆虚。

　　　　　　　来到门前轻轻敲，哎，

　　　　　　　豁出去这张老脸皮。

〔老杨头敲门，无应，不知所措。

〔郑乡长拿一件风衣由内室上，萧兰跟上。

萧　兰　老郑，你就不能多陪我一会儿吗？平时你工作忙，可今天是万家团圆的除夕之夜，你怎么还要出去？

郑乡长　萧兰，你也知道，老杨是我的扶贫对象，大过年的就他一个人在家，我去陪他说说话，你就委屈一下。

萧　兰　老杨头也真倔，请他到咱家一起吃个年夜饭，可他就是不肯。

郑乡长　老杨的心思你应该明白，他是怕打扰你，怕给你添麻烦。

萧　兰　你们结对帮扶都快一年了，应该像一家人一样，他怎么还这么生涩。

郑乡长　他的儿子儿媳前年遇车祸双双身亡，孙女小燕又在外上大学春节没有回家，他的心里一定不好受，你应该多理解。

老杨头　（再敲门，低声）郑乡长，我是河西村老杨头，你开开门……

萧　兰　老郑，好像有人来了？

郑乡长　（警觉地）萧兰，你去看一下。

萧　兰　（看猫眼）老郑，看不太清楚，来人手里好像拿着什么东西。

郑乡长　（将风衣扔在沙发上，恼火地）如果是有人送礼，坚决不开门！乡党委乡政府年前三令五申，严禁借春节之机搞不正之风，竟然还有人在除夕晚上搞这一套，真是荒唐！

萧　兰　（惊喜地）老郑，是老杨头，河西村的杨大爷！

郑乡长　（意外地）老杨？他怎么来了？不是说不来了，你看清楚了？

萧　兰　没错，是杨大爷。

郑乡长　快开门！

〔萧兰开门。

萧　兰　杨大爷，还真是你啊，快请进。（老杨头进屋）

郑乡长　老杨，你过年好啊。

老杨头　好好，你和萧兰都过年好。

萧　兰　谢谢杨大爷。

郑乡长　老杨，你不是说不来啦，知道你来，我去接你。（为老杨头抹去雪花）你看你满身雪花，冻着了吧？

老杨头　没事没事。郑乡长，我来给你拜个早年。

郑乡长　要拜年，我也得先给您拜年去，你可是长辈啊。

萧　兰　杨大爷，老郑刚说要去给您拜年呢。

老杨头　不敢劳驾，不敢劳驾。

郑乡长　你看你，还客气上了。老杨，你，你怎么还带东西来了？

老杨头　大过年的，没什么好带。（递篓）这是我的一点心意，请郑乡长收下。

郑乡长　（挡回）老杨，你来，我当然高兴，礼物我是坚决不收，再说，你这不是把我当外人看了嘛。

萧　兰　是啊，杨大爷，咱们就像一家人，你还客气什么。来，坐下喝碗水暖暖身子。

老杨头　我就不坐了。郑乡长，你是我的大恩人，这礼物你一定得收下。

郑乡长　老杨，你的心意我收下了，这个（指柳条篓）你得拿回去。（拉老杨头坐下）咱们一起一年多了，你还不了解我？

老杨头　我了解，我了解。

郑乡长　萧兰，去炒俩菜，俺爷俩喝两盅说说话。

老杨头　不不，我已经吃过了，不麻烦。

萧　兰　杨大爷，你别客气，菜都是现成的，你就和老郑少喝点说说话。

老杨头　我真吃过了。年前，郑乡长给我送去不少好东西，一时半会吃不了。

郑乡长　好好，恭敬不如从命。老杨，喝水。

老杨头　郑乡长，我知道……

郑乡长　你就叫我小郑，别一口一个郑乡长，听着多生分，我不是还叫你老杨嘛。

萧　兰　杨大爷，在你面前，他就是小郑。

老杨头　呵呵，这样不好，我还是叫郑乡长好。

郑乡长　那就随便，小郑、老郑、郑乡长就是一个称谓，都一样。

老杨头　郑乡长，我老杨头知道你从不收别人礼物，可是，别人的礼物你可以不收，我的礼物说什么你也得收下，你要是不收，我心里过意不去呀。

郑乡长　老杨，你这么说就不对了，你总不能让我犯错误吧？

萧　兰　杨大爷，老郑是党员干部，又是一乡之长，你得经常监督他，敲打他，让他少犯错误，你怎么还给他送礼呢？

老杨头　我也不是送礼，我就是想表达一下我的心意，你们别误会。

郑乡长　哈哈，你老杨也学会幽默了，你这不叫送礼，叫什么？

老杨头　我送的礼物不值钱。

郑乡长　老杨，我给你说，值钱不值钱，性质是一样的，我若收了，那就是受贿，就是犯错误。

老杨头　郑乡长，我送的可不是一般礼物，它与别的礼物不一样，不会犯错误。

郑乡长　你把我搞糊涂了，一会儿说礼物不值钱，一会儿说礼物不一般，老杨，你到底带来的是个啥礼物呀？

老杨头　我，我拿不出手啊。

郑乡长　拿出手拿不出手，反正我不收，你拿回去。

老杨头　不不，你一定得收下。

郑乡长　老杨，即使我帮了你一点小忙，你也不必挂在心上，都是我应该做的，要感谢，你就感谢咱们的党和咱们的政府。

萧　兰　杨大爷，老郑说得对，要感谢，就感谢党感谢政府。

老杨头　（拉着郑乡长手站起）郑乡长啊，你们说得都对，我感谢党，我感谢政府，可是郑乡长不就是咱们的党咱们政府的人嘛。

郑乡长　（含情地）老杨！

老杨头　郑乡长啊！
　　　　（唱）我老杨家门遭不幸，
　　　　　　　塌天的大祸平地生。
　　　　　　　儿子儿媳死于非命，
　　　　　　　剩下一老一少孤苦伶仃。
　　　　　　　叫天天不应，喊地地无声，
　　　　　　　多亏了郑乡长救我出火坑。
　　　　　　　修房子，打水井，
　　　　　　　送衣送粮，嘘寒问暖，
　　　　　　　资助小燕圆了大学梦。
　　　　　　　恩深似海比山重，
　　　　　　　这一份礼物它太轻！
　　　　（从篓里取出一把斧子，双膝跪地，两手将斧举过头顶，动情地）郑乡长，我给您送斧来了！

郑乡长　（与萧兰同吃一惊，退后几步）送斧？老杨，你，你这是干什么？

老杨头　郑乡长，我是一个老木匠，家里只有这把斧子，斧，代表幸福，我给你送福来了。

郑乡长　（迟疑着接过斧子，看了再看，沉思）送斧，就是送福？

萧　兰　（上前扶起老杨头）杨大爷，您快请起。

郑乡长　（泪花闪闪）送斧，就是送福，这是多么美好的比喻啊！
　　　　（唱）手捧斧子热泪涌，
　　　　　　　这份年礼太贵重。
　　　　　　　平常一把斧，
　　　　　　　今夜意不同。
　　　　　　　千金买不来，
　　　　　　　万银比它轻。
　　　　　　　世上礼品千万种，
　　　　　　　哪比得除夕送斧饱含深情。
　　　　　　　寸草谢春晖，
　　　　　　　滴水报泉涌。
　　　　　　　为民做点事，
　　　　　　　百姓记心中。
　　　　　　　我愿天下父母官，
　　　　　　　永远心系老百姓！
　　　　（兴奋地）老杨，我工作十几年来从不收礼，在这除夕之夜，你的这份特殊年礼，我破例收下了！

老杨头　（喜悦地）好，好，你收下了，我就放心了。

萧　兰　（接过斧子）杨大爷，真有你的，你怎么会想到除夕送斧啊？我和老郑谢谢你的美意，也祝您老人家幸福长寿！

郑乡长　老杨，真得好好谢谢你，祝你幸福长寿！

老杨头　谢谢，谢谢。萧兰问我，你怎么会想到送斧就是送福啊？我告诉你们，这是我那孙女小燕给我出的馊主意。

郑乡长　这个小燕子，她还好吧？

老杨头　好，好。哦，她还给你写了一封信，郑乡长你看看。

郑乡长　（接信，念）郑叔叔、萧阿姨你们过年好，这个春节我不能回家了，虽然很想和爷爷一起过年，但为了节省路费，我还是坚持留在了学校，去一家商场打工……燕子不能亲自给您拜年去，只好拜托爷爷代我送去新春的祝福……我听过一个故事，一个除夕送斧的故事，在这个除夕里，也让小燕子为您送去祝福吧。别的礼物您都不会收下，但我相信，这份礼物您一定会收下的……（哽咽）小燕子，叔叔收下了，叔叔代表全乡父老乡亲收下了你和爷爷送来的礼物。

老杨头 （欢喜地抹着泪水）郑乡长，我和燕子谢谢你能理解。

郑乡长 （重将斧子捧在手上）老杨，明天乡里举行团拜会，我要把斧子带上，让大家都听听我这个乡长除夕收礼的故事。我要用这把斧子，砍断贫穷的枷锁，为乡亲们迎来一个幸福的生活！

老杨头 （激动地）郑乡长，谢谢你！

郑乡长 老杨，我还要告诉你一个好消息。

老杨头 噢，是什么好消息？

郑乡长 春节过后，咱们乡的敬老院就要落成了，到时候，你就去安享晚年吧。

老杨头 太好了，我老杨头，老来有福啊！（众笑）

合　唱 一把斧子闪闪亮，
象征幸福和吉祥。
万众一心齐努力，
昂首挺胸奔小康！

〔合唱声中幕落。

原载四川《红杜鹃》2019 年第 1 期

月季花儿开（一）

时　间　现代。

地　点　乡村小旅馆。

人　物　杨桂花，8岁，村支部书记。

　　　　王大宝，7岁，小旅馆主人。

　　　　小　霞，25岁，村委委员，王大宝女儿。

〔村口二层小楼。门口立一木牌，上面写着三个大字：小旅馆。另一侧是一处篱笆小花园，火红的月季花，芳香四溢。

〔幕启：王大宝手里拿着一把小喷壶，乐呵呵地由小旅馆走出。

王大宝　（唱）王大宝我开了一个小旅店，

　　　　　　　紧挨着批发市场左右逢源。

　　　　　　　南来北往的来投宿，

　　　　　　　一年的收入很可观。

　　　　　　　顾客来了俺说声欢迎，

　　　　　　　顾客走了俺道声再见。

　　　　　　　好日子就像这红彤彤的月季花，

　　　　　　　闻着喷喷香，看着心里甜。

　　　　（给月季花喷水）唉，听说这几天村里要拆除旧房盖大楼，搞什么新农村建设，俺家小霞也跟着书记东跑西颠做宣传。哼，你搞你的建设，我开我的旅馆，咱们井水不犯河水，谁想拆我的旅馆小楼，我就跟他反目成仇。（悻悻回旅馆下）

〔小霞拎一个尼龙兜上。

小　霞　（唱）月季花开红艳艳，

　　　　　　　新农村建设热火朝天。

　　　　　　　村庄规划方案已通过，

　　　　　　　拆迁工作就在眼前。

　　　　　　　我是村干部又是党员，

　　　　　　　带头拆迁理所当然。

　　　　　　　就怕我爸他不同意，

　　　　（夹白）哼，俺爸要是不同意，（接唱）我跟他瞪眼把脸翻。

　　　　（进屋大叫）爸！爸！

王大宝　（拿一把暖瓶上）小霞，我正要给客房送水，你粗门大嗓的，不怕把客人吓着了？喊你爸什么事？

小　霞　村民代表大会已经结束，村庄规划方案顺利通过，拆迁工作马上就要开始了，我回家是要您签个字。

王大宝　签个什么字？

小　霞　（从兜里取出协议书）您在拆迁协议书上签个名，就表明您同意拆迁了。

王大宝　（接过看一眼，扔在一旁）怎么，要拆咱家小旅馆？

小　霞　不但要拆咱家小旅馆，村里所有房屋都要拆。腾出地盘盖大楼建小区，这叫集约用地，目的是为了发展经济。

王大宝　爱谁拆谁拆，我不拆！

小　霞　不拆不行，这是百年大计。再说，别人都拆，你凭啥不拆？

王大宝　孩子，你也不想想，咱家这是二层小楼，怎么能和他们的房子相提并论？开的是旅馆，一年下来，少说也挣十万八万的，这要一下拆了，往后去哪挣钱？你别犯傻了。

小　霞　爸，您要胸怀大局，脑子里不能只想着自己。我又是这次规划建设小组的副组长，咱家可不能当"钉子户"。

王大宝　你趁早死了这条心！我要去客房送水，没工夫和你磨牙。（欲走，被小霞扯回）

小　霞　爸，你签不签？

王大宝　不签！

小　霞　刚才杨书记在会上讲，要我做工作的时候注意方式方法，不要意气用事，所以我才对您和颜悦色，心平气和，您要真顽固到底，拒不签字，我就……

王大宝　你就怎样？你还不认我这个爸了？我给你说，她杨桂花已经装修好了房子，准备下月给儿子结婚，她能把新房拆了？不给儿子娶媳妇了？咋呼别人行，你可不能让人当枪使。

小　霞　你怎么能跟杨书记比？

王大宝　怎么不能比？她是书记，带头啊！

小　霞　结婚是人生大事，再说杨书记家小刚，好不容易才找上个媳妇，就是要拆，也要等到结婚以后再拆。

王大宝　这不来了？那就等着吧，她什么时候拆，你爸就拆了。

小　霞　（生气地）爸，你真的不拆？

王大宝　（坚决地）不拆！

小　霞　（捞起鸡毛掸子）你不拆，我就……

王大宝　怎么，你还想打我？

小　霞　我把楼上客人全赶跑，看你怎么办！

王大宝　你敢！

小　霞　看我敢不敢！（往楼上冲，被王大宝抱住）

王大宝　小霞，你疯了？

小　霞　（挣脱不开，用鸡毛掸子捅楼梯，大喊）楼上都听清楚，这个房子马上要拆了，你们赶快离开，统统离开！

王大宝　（一面捂小霞嘴，一面往楼上吆喝）别听她的，你们千万别走！小霞，你冷静，冷静！

小　霞　（继续大喊）你们听清楚了，马上离开，统统离开！

王大宝　小霞！（把小霞使劲摁椅上，举手要打，又不舍得）你可气死我了，都是我把你宠坏了！

小　霞　（趴桌上哭泣）我不认你这个爸了，再也不认你这个爸了！

王大宝　（心痛地）孩子，我知道你说的是气话。这房子真不能拆啊，自从你妈去世以后，你就是爸的掌上明珠，我要给你买房，给你买车，把你风风光光嫁出去，孩子，这就是爸的梦想，也是你妈的心愿。可这需要钱，这个小旅馆，是爸的唯一希望，要是拆了，我去哪里攒钱啊！

小　霞　（赌气地）我不要，我不要！

王大宝　再给爸爸三年时间，等把钱攒差不多了，咱就拆。小霞，就三年，时间不算长啊。

小　霞　我不等，我现在就要你拆！呜呜……

王大宝　你爸也是快五十岁的人了，腰还有毛病，别的活干不了，有这个小旅馆，我还有点指望，要是没了，以后的日子怎么过？小霞，你想过没有？

小　霞　我不想，不想！（拎起兜抹泪急下）

王大宝　（追出）小霞！小霞！咳！杨桂花，

你有本事自己来,何必要害俺家小霞!看我怎么收拾你!（悻悻回屋）

〔杨桂花上。

杨桂花 （唱）春风吹百花开绿草茵茵,

党中央号召咱建设新农村。

宏伟的规划让人振奋,

携起手奔小康万众一心。

拆迁工作决不会一帆风顺,

老传统旧观念蒂固根深。

抒豪情迎挑战坚定信心,

绘一幅崭新图画梦想成真。

（白）我是村支书杨桂花,来小霞家看看。她爸王大宝,是头犟驴,要做通他的工作可不容易。（喊）小霞,小霞!

〔王大宝拿鸡毛掸子怒气冲冲出。

王大宝 你来干什么?（捅杨桂花）走,走!

杨桂花 哟,旅馆老板就是这个态度?你平时对待顾客也拿鸡毛掸子往外捅?

王大宝 顾客是来给我送钱,我笑脸相迎,有人来拆庙,我不欢迎!

杨桂花 腆个大脸给谁看?看样子今天生意不咋样,连老同学也不认了。

王大宝 （冷笑）呵呵,本店天天人满为患,有人要拆我的小店,她是吃了熊心豹子胆!

杨桂花 （故意地）老同学,是谁要拆你小店?

王大宝 谁要拆我小店,谁心里清楚,装什么蒜。

杨桂花 这个小店地处路边,客流不断。要是拆了,不是傻瓜,就是痴汉。

王大宝 （不明其意）你什么意思?杨桂花,我叫你书记是给你脸面,叫你杨桂花,你也不要难堪。你鼓动小霞回家和我翻脸,非要拆了我的小店,你为什么

偏要和我对着干?

杨桂花 别的事咱先不谈,你和小霞翻脸,为啥?

王大宝 她要拆,我不干,想要撵走顾客造反!

杨桂花 小霞呢?

王大宝 抹着眼泪走了。

杨桂花 这个小霞,做事简单。这么好的小店,谁舍得拆?要我也不情愿。

王大宝 哈哈,杨桂花杨桂花,你真是阴险,自己躲在幕后,把小霞推到台前,好人都是你的,让俺父女反目结怨。

杨桂花 咱是老乡邻,又是老同学,我哪有这个坏心眼?你不要胡乱猜忌,伤了情感。

王大宝 你真不拆我的旅馆?

杨桂花 我拆千间万间,也不能拆了你的旅店。

王大宝 此话当真?你花花肠子多,我得多防范。

杨桂花 说话算数,绝无戏言。

王大宝 这就对了。不是老同学多言,你一不缺吃,二不缺钱,安安稳稳当你书记,搞什么新农村建设,这是自己给自己找麻烦。

杨桂花 你我不缺吃不缺花,多少有点积攒,可是你看看,咱村多少人家还是紧紧巴巴过日子。新农村建设是祖祖辈辈的梦想,是为子子孙孙谋幸福,老同学,咱们的眼光可要放长远。

王大宝 难怪你能当上书记,我当不了官,思想觉悟就是不一样。其实我知道你也很为难,作为老同学应该支持你。不过,我就需要三年时间,三年以后,一定支持你的拆迁方案。

杨桂花 为什么要三年时间?

王大宝 给你说实话,我是给小霞挣个嫁妆钱,等小霞出嫁了,我也就无牵无挂,任

	凭你咋样，我没意见。
杨桂花	你能等三年，村里那些老少爷们尤其需要房子结婚的青年人也能等三年？你真是站着说话不腰疼。
王大宝	管不了别人家的事，现在这个社会，管好自己就行了。
杨桂花	那就给你三年时间，给小霞挣个嫁妆钱。
王大宝	（喜出望外）哎哟，我的老同学，谢谢了。杨书记，请屋里用茶，我这里有上等的铁观音，请坐请上座，敬茶敬香茶。
杨桂花	老同学是高才生，开个小旅馆，真是高射炮打蚊子，大材小用了。
王大宝	偶尔露个一丁半句，老同学莫要见笑。请——
杨桂花	茶就免了。老同学，你往这边看看。
王大宝	（顺着杨桂花手指的方向）看什么？
杨桂花	你往远处看。
王大宝	（踮起脚尖看）见不到啊。
杨桂花	老同学啊！ （唱）老同学你放眼看， 那里有一个莲花湾。 莲花湾里鱼儿肥， 红翅金鳞亮闪闪。
王大宝	哈哈哈！ （唱）老同学你看花眼， 莲花湾缺水已枯干。 一条泥鳅也没有， 哪有鱼儿游清泉？
杨桂花	老同学，你再往这边看。
王大宝	看什么？
杨桂花	你往远处看。
王大宝	见不到啊。

杨桂花	老同学啊！ （唱）老同学你放眼看， 那里有一个百花园。 蜂飞蝶舞鸟儿唱， 姹紫嫣红齐争艳。
王大宝	哈哈哈！ （唱）老同学你胡乱言， 花园早把工厂建。 一道围墙铁丝网， 哪有鸟儿翱蓝天？
杨桂花	哦，莲花湾没鱼了，怎么会呢？
王大宝	早没了。
杨桂花	它怎么会没有鱼呢？
王大宝	没有水，哪里有鱼？别说没有鱼，连小虾泥鳅都没有。
杨桂花	噢，没有水就没有鱼，是这个道理吧？
王大宝	你呀你呀，做官做糊涂了。（学唱）鱼儿离不开水呀，瓜儿离不开秧，社会主义离不开共产党，这歌自小都会唱。
杨桂花	对，对，你一唱，我想起来了，你说我怎么这么笨呢？
王大宝	你呀你呀，脑子光想着村庄规划去了。
杨桂花	老同学，那边的花园也没有鸟了？我记得当年那里什么鸟都有，成群结队，非常好看。
王大宝	你就当作美好回忆吧。现在围墙高高，机器轰鸣，哪里还有鸟的影子。
杨桂花	噢，围墙高高，机器轰鸣，鸟就不来了？
王大宝	你以为鸟是傻瓜？鸟语花香，没有花香，哪有鸟语？
杨桂花	你说我的脑子怎么就这么笨呢？多简单的问题就是想不明白。
王大宝	你呀你呀，（有所察觉）哎，我说老同学，不对呀？

杨桂花	怎么不对？
王大宝	你有些反常，什么鱼儿鸟儿，连街上孩子都知道，你不知道？你是故意捉弄我，你捉弄我！
杨桂花	我哪敢捉弄老同学？不过你刚才说的话，倒是对我启发很大。
王大宝	领导又表扬我，我这个人脸皮薄，批评还可以，就是受不住表扬。我刚才说什么话，让你受很大启发？
杨桂花	想听听？
王大宝	想听听。
杨桂花	你刚才说，鱼儿离不开水，鸟儿离不开花，是不是？
王大宝	（点头）是，是。
杨桂花	这就对了。
王大宝	怎么的？
杨桂花	要是这样，你这个小旅馆……恐怕……
王大宝	这跟小旅馆有什么关系？
杨桂花	我打个比方说。
王大宝	你打个比方说。
杨桂花	我打个比方说，你的小旅馆是莲花湾，如果没有水，还会有鱼吗？
王大宝	这……
杨桂花	我再打个比方说。
王大宝	你再打个比方说。
杨桂花	我再打个比方说，你的小旅馆是那个百花园，现在围墙高高，机器轰鸣，还会有鸟来吗？
王大宝	（挠头）这……别卖关子了，怎么回事？
杨桂花	（笑）你呀你呀，钻钱眼去了，光想着天天赚钱，脑子生锈了。
王大宝	我脑子本来就是犟筋疙瘩不转弯。快说说，我的小旅馆恐怕什么？
杨桂花	恐怕……

王大宝	咳，说呀！恐怕什么？
杨桂花	恐怕开不成了。
王大宝	什么？开不成了？你不是答应给我三年时间，怎么，变卦了？
杨桂花	绝不变卦。
王大宝	不变卦，你倒是说呀！
杨桂花	你想啊，拆迁后，这里肯定变成一片废墟，断水，断电，工程开工后，整个工地要全部封闭起来，白天黑夜机械隆隆，你这个小旅馆还不变成没有鱼的莲花湾？哪个傻子到你这里投宿住店？你说是不是？
王大宝	让我想想。（一拍大腿）可不是，四下一包围，没水没电，日夜嘈杂，还有谁来住店？杨桂花杨桂花，你太有心计了，你口口声声说不拆我房子，可转来转去，我还得拆啊。
杨桂花	真想拆？
王大宝	真想拆。唉，我这个旅馆小老板当不成了。
杨桂花	哈哈哈！老同学，老板没当够，你还可以继续当啊。
王大宝	我还怎么当！
杨桂花	老同学啊！
	（唱）想当老板你就当，
	我来给你算笔账。
	一处房产两套房，
	你能分到四套房。
	一处留着你养老，
	一处小霞嫁新郎。
	还有两处派用场，
	出租开店你主张。
王大宝	（唱）书记算完一笔账，
	让我心里很亮堂。

新农村建设就是好，
方方面面有保障。
我想出租就出租，
想当老板我就当。
清清楚楚一笔账，
日子要比现在强。

杨桂花　想通了？

王大宝　想通了。

杨桂花　我可不勉强。

王大宝　是我自愿的。

杨桂花　想通了，自愿的，就在协议书上签上名字。

王大宝　签！（眼珠一转）慢！哈哈，杨桂花，我是有名的老犟筋，你的房子不拆，就别想动我的小旅馆……

杨桂花　我的房子……

〔小霞匆匆上。

小　霞　杨书记！

杨桂花　小霞，你去哪了？让你爸爸担心。

小　霞　我不用他担心。

杨桂花　小霞，你怎么说话？

小　霞　哼！（喜悦地）杨书记，大家听说你把新房拆了以后，都深受感动，纷纷要求拆自家房子，路边店的二十家有十八家同意了，没同意的两家，一家是"糖葫芦"老孙家，一家是（不情愿地）……我爸了。

王大宝　我……

杨桂花　小霞，太好了！我相信绝大多数是会同意的，还有个别人暂时想不通，我们要多做深入细致的思想工作，相信他们会想通的。

王大宝　（在小楼前跪下）爹！娘！咱辛辛苦苦盖起来的房子，就要拆了，我舍不得呀！

杨桂花　（扶起王大宝）大宝，你想想看，咱村哪一栋房子不是节衣缩食，倾其所有盖起来的？今天要拆了，谁也舍不得。我们今天把房子拆了，为的是明天过得更好，让子孙后代过得更好。

王大宝　杨书记，你说得对！（走到月季花前）小霞，你过来，再好好看看月季花。这片红红的月季花，是你母亲当年栽下的，每当看到她，我就觉得是和你妈妈在一起，现在要分手了，我们再亲亲她吧。（两人鞠躬，亲吻月季花）

小　霞　（依偎爸爸怀里，动情地）爸爸！

杨桂花　大宝，满院的月季花，饱含你的情，深藏你的爱，你和小霞也不必伤心，我要把月季花保留下来，在这里建一个月季花园，让更多的人喜欢月季花，爱上月季花，让月季花的芬芳留在每一个人的心中，成为一段美好的回忆。

王大宝　（感动地）杨书记，谢谢你！可是你把房子拆了，儿子结婚怎么办？

杨桂花　他们准备旅行结婚，另外我也不想在这件事上大操大办。

王大宝　杨书记，我对不起你，你是咱老百姓的好书记。小霞，快拿协议书来，爸要签字！（欢快签字）

杨桂花　（握住大宝双手）大宝！

合　唱　月季花儿开，
朵朵放光彩。
携手奔小康，
走进新时代。

〔合唱声中幕落。

原载《剧作家》2015 年第 5 期

月季花儿开（二）

时　间　现代。

地　点　某农村。

人　物　花奶奶，小霞的奶奶。

　　　　小　霞，村两委成员。

　　　　大　根，村委会主任。

〔花奶奶家庭院。正中为三间老屋，院子里盛开的月季花姹紫嫣红，芳香四溢。

〔幕启：花奶奶喜盈盈地由屋内出。

花奶奶　（唱）艳阳高照暖融融，

　　　　　　　月季花开得火样红，

　　　　　　　村里人都管我叫花奶奶。

　　　　（白）为什么管我叫花奶奶呢？因为呀，我栽花养花又爱花，特别对月季花有感情。你望望，满院月季红彤彤，俺要是一天见不到哇——

　　　　（接唱）吃不好睡不下心不安宁。

　　　　　　　（亲吻月季花，深情地）

　　　　　　　月季花呀，

　　　　　　　你开得这么美，闻着这么香，

　　　　　　　我这心里呀，高兴！

　　　　　　　该给你浇浇水啦。

〔花奶奶拎塑料桶下。

〔小霞提尼龙兜欢快上。

小　霞　（唱）桃红柳绿芳草青，

　　　　　　　欢天喜地回家中。

　　　　　　　拆迁方案已通过，

　　　　　　　旧村改造要开工。

　　　　（白）村里要拆旧房盖大楼，家家再也不为住房犯愁，我奶奶要是知道了，保准欢喜得像喝了芝麻油。（喊）奶奶，奶奶！奶奶又去打水了，天天浇花浇不够。月季花是老人的心头肉，拆了房没了花，心里一定难受。为了建设社会主义新农村，哪头重哪头轻，奶奶能分清。

〔花奶奶拎水上。

小　霞　奶奶！（上前接过水桶）您整天拎水浇花，身子骨越来越差，再这样下去，肯定要累垮。

花奶奶　奶奶身子结实着呐，月季花是我的宝贝疙瘩，一天不浇浇它，吃不好睡不下。

小　霞　奶奶，往后您不用浇花了。

花奶奶　不用浇花了？（看天）怎么，天要下雨？

小　霞　奶奶，不是天要下雨，是咱村要改天换地啦！

花奶奶　啥？改天换地？俺听着像打哑谜。

小　霞　（兴奋地）新农村建设日新月异，古老的村庄将成记忆，座座大楼高高矗立，与城市相比，没有距离。

花奶奶　俺越听越糊涂。

小　霞　奶奶，简单说，就是咱村马上要建大楼，家家富得要流油，再也不为房子犯愁。

花奶奶　你是说，咱村要盖像城里那样的大楼？

小　霞　　是啊！奶奶，您做梦也没想到吧？

花奶奶　　小霞，这么说，你和亮子结婚有新楼了？

小　霞　　不光我和亮子有新楼，咱村家家户户都有新楼。多的有好几处，最少的也有两处，多余的可以租出去，一年的房租可不是小数目，勤劳致富足不出户。

花奶奶　　哟，这还真是天上掉下金葫芦，奶奶听得有点晕乎。

小　霞　　奶奶，你欢喜？

花奶奶　　欢喜，欢喜！

小　霞　　满意？

花奶奶　　满意，满意！

小　霞　　我就知道您又欢喜又满意。（从兜里取出拆迁协议书）奶奶，请您在协议书上盖个手印，往后就光等着住大楼享清福吧。

花奶奶　　（欲盖手印，又想到什么）小霞，咋还要摁个手印？

小　霞　　奶奶真是的。摁个手印，就表明奶奶同意拆房子了，家家都要签字盖印不能马虎，文件说得非常清楚。

花奶奶　　拆房子？拆谁家房子？

小　霞　　全村的房子都拆，拆完了倒出地盘盖大楼，建小区。

花奶奶　　这么说，咱家的房子也拆？

小　霞　　听奶奶说的，咱家又不比别人多个鼻子多个眼，当然要拆了。

花奶奶　　（吃一惊）要拆房子？这满院的月季花……不是也就糟蹋了？

小　霞　　就月季花放您心上。拆了房子，哪还有月季花。

花奶奶　　小霞，咱家房子不能拆。

小　霞　　奶奶，不拆旧房子，人家不给咱两套新房子。

花奶奶　　不拆旧房子，人家不给两套新房子？那你赶紧找你大根叔说说，就说奶奶不拆房子，给咱一套房，你和亮子结婚够用就行了。

小　霞　　奶奶，这肯定不行。

花奶奶　　怎么不行？快去快去，好好跟人家说话，你大根叔会答应的。

小　霞　　奶奶！刚才您还欢天喜地，一转眼就改了主意，真没想到我刚开始工作就遇到阻力，真让人伤心动气。

花奶奶　　奶奶住平房习惯，不想找麻烦，再说住楼太不方便。

小　霞　　现在许多老年人都有这种观念，这是传统生活模式形成的习惯，我是两委成员，得把住楼的好处多宣传，让老人家打消顾虑，跟上形势发展。（对奶奶）奶奶，那你说说，住楼有哪些不方便？

花奶奶　　这……要说不方便，还真不方便。

　　　　　（唱）奶奶腿脚不灵便，
　　　　　　　　　上楼下楼腰累弯。

小　霞　　（唱）上楼下楼有电梯，
　　　　　　　　　舒服快捷又平安。

花奶奶　　（唱）一日三餐家常饭，
　　　　　　　　　烧火没有柴和炭。

小　霞　　（唱）燃气通到厨房里，
　　　　　　　　　开关一扭省时间。

花奶奶　　（唱）火炉烧炕满屋暖，
　　　　　　　　　楼上怎么过冬天？

小　霞　　（唱）卧室里面铺地暖，
　　　　　　　　　没有烟呛火苗蹿。

花奶奶　　（唱）三伏天里洗个澡，
　　　　　　　　　楼上哪有凉水泉。

小　霞	（唱）热水器在洗手间， 　　　要凉要热你随便。
花奶奶	（唱）锄镰锨镢没处放， 　　　栽瓜种豆不好办。
小　霞	（唱）将来变成工业园， 　　　人人上班不种田。
花奶奶	（唱）俺和邻居拉个呱， 　　　好像隔着一座山。
小　霞	（唱）游乐室里样样全， 　　　老少爷们常见面。
花奶奶	（唱）逢五排十赶大集， 　　　要看光景有点远。
小　霞	（唱）商业街在小区边， 　　　天天去逛随时看。
花奶奶	（唱）还有件事不能说， 　　　说出口来羞煞俺。
小　霞	（唱）我是您的亲孙女， 　　　有话您就说当面。
花奶奶	（唱）吃喝拉撒不方便， 　　　俺要方便在猪圈。
小　霞	（唱）卫生间里有坐盆， 　　　没有蚊蝇来回转。
花奶奶	（唱）还有件事不能说， 　　　说出口来惹麻烦。
小　霞	（唱）有话您就照直说， 　　　憋在肚里不舒坦。
花奶奶	（唱）青年都愿自己过， 　　　人到老来讨人嫌。
小　霞	（唱）天下美德孝为先， 　　　老少同居更团圆。
花奶奶	小霞，你说的句句在理，可奶奶还是不答应。
小　霞	我说得明明白白，你咋还执迷不悟？
花奶奶	不拆有不拆的道理。你去把大根叫来，

奶奶有话跟他说。

小　霞　找他没用，他虽然是咱亲戚，又是村主任，但在这个事上没有商量，大根叔在会上讲得很亮堂。

花奶奶　奶奶让你去，你就去。

小　霞　不去。

花奶奶　去不去？

小　霞　奶奶，我怎么去？我是村干部，这个小组有20户我得去找人家签字盖章做工作，这倒好，大门还没出，就在自己家门口一绊子摞倒，我哪有脸去见大根叔？

花奶奶　好好好，你没脸去，奶奶脸皮厚，奶奶去！

小　霞　（扯住奶奶）奶奶，大根叔没在家。

花奶奶　去哪了？

小　霞　开完村民代表大会，他去镇上拿规划图了。

花奶奶　这阵儿该回来了，没回来，我就在那儿等他。

小　霞　真拿你没办法，好好好，我去，我去！
〔小霞气哼哼拎兜下。
〔花奶奶望着小霞远去的背影，沉浸在伤感中。

花奶奶　（抚摸着月季花）月季花，月季花，你是我的亲骨肉啊！20年前，也是这么一个月季花开的时节，你们小两口去城里送花，怎么就撇下刚刚3岁的小霞再也不回来了。白发人送黑发人，一送就是两个，娘的心都碎了。从那时起，娘就种下这片月季花，看不够，亲不够，就像见到你 们恩爱的小夫妻，咱们还是团团圆圆一家人哪。
　　　（唱）月季花就是我的命，

没有你我也活不成。

悲惨的往事让人心痛，

一枝一叶连着母子深情。

小霞她已到婚嫁年龄，

怎忍心旧事重提再蒙阴影。

拆旧房盖大楼我双手赞成，

没了月季花怎能答应！

〔花奶奶洒水浇花，拎水桶下。

〔大根拿规划图兴致勃勃上。

大　根　（唱）春风吹百花开绿草茵茵，

党中央号召咱建设新农村。

宏伟的规划让人振奋，

携起手奔小康万众一心。

拆迁工作不会一帆风顺，

老传统旧观念蒂固根深。

抒豪情迎挑战坚定信心，

绘一幅崭新图画梦想成真。

（白）呵呵，大根我刚从镇上回来，手里拿的是新绘制的村庄建设规划图，看了以后，真是大快人心！今日来找花奶奶，是有一件事情商量。（吆喝）花奶奶，花奶奶！人呢？（置身花丛，无限感慨）月季花开红似血，一件往事难忘却。20年前，大哥柱子和大嫂送花途中，为抢救失火的库房不幸身陷火海，双双殉命。花奶奶悲痛之下，栽下了这片月季花，寄托哀思，抚慰丧子之痛。如今，花奶奶已把小霞拉扯成人，心里也该好受些了。（走至房前，内疚地）唉，这房子破成这样，我这个当村主任的惭愧啊，也该拆了，让老人家过几年舒服日子。

〔大根在院子对着规划图来回比画、丈量，不住地点头。

〔花奶奶拎水上。

花奶奶　大根，你在院子比画什么？

大　根　花奶奶，您回来了，浇花呀。

花奶奶　是小霞把你请来的？

大　根　不是，是我自己来的。花奶奶，有件事情得和你商量商量。

花奶奶　不用商量，你趁早死了这条心！

大　根　花奶奶，您不愿意？

花奶奶　不愿意！一百个不愿意！

大　根　这是好事，怎么不愿意？

花奶奶　哼，好事，你不是要拆房子吗？

大　根　是啊，拆了房子……

花奶奶　我不答应！

大　根　花奶奶，您听我说。

花奶奶　少啰唆！该说的，小霞都说了。

大　根　花奶奶，你看看房子都旧成这样，也该拆了。

花奶奶　房子再破，我看着舒心。

大　根　花奶奶！

（唱）两个窗户已歪斜，

刮风下雨挡不着。

花奶奶　（唱）两个窗户已歪斜，

十年八载还挺妥。

大　根　（唱）一扇大门要脱落，

没有安全危险多。

花奶奶　（唱）一扇大门要脱落，

找来木匠补补缺。

大　根　（唱）再看屋顶砖瓦破，

透风漏雨湿被窝。

花奶奶　（唱）再看屋顶砖瓦破，

找来瓦匠抹一抹。

大　根　（唱）土墙土炕破烂桌，

这种日子怎么过？

花奶奶　（唱）土墙土炕破烂桌，

庄户日子天天过。

大　根　（唱）春天到来旱如火，
　　　　　　　烧水做饭费周折。

花奶奶　（唱）春天到来旱似火，
　　　　　　　屋后就是小清河。

大　根　（唱）夏天到来蚊子多，
　　　　　　　半夜三更睡不着。

花奶奶　（唱）夏天到来蚊子多，
　　　　　　　老皮老肉顶折磨。

大　根　（唱）秋天到来树落叶，
　　　　　　　孤苦伶仃太寂寞。

花奶奶　（唱）秋天到来树落叶，
　　　　　　　鸡狗鹅鸭陪着我。

大　根　（唱）冬天到来飘大雪，
　　　　　　　地冻天寒受饥饿。

花奶奶　（唱）冬天到来飘大雪，
　　　　　　　火炉一点真暖和。

大　根　（唱）奶奶一贯热心肠，
　　　　　　　带头拆房称楷模。

花奶奶　（唱）不用好言哄骗我，
　　　　　　　奶奶吃了铁秤砣。

大　根　花奶奶，你真的不拆？

花奶奶　不拆！

大　根　不后悔？

花奶奶　不后悔！

大　根　（旁白）花奶奶蒙在鼓里，还不知道村里规划，我逗弄逗弄她。（对花奶奶）花奶奶，你执意不拆，我就扒了你的趴趴屋！看你拆不拆！

花奶奶　你敢！

大　根　我敢！（抄起一根木棍假装捅房子）我让你不拆，我让你不拆！

花奶奶　（怒）好你个大根，你是疯了，找打！
〔花奶奶捞起枝条追大根，大根嘻哈着躲

到另一边继续捅，两人一追一躲满院跑。

花奶奶　（气喘吁吁）大根，你这是要剜我的心肝要我的命，快放下，快放下！

大　根　（向观众做鬼脸，假装不理）我让你不拆，我让你扯后腿！我让你不拆！我让你扯后腿！

花奶奶　大根，再不放下，我就给你跪下了。
〔小霞上。

小　霞　（不解地）奶奶，大根叔，你们这是干什么？

花奶奶　小霞，快劝劝你大根叔，他要拆咱家房子，快让他把棍子放下。

小　霞　大根叔，你怎么还真动手了？

大　根　（给小霞使眼色，继续捅）我让你不拆，我让你扯后腿！

小　霞　（笑）大根叔，别逗了，你看把我奶奶急成啥样了。（对奶奶）奶奶，大根叔是和你逗着玩的，你还当真了？

花奶奶　逗我玩的？你个死大根，吓死我了。

大　根　花奶奶，文件规定，旧村改造全凭自觉自愿，我哪能强行拆您的房子？

花奶奶　别叫我花奶奶，叫我大姑。

大　根　大家都这么叫，我也叫顺嘴了。

花奶奶　这拆房子的事，你得多照顾，是亲三分向。

大　根　花奶奶，这话你就说错了，新农村建设牵涉家家户户，不用说我一个村主任，就是比我再大的官也不能徇私枉法，没有照顾这一说。对了，小霞，你那个组的情况怎么样？

小　霞　你从镇上没回来，我顺便到我那个组走了走，大根叔，形势很乐观，我这个组一共20户，现在有18户都签了字盖了章，大家都觉得这是天大的好事情，准备结婚又没房子的人家，更是欢喜死了，还要放鞭炮庆祝。剩下的这两家，一是村东头的"糖葫芦"家，再就是……（沮丧地）我奶奶了。

大　根　太好了！我相信绝大多数是会同意的，还有个别人暂时想不通，我们要多做深入细致的思想工作，相信他们会想通的。小霞，新的规划图我带来了，你看看。

〔大根与小霞在石桌上铺开规划图指点着，又拿起图纸在院子里来回对比，展望未来，二人异常兴奋。

〔花奶奶心情矛盾，一边浇水，一边想着心事。

花奶奶　（唱）看他们规划图前眉眼笑，
　　　　我的心上下翻腾受煎熬。
　　　　盼来了好光景齐声叫好，
　　　　只有我花奶奶绊脚挡道。
　　　　思来想去不知如何是好，
　　　　月季花你、你、你可知道？
　　　　（白）要想留住月季花，这房子就不能拆，不拆房子，就拖了全村的后腿，大根他们多年的梦想就难以实现……（深思）为了全村的子子孙孙，儿呀，小霞她妈！
　　　　（接唱）母子情婆媳爱难舍难抛，
　　　　为娘我忍痛割爱要开窍！

大　根　（故意说给花奶奶听）小霞，（比画）从这往北是敬老院，往东是住宅小区，往南就是月季园，这月季园得有这个院子五个大，你想想，每年到了月季花开的时候，这有多么美丽多么壮观啊！

小　霞　（明白大根用意）是啊，大根叔，高

楼林立，月季花香，真是一幅美丽图画。可是有人，到现在还舍不得这个小家。

花奶奶　大根，小霞，你们说什么？月季园？五个院子大？

大　根　是啊，花奶奶，你想听听？

花奶奶　快说说，俺想听听。

大　根　花奶奶呀！
　　　　（唱）一幅蓝图美如画，
　　　　半点不比城里差。
　　　　高楼大厦平地起，
　　　　伸手摸着彩云霞。
　　　　楼下就是敬老院，
　　　　老人个个乐开花。
　　　　月季园连着敬老院，
　　　　占地五个院子大。
　　　　幸福生活乐陶陶，
　　　　小康社会人人夸。

小　霞　奶奶！
　　　　（唱）小区名字也不差，
　　　　月季花苑真优雅。
　　　　人在花里走，
　　　　花香飘万家。
　　　　新农村一片新天地，
　　　　千家万户乐开花。

花奶奶　（唱）听完你俩一番话，
　　　　俺的眼泪要流下。
　　　　集体考虑得真周到，
　　　　老人也有幸福家。
　　　　月季花让我最牵挂，
　　　　这回也就放心啦。

大　根　（故意逗花奶奶）唉，偏偏有人不舍得拆，再好的事也成不了。花奶奶这次来，本来是想和您商量，想让您当月季园的名誉园长，可您一口回绝，

算了，您就守着趴趴屋过一辈子吧，我走了。

花奶奶 （急拦住大根）大根，你这个该打的，花奶奶啥时说过不拆房子了？

大　根 （学花奶奶腔调）我一百个不愿意，你趁早死了这条心！怎么，现在后悔了？

花奶奶 别和奶奶一般见识，奶奶现在想明白了，自己事小，大家的事才是大事。

小　霞 奶奶，您同意拆房子了？

花奶奶 同意，同意！小霞，拿过来，奶奶摁个手印。（高兴地摁手印）

大　根 花奶奶，这月季园的名誉园长……

花奶奶 当，当！花奶奶不会别的，要说养月季花，那可是四村八疃没人能比得上。

大　根 花奶奶，满院的月季花，饱含着您的情，深藏着您的爱，您就用这真情挚爱培育出更多更美丽的月季花，让更多的人爱上它们，喜欢上它们。

小　霞 奶奶，刚才大根叔都对我讲了。从今往后，月季花就是我心中最美丽的花，我会一生一世钟爱着她。

花奶奶 小霞！（激动地搂住小霞）

大　根 花奶奶，我和小霞再去做做"糖葫芦"家的工作。

花奶奶 大根，小霞，他家拆房子的事我包下了！

〔三人大笑。

〔幕徐落。

原载《未央文学》2014 年第 2 期

王丁香卖枣

时　间　现代。

地　点　县城夜市。

人　物　王丁香——农村妇女。

　　　　张老汉——修车人。

　　　　刘玉娇——打工妹。

〔幕启，王丁香在夜市卖枣，她的身前有一个盛枣的竹篓，身后停靠着一辆旧自行车

王丁香　（大声吆喝）小红枣，新鲜的小红枣，又甜又脆，营养不少。一天仨枣，胜过灵丹妙药！降血糖、降血脂，还降血压！卖枣啦——

　　　　（唱）县城夜市真热闹，

　　　　　　　熙熙攘攘人如潮。

　　　　　　　满满一篓小红枣，

　　　　　　　转眼之间要脱销。

　　　　　　　剩下最后一捧枣，

　　　　　　　亮开嗓门将人招。

　　　　（端起竹篓）小红枣，新鲜的小红枣，当地特产，价格公道，所剩不多，降价促销！哎，对面过来一个老锅腰，头戴瓜皮帽，倒背手，腿打飘，剩下的小枣，俺让他承包。

〔张老汉头戴瓜皮帽打喷嚏上。

张老汉　啊哧——啊哧！

　　　　（唱）啊哧连天好烦恼，

　　　　　　　忽冷忽热腿打飘。

　　　　　　　药铺去买感冒药，

　　　　　　　消痰止咳退高烧。

王丁香　（笑嘻嘻迎上前）老哥哥，看你啊哧啊哧的，你这是得了感冒。

张老汉　可不是，正要去药铺抓药。

王丁香　小小感冒吃啥药？药吃多了可不好。今日碰上我，算你福星高照，俺给你开个偏方，不打针不吃药，还特别有疗效。

张老汉　噢？什么偏方这么奇妙？我呀，就是头疼吃药。

王丁香　你看俺的小红枣，就是专治感冒的特效药。

张老汉　真会开玩笑，小枣能治感冒？

王丁香　俺可不是凭口乱说，小枣滋心润肺，消炎止咳，都上了广告。

张老汉　小枣恐难治好，我还是去药铺买药吧。

王丁香　别说小小感冒，你就是得了肺气肿长了癌细胞，只要吃了俺的小红枣，肯定手到病除马上活蹦乱跳。

张老汉　哎，你这个同志讲话太没礼貌，我没肺气肿也没癌细胞，就是伤风感冒，打喷嚏流鼻涕，夜里睡不好觉。

王丁香　俺就是打个比方，老哥别计较。俺的小枣，不喷农药，没有虫咬，又甜又脆，营养很高。

张老汉　好好好，你别再唠叨。我买你一斤小枣，

价格可要公道。

王丁香　不会让老哥多掏腰包，剩下不多，如果都要，我再省你两毛。

张老汉　丁是丁卯是卯，钱该多少就多少。

王丁香　老哥真好。（称枣）你可看好，秤杆翘得老高，两斤小枣，零头去掉，你给十二块，咱就成交。

张老汉　（递钱）你给包好。

王丁香　（接钱）塑料袋刚好用完，拿什么盛枣？

张老汉　糟糕，我也没带包。

王丁香　（摘掉张老汉瓜皮帽）你的瓜皮帽，正好盛小枣。

张老汉　不好不好，帽子盛枣，变了味道。

王丁香　（将枣倒入瓜皮帽）羊毛出在羊身上，反正自己吃，权当加点佐料。

张老汉　（接过瓜皮帽）罢罢，拿回家用凉水泡泡。（下）

王丁香　（得意地）哈哈哈——

　　　　（唱）刚才耍个小技巧，

　　　　　　　秤杆上面做手脚。

　　　　　　　别看秤杆翘得高，

　　　　　　　实际亏他半斤枣。

　　　　　　　不是俺的心不好，

　　　　　　　短斤少两头一遭。

　　　　　　　馄饨铺里喝一碗，

　　　　　　　暖暖身子歇歇脚。

　　　　（白）同村的妹子刘玉娇，就在边上的馄饨铺打工，我进去喝一碗。

　　　　　　　大妹子！大妹子！

〔刘玉娇系围裙上

刘玉娇　丁香嫂，这么快卖完了？

王丁香　卖完了，嫂子卖枣有绝招。

刘玉娇　喊我啥事？

王丁香　肚子咕咕叫，喝碗馄饨解除疲劳。

刘玉娇　哟，今天这是咋回事？花钱大手大脚，回家不怕大哥不给报销？

王丁香　（上前耳语）今天秤里做了手脚，白赚三块装进腰包，喝碗馄饨正好。

刘玉娇　嫂子这样可不好，做生意讲信誉至关重要，你这样坑人，是给咱山里人堵路拆桥。

王丁香　你呀，抱着葫芦不开瓢，死脑筋，城里人有钞票，不会和咱计较。

刘玉娇　不是计较不计较，咱要对得起自己良心，短斤少两是不走正道。

王丁香　好好好，妹子，算嫂子错了，向你求饶。

刘玉娇　不行，你得把钱给人退回去，赔礼道歉，承认错误，把毛病改掉。

王丁香　咋退回去？咋赔礼道歉？人家早走了，你让我哪里去找？

刘玉娇　他长啥样？附近的人差不多我都知道。

王丁香　他头戴瓜皮帽，刀把脸，佝偻腰，打啊嚏，患感冒，六十上下老白毛。

刘玉娇　这是谁……？你这一说，我也摸不着头脑。

王丁香　别浪费脑细胞了，赶紧喝碗馄饨，俺回家还要跋山涉水过小桥。

刘玉娇　你呀你呀，真让妹子小瞧。进来吧。

王丁香　屋里吵闹，不进了，我还担心自行车让人骑跑。

刘玉娇　那你在外面等着，一会就好。（下）

王丁香　（对着刘玉娇下去的方向，讥讽地）在县城打工有什么炫耀？说话还拿腔拿调，谁不知道你是刘玉娇？家住二十里外老鹰涧，您爹叫刘大彪。喝碗馄饨，害怕不给钱？看你左一榔头，右一棒槌，一阵胡打乱敲，谁能受得了？哼，不喝了！

〔王丁香推车走，张老汉手托盛枣的瓜皮帽气喘吁吁上

张老汉 慢走！啊哧！慢走……

王丁香 （惊）坏了，瓜皮帽来找秤，我得赶紧溜掉！

张老汉 （赶上前）住下，你住下。（左拦右挡）

王丁香 （故意地）你谁呀？人来人往，灯明火照，竟敢半路劫道，你胆子不小！

张老汉 不认识了？你不认识我，还认识瓜皮帽吧？

王丁香 （尴尬地笑笑）哟，是买枣的老哥哥，我还以为是哪个色徒把小女子骚扰。您千万别客套，俺要急着回家，没时间和你絮叨，拜拜！

张老汉 （拉住车把）慢！我问你卖我多少小枣？

王丁香 老哥啥意思？刚才你也看到，秤杆翘得老高，零头去掉，正好两斤小枣。

张老汉 哼！两斤小枣？
（唱）回家一称才知道，
　　　亏了半斤小红枣。
　　　耍秤弄杆贪小利，
　　　赶紧给我退钞票！

王丁香 给你退钞票？
（唱）说话也不动动脑，
　　　胡言乱语惹人笑。
　　　俺做生意信誉好，
　　　从不投机和取巧。

张老汉 （唱）事实摆在你面前，
　　　想赖你也赖不掉。
　　　今天做了亏心事，
　　　劝你休要耍花招。

王丁香 （唱）小枣已经拿回家，
　　　短斤少两谁知道？

我要告你诬陷罪，
侵犯名誉不轻饶！

张老汉 好，你不认账，咱去找个地方评评理。

王丁香 官司打到最高院，你也赢不了。说吧，你要去哪？

张老汉 市场管理所。

王丁香 市场管理所？别去了。

张老汉 怎么，害怕了？

王丁香 那里是俺一窝子亲戚，去了没有你的好。

张老汉 走走走，我就是要让你的亲戚看看，你是怎么欺诈顾客耍花招。

王丁香 真要去？

张老汉 别啰唆！

王丁香 （旁白）这个瓜皮帽，还不听吓唬。俺得想个高招，设法将他甩掉。（捂着肚子蹲下）哎哟，哎哟！

张老汉 怎么的？

王丁香 不好了。

张老汉 怎么不好了？

王丁香 来那个了。

张老汉 来什么了？

王丁香 （假装生气）你个大老爷们，家里没个女人？还刨根问底，真不害臊！

张老汉 （不知所措）哦，哦……这可咋好？

王丁香 离远点！（张老汉往后挪一步）再远点！（张老汉往后又挪一步）你就识一个数啊？再往后！（张老汉往后又挪一步）看什么？把脸转过去别瞧！对，蹲下，不要动，我马上就好……

〔张老汉转过身老实地蹲在地上。王丁香偷笑，轻手轻脚推车下

张老汉 （住了一会）整理好了吗？（不见回音，慢慢转过头来，猛吃一惊）啊？跑了！

你回来，你回来！（追下）

〔刘玉娇上

刘玉娇　嫂子，进屋喝吧，我给你看着车子。（环视）人呢？嫂子，嫂子！走了？这个王丁香，平时卖东西挺守规矩，今天怎么坑人三块钱，真是财迷心窍。（下）

〔少顷，王丁香扛自行车小心翼翼上

王丁香　走了？哎哟，这个瓜皮帽真难缠。要不是我急中生智，今天恐怕要阴沟里翻船。（轻声）玉娇妹子，玉娇妹子，快出来！

〔刘玉娇上

刘玉娇　哎呀，嫂子你到哪里去了？让我好找。怎么还扛着车子冷汗直冒？

王丁香　别提了，闭眼听见乌鸦叫，睁眼看见扫把星，今儿真是倒霉透了。

刘玉娇　咋回事？

王丁香　刚跑进一条小胡同，就听咔嚓一声，车链子卡住了，再怎么转也转不动，你说多倒霉。

刘玉娇　凭着大道不走，钻进小胡同干嘛？

王丁香　慌不择路，让人撵的。

刘玉娇　让人撵的？

王丁香　不是不是，回家心切，嫂子想走近便道。

刘玉娇　（笑笑）别扛着车子啦，进屋喝碗馄饨歇歇脚。

王丁香　哪有心思喝馄饨，赶紧给我说说，哪有修车铺，我得把车子修好。

刘玉娇　不喝了？

王丁香　不喝了。

刘玉娇　对面就是修车铺，手艺不孬。

王丁香　我去找找。（王丁香扛车过去）

刘玉娇　不说实话，肯定让买枣的撵胡同去了，她是磨眼里插手指，自找罪遭！（下）

王丁香　修车师傅，有人修车！

〔张老汉内应：来啦，来啦！上。

张老汉　把车放下，让我瞧瞧。（两人照面，大惊）

王丁香　你是……？瓜皮帽！（转身想跑，被张老汉扯住）

张老汉　自己送上门，你往哪儿跑？

王丁香　（索性把车扔地上）我是抱着铁耙子亲嘴，自己找钉子碰。瓜皮帽，今天落到你手里，你要咋办吧！

张老汉　你说咋办？

王丁香　我说咋办？车子我不修了！

张老汉　不修你咋回家？

王丁香　我扛着车子回家。

张老汉　（扶起车子）你是怕我亢你对不对？放心吧，我是义务修车，不收费。

王丁香　义务修车不收费？你是白眼狼戴草帽，假充善人。为了半斤小枣，你东截西堵，把俺害的好苦，你不收费谁信？

张老汉　说起小枣，我还要谢谢你。

王丁香　谢谢我？

张老汉　吃了你的小枣，我的感冒好多了，你看，啊哧不打了，鼻涕不流了，啊哧！啊哧！

王丁香　你看看，睁眼说瞎话，这不是照打不误。

张老汉　哪能一下好利索。回来我也想过了，都是我不对，可能是你看错秤，并不是故意的，对吧？

王丁香　（有些不好意思）对，对，可能是我看走眼，你谅解就好。

张老汉　把车推进来吧，我给你好好看看。

王丁香　你不是设个圈套让我跳吧？

张老汉　我呀，退休以后闲着没事，就在边上开个修车铺，打个气补个胎给人行个方便，不收费。

王丁香　我就纳闷了，你在这里费时费力义务为大家修车，为什么为了半斤小枣那么计较？

张老汉　这是两回事。我这个人有个倔脾气，自己的钱，一分一毛也不能少，不是自己的，金山银山也不要。

王丁香　（愧疚地）老哥，你是好人哪！

张老汉　不说了，你的车子是啥毛病？

王丁香　车链子卡住了，转不动了。

张老汉　小毛病，拿个扳手一撬就好，你等着。（下）

王丁香　（自语）是我的钱，一分一毛也不能少，不是自己的，金山银山也不要……（点头会意，下）

〔张老汉拿扳手上

张老汉　人呢？唉！（低头修车）

〔王丁香端一碗馄饨与刘玉娇同上

刘玉娇　张师傅，俺嫂子向你道歉来了。

张老汉　道歉？

王丁香　张师傅，都是我的错，你就原谅我吧。这是刚出锅的馄饨，您趁热喝了吧。

张老汉　哦，不不，还是你喝。

王丁香　你喝。

张老汉　你喝。（来回推让）

刘玉娇　张师傅，这碗馄饨，俺嫂子特意加了一些姜片是给你治感冒的，还是你喝，我再给俺嫂子做一碗，暖暖身子。

王丁香　妹子，不麻烦了，我这心里呀，暖和着呢！

张老汉　我这心里呀，也暖和着呢！

（众笑，幕徐徐落）

原载《大连群众文化》2015年第2期

传家宝

时　间　某日上午。

地　点　莲花家。

人　物　莲花妈，莲花，李大强。

〔幕启。喜鹊声中，莲花欢快上。

莲　花　（唱）喜鹊喳喳好天气，
　　　　　　　俺妈要来俺家里。
　　　　　　　第一次登门看闺女，
　　　　　　　别提俺有多欢喜。
　　　　　　　扫院子，擦玻璃，
　　　　　　　锅里炖上了小公鸡。
　　　　　　　昨天俺妈电话里讲，
　　　　　　　要送俺一样好东西。
　　　　　　　啥样的宝贝猜不出，
　　　　　　　急得俺，抓耳挠腮脚跺地。

　　　　　（白）你说俺妈能送给俺啥好东西？俺琢磨着，俺刚分家单过，俺妈这是头一回来俺家，初次出手能差了？肯定差不了！这不，地也扫了，桌也擦了，小公鸡在锅里也炖上了，现在就盼着俺妈登门送宝啦。哎，俺让孩子他爸再去买挂鞭炮回来，噼里啪啦这么一放，准备迎接财神。（喊）李大强，来来来，俺有事情吩咐。

〔李大强上。

李大强　（不满地）又有啥吩咐？下午学校要开家长会，我这个班主任到现在连发言稿还没准备好，你就少再打扰我。

莲　花　哟，开个家长会看把你认真的，到时候胡诌几句就行啦。今日俺妈要来，这是头等大事，一切你得听从指挥。

李大强　我看你是瞎指挥。这次家长会，主题是倡导勤俭节约，反对奢侈浪费，这是一个全社会都在关注的问题，你让我怎么胡诌？

莲　花　怎么胡诌我不管，你赶快去给我买挂鞭炮回来。

李大强　不逢年不过节，买鞭炮干嘛？

莲　花　买鞭炮干嘛？买鞭炮欢迎俺妈！

李大强　你妈又不是什么总统光临大驾，还要放礼炮21响，她就是一个普通的家庭妇女，放鞭炮纯属多余！

莲　花　俺妈不是总统不假，可今天，她的身份不同一般。

李大强　她今天是什么身份？

莲　花　她今天是财神爷！

李大强　你妈是财神爷？财神爷是男的，你应该说你妈是王母娘娘才对。咳哟，你还真敢造句，笑死个人了。

莲　花　我不管，反正今天是大喜日子。

李大强　喜从何来？

莲　花　我看你的脑袋就是生铁铸的。你也不琢磨琢磨，咱刚分家单过，俺妈这是头一回来咱家，你说她能甩着两手来？

李大强	空手不能来，地瓜芋头玉米面什么的农特产，多少能捎着点。
莲　花	那算什么好东西。俺妈昨天在电话里说了，这次来要送我一样宝贝。唉，害得我苦思冥想了一晚上，觉都没睡好。
李大强	你是做梦啃猪蹄，尽想好事。你还不知道你妈？勤俭持家一辈子，她能有啥宝贝。
莲　花	你可不能小瞧俺妈，去年村里建学校，她一下捐款八千多，上了报纸电视。所以我想，俺妈这次出手肯定也差不了。
李大强	往后你也得跟你妈多学着点，精打细算过日子，不要处处铺张浪费，等将来攒了钱，咱也为社会做点贡献。
莲　花	别扯没用的。对了，我想起来了，小时候听俺妈讲过，她还真有一样宝贝，还是俺姥姥传下来的。
李大强	你姥姥传下来的？真的假的？
莲　花	这还有假？是俺妈亲口说的。
李大强	这要是唐宋元明清年间传下来的，那就是古董，你知道古董吧？
莲　花	我还不知道古董？老值钱啦。对呀，俺妈还说，早年家里穷，自从有了它，日子一天比一天好，可管用啦。
李大强	这么好的宝贝，你妈能舍得送你？
莲　花	俺妈最疼我，有好吃的给我吃，有好穿的给我穿，好东西都给我留着，现在俺妈老了，这个宝贝当然要传给我了。
李大强	你姥姥传给你妈，你妈又传给你，闺女传闺女，这个宝贝不寻常。
莲　花	那是当然啦。快，去买挂鞭炮回来，

咱好好庆贺庆贺。

李大强	不去。
莲　花	不去？
李大强	我正事还没干完呢。再说，我也不相信你妈有什么宝贝，你也就别想入非非了。

〔莲花妈内喊："莲花，莲花！"

| 莲　花 | （兴奋地）俺妈来啦！（拉李大强）快去接咱妈！妈！妈—— |

〔莲花妈背一个包袱上。

莲花妈	（唱）今日来到闺女家， 　　　　一样宝贝送给她。
莲　花	（扑上去）妈，盼星星，盼月亮，盼着深山出太阳，俺总算把你盼来啦。
莲花妈	瞧俺闺女说的，你妈又不是财神爷，有啥好盼的？你俩也不去车站接接，让我一路好打听。
莲　花	俺光顾着高兴，倒把这事给忘了。妈，谁说你不是财神爷，你今天就是财神爷！
李大强	妈，刚才莲花还说，让我买挂鞭炮准备接财神，没想到您这么快就来了。
莲花妈	还真把我当财神啦？俺可不是财神，俺像菜饼。
莲　花	妈，你真会开玩笑。（眼睛盯着包袱）妈，你说的那个宝贝就在包袱里吧？快把包袱给我，让俺拿着。
莲花妈	不用不用，都到家啦。
莲　花	这么贵重的东西，当心磕着碰着。妈，俺扶您进屋。
莲花妈	（进屋，放包袱）哟，小两口的房子拾掇得真干净。
李大强	可不是，一早起来我和莲花就没闲着打扫。

莲 花 （赶紧用抹布擦座）妈，您请坐。（迫不及待解包袱）俺看看给俺带来的啥宝贝。

莲花妈 （故意打一下莲花）不忙不忙，妈远路风程来了，先给俺口水喝解解渴。

莲 花 李大强，快，给妈倒水。

〔李大强倒水，莲花趁机解包袱。

莲花妈 （又打一下莲花）不急不急，妈想看看外甥女，是不是爷爷奶奶的啥都会叫了？晚上做梦常梦着，还叫我姥姥呢。

莲 花 妈，楠楠都上幼儿园了。俺看看包袱……

莲花妈 （又打一下莲花）不慌不慌，我还想看看你们的新房再去会会亲家。嗯，真宽敞，院子也大，大强，你爸你妈身子骨都结实吧？

李大强 都结实。妈，你也挺好吧？

莲花妈 好，好，吃不愁穿不忧，没毛病。

李大强 这就好。妈，下午学校要开家长会，我还得准备准备，你和莲花聊着，我先去忙一会儿。

莲花妈 大强，你忙你的，去吧。（李大强下）

莲 花 妈，俺刚一伸手，你就把俺打回去，俺心里急得像狗刨猫咬似的，这回俺可以看了吧？

莲花妈 急啥？包袱里的东西都是你的，别人又拿不走。

莲 花 俺知道都是俺的，可俺不知道包袱里包的是啥，心里能不急嘛。

莲花妈 莲花，妈今天带来的这样东西，送给你是最合适了，你知道为什么吗？

莲 花 知道。刚才我和大强说了，妈最偏向我，在家的时候，有好吃的给我吃，有好穿的给我穿，好东西都给我留着，这个宝贝当然要传给我啦。

莲花妈 嗯，分家前有你婆婆公公料理打算，现在自己单过，和过去大不一样了。莲花，你猜猜妈带来的是什么？

莲 花 肯定是个好东西。妈，你让俺猜，俺得先摸摸这个包袱，我一摸准能摸出来。

莲花妈 那你摸摸。

莲 花 好！（欢喜地摸包袱）这个……像……不对……也不对……嗯，妈呀！
（唱）俺上摸摸下摸摸，
　　　感觉它像一面锣。

莲花妈 （唱）它像面锣敲不响，
　　　从前家家都有过。

莲 花 俺再试试！

莲花妈 你再试试。

莲 花 妈呀！
（唱）上也圆，下也圆，
　　　好比娘娘戴的凤冠。

莲花妈 （唱）皇亲国戚咱不沾，
　　　哪有凤冠农家传。

莲 花 俺再摸一回。

莲花妈 你再摸一回。

莲 花 妈呀！
（唱）这一回俺摸得准，
　　　它像一个聚宝盆。

莲花妈 （唱）世上哪有聚宝盆，
　　　都是谎话哄骗人。

莲 花 妈，俺不猜了。

莲花妈 不猜了，你就拿起来听听。

莲 花 俺听听。（拿包袱在耳边摇晃）妈呀！
（唱）包袱里面叮当声，
　　　什么宝贝分不清。

莲花妈　（唱）什么东西戴手指，
　　　　　　飞针走线真轻松?

莲　花　（唱）钻石戒指戴手指，
　　　　　　打牌喝茶笑盈盈。

莲花妈　（唱）什么东西挂耳边，
　　　　　　年老眼花看得清?

莲　花　（唱）纯金耳环挂耳边，
　　　　　　太阳底下亮晶晶。

莲花妈　（唱）什么东西尖又圆，
　　　　　　握在手里当裁缝?

莲　花　（唱）一对手镯圆又圆，
　　　　　　戴在手腕蓝莹莹。

莲花妈　（唱）什么东西细又长，
　　　　　　缝缝补补它管用?

莲　花　（唱）珍珠项链细又长，
　　　　　　佩在胸前黄澄澄。

莲花妈　莲花呀，这回你就打开包袱看看吧。

莲　花　妈，现在俺可以打开看啦?

莲花妈　打开!

莲　花　妈呀，俺心里突突直跳。

莲花妈　你跳啥?

莲　花　俺要是打开一看，满眼全是花花绿绿的珍珠玛瑙，俺晕倒了咋办?

莲花妈　傻闺女，妈可没有你说的那么些好东西。

莲　花　俺喝口水压压惊。（慢慢打开包袱，惊诧地）妈呀，这是啥?（举起端详）这不是咱家炕头上那个旧针线笸箩?

莲花妈　是啊，是咱家的针线笸箩。你看看，（从笸箩里一样一样往外拿）这是顶针指扣，你当戒指了；这是老花镜，不是耳环；这是剪子，哪里像手镯；这是针这是线，你把它们当项链啦……庄户人家过日子，这些都用得上，少

了那样也不成。

莲　花　（哭笑不得）妈，这就是你送给俺的宝贝?

莲花妈　是啊，这就是妈送给你的宝贝。

莲　花　这是什么宝?

莲花妈　这是传家宝!

莲　花　妈呀，俺早也盼晚也盼，可做梦也没想到，等来盼来的就是这么一个传家宝，你太让俺失望了。

莲花妈　莲花呀，这个针线笸箩是你姥姥传下来的，多少年来妈就是靠着它裁剪缝补，使咱一家老小冬有棉夏有单，可没委屈了你们。

莲　花　过去那是穷日子，现在都是小康生活，这个笸箩还有什么用处!

莲花妈　小康生活也得讲勤俭节约，你们这些年轻人，没受过苦累，不知道当家过日子的艰难，往后你就慢慢知道啦。

莲　花　妈，你是过穷日子过怕了。你看看如今的生活，吃香喝辣，穿金戴银，往后的日子只会更好。

莲花妈　哼，别人说这话我信，你说这话我不信。瞧你这败家的道，往后还有好日子过?

莲　花　妈，你这是咋说话，俺怎么败家了?

莲花妈　你看看你门口那个垃圾箱，糟蹋多少好东西，咬一口的白面馒头就有两三个，吃了鸡蛋清扔了鸡蛋黄，看着就让人心疼，这是好好过日子的道?

莲　花　别的不看，瞅个垃圾箱干什么。

莲花妈　浪费不浪费，垃圾箱最明白。（拿起一块抹布）你看看，这不是你年前回家时候穿的那条连衣裙?当时还说好几百买的呢，这才几天就当抹布了，这不是败家是什么!

莲 花　这条连衣裙早不跟潮流了，再说还豁了一条口子，想穿也没法穿了。

莲花妈　豁条口子就不能穿了？缝缝不是一样穿。

莲 花　那还不让人笑话死，现在谁还穿补丁衣裳。

莲花妈　都是好日子把人给惯坏了。你不穿，我拿回去穿。妈这一辈子还没穿过这么贵的衣裳呢。

莲 花　妈，你真是的。你喜欢，等明天俺去服装店给你买新的，这条连衣裙都当成抹布了还怎么穿？

莲花妈　老话说，笑破不笑补，穿旧不算丑，再说它一点也不旧。拿笸箩来，我这就把口子缝上。（哼着）今日省把米，明日省滴油，来年买条大黄牛……

莲 花　妈，你还真要缝上？

莲花妈　缝上！新三年，旧三年，缝缝补补再三年，当抹布多可惜。

莲 花　（生气地）妈，你不嫌丢人，俺还嫌丢人！咱为什么要比别人差？

莲花妈　老话说，只与别人赛种田，莫与别人比过年，一家门口一个天，你和别人比什么？

莲 花　老话说，老话说，我和你没话说！
〔李大强上。

李大强　哎呀，我怎么闻着满屋子焦煳味？

莲 花　坏啦坏啦，俺炖的小公鸡糊了……（急下）

李大强　哈哈，中午有烧鸡吃了。

莲花妈　（戴上花镜缝针线，自言自语）好几百块钱买的裙子，说糟蹋就糟蹋了，哪像正儿八经过日子的，唉，家有金山银山，也经不起这么折腾啊。

李大强　（凑上前）妈，你这是缝的啥？这笸箩……

莲花妈　大强，忙完了？

李大强　忙完了。妈，你缝它干吗？

莲花妈　人家舍得当抹布，我可舍不得，这裙子缝一缝我就穿了。

李大强　妈，这笸箩是你送给莲花的？

莲花妈　是送给莲花的，可人家不愿意啦。

李大强　这可真是个好东西，只可惜，现在很少见到它了。
〔莲花闷头不响上。

莲花妈　莲花，没把锅底烧化了吧？

莲 花　差一点就烧化了，满满一锅水，谁会想到说话工夫就烧干了。

莲花妈　这就好比人家过日子，看着是满满一锅水，可也有烧干的时候。所以过日子就得讲个细水长流，精打细算。锅底破了还可以镙起来再月，这家底破了，可就镙不起来了。

李大强　说得好！莲花，你看，咱妈把当抹布的裙子都缝好了，还说自己要穿，咱妈真不愧是勤俭持家的好榜样。

莲 花　妈，你还真把裙子缝好了？

莲花妈　（咬断线头）缝好了，家里没个针线笸箩，缝缝补补哪有这么方便。（拿裙子在身上比量）嗯，真合适。大强，你看妈穿着好看不？

李大强　（端详）嗯，好看，妈穿着显得又年轻又漂亮，好比当年的杨贵妃。

莲花妈　就你会说话。等俺回家洗洗熨熨，那时候再穿上就像十七八的大姑娘啦。

莲 花　（深受感动）妈，你让俺说什么好呢。

李大强　妈，这个笸箩你送的好啊，这可是无价之宝。莲花，咱妈的良苦用心，你

可要懂的。（莲花点头）

莲花妈 莲花，妈有几句话要说给你听听。

莲　花 妈，你说，我听着。

莲花妈 （端起笸箩，情深意长地）莲花啊——
（唱）小小笸箩捧在手，
　　　几句话说与你切记心头。
　　　兴家好似针挑土，
　　　败家好比水决口。
　　　夏不播种秋无收，
　　　冬不收藏春要愁。
　　　衣服破了能补好，
　　　家道破了难补救。
　　　勤俭节约是咱的传家宝，
　　　无论何时也不能丢！

莲　花 （接过笸箩，动情地）妈，您的话，
我全都记下啦！从今往后我一定改掉

铺张浪费的坏毛病，做一个勤俭持家
的行家里手。

李大强 （高兴地）莲花，这就对啦！勤俭节
约是咱中华民族的传统美德，为了使
光荣传统代代相传，妈，我郑重邀请
您带上笸箩去参加我们下午的家长会，
你看怎么样？

莲花妈 好好，我去，我去！

莲　花 大强，我和咱妈一块去！

李大强 太好了，我代表我们班全体师生家长
表示热烈欢迎！

合　唱 小小笸箩传家风，
　　　勤俭节约要继承。
　　　从我做起齐努力，
　　　兴家兴国奔前程！

〔三人造型，幕落。

王有财买房

时　间　某日上午。

地　点　杨彩云家院外。

人　物　王有财，70多岁，农民。

　　　　杨彩云，65岁，农村妇女。

　　　　小　李，30多岁，公司经理。

〔村边一栋二层小楼，门口柳树下立一木牌，上有"吉房出售，价格面议"字样。

〔幕启。王有财推一辆收废品的小独轮车上。

王有财　（吆喝着）收废品喽！塑料酒瓶旧报纸，破铜烂铁牙膏皮，收废品喽——

　　　　（唱）走街串巷收废品，

　　　　　　　起早贪黑把命拼。

　　　　　　　为了买房遂心愿，

　　　　　　　再苦再累也欢欣。

　　　　　　　亮开嗓门我再喊一声，

　　　　　　（白）收废品喽！喊破嗓子无回音。

　　　　（自语）挣钱难哪！（瞧见门口木牌，近看）吉房出售，价格面议……？呵呵！

　　　　（接唱）杨彩云要把房子卖，

　　　　　　　不由我喜上眉梢好欢心。

　　　　（白）杨彩云要卖房子，这么看来，她是要进城跟儿子住一块了，没错。（放车，仔细端详房子）二层小楼，坐北朝南，冬暖夏凉，明亮宽敞，好房好房！

但不知价格怎样？哦，牌子上说了，价格面议，我这就去找杨彩云面议面议去。（敲门）杨彩云，杨彩云！开门，开开门呐！

〔杨彩云上。

杨彩云　（唱）忽听门外喊声紧，

　　　　　　　定是来了买房人。

　　　　（开门，有些意外地）王有财呀？你个老东西，我刚要卖房子，你就上门收废品来啦？走走，（欲关门）我这里没有破烂！

王有财　（急挡住）不不，他婶，你误会了，我今天可不是来收废品的。

杨彩云　不收废品，你来干嘛？

王有财　我呀，（指木牌）我想买下你的房子。

杨彩云　你，想买下我的房子？

王有财　是啊。这处房，我买下，那是再合适不过了。

杨彩云　（不屑地）你当这是收废品啊，几个小钱就拿去了？

王有财　你打算要多少钱？

杨彩云　这房子值三十万，你买得起吗？

王有财　这些年，我攒了几个，有钱。

杨彩云　知道你有钱。又种葡萄又收破烂，手里攒了几个，可你那几个血汗钱，能买下我的二层楼啊？

王有财　我来这不就是想和你面议面议，看多少再省省，银行的存折我都带来了。

杨彩云　钱带来了？

王有财　带来了，天天带在身上，搁家里不放心呢。

杨彩云　你还真要买房？

王有财　真要买房。

杨彩云　你买房干嘛？

王有财　（为难地）我，我自己住呗。

杨彩云　自己住？你儿子一家三口都在城里住，你一个老光棍住这么大一处房子？再说你还有两间房住着，你说自己住，你当我是三岁娃呀？

王有财　那两间小屋我一个人住着还凑合，再多个家口可就住不下了。

杨彩云　哦，再多个家口就住不下了，这么说，你王有财交了桃花运，让哪个富婆给看上了？

王有财　你别羞臊我，哪有富婆看上一个收破烂的。

杨彩云　我说也是。那你说说，为什么要买房？

王有财　这个……别人家的事，你还是不管不问的好。

杨彩云　好，我不管不问，我杨彩云小看你了，你王有财是土财主，改换门庭啦！（伸手）拿钱来吧！

王有财　（掏出存折递上）给……

杨彩云　这是多少？

王有财　你看看是多少。

杨彩云　（仔细辨认）个十百千……这不才是十五万吗？

王有财　是这个数。

杨彩云　还有十五万呢？

王有财　那十五万……他婶呀！

　　　　（唱）眼前手里不宽敞，

先付一半买下房。

　　　　后一半很快就还上，

　　　　你别担心莫慌张。

杨彩云　（把存折拍王有财手上）去去去，拿我寻开心呢。

王有财　（急）他婶，你收下，你收下！（硬往杨彩云手里塞）

杨彩云　（挣脱，气恼地）王有财，你把我当猴要呀！

　　　　（唱）青天白日胡乱讲，

　　　　无钱买房真荒唐。

　　　　后一半猴年马月能还上？

　　　　自己说话不掂量！

王有财　（拍着胸脯）他婶呀！

　　　　（唱）我吃苦耐劳身子棒，

　　　　不愁这点小饥荒。

　　　　三年五载还清账，

　　　　此言不虚也不诓。

杨彩云　（唱）人到老来别逞强，

　　　　不知何时生病秧。

　　　　今日推车满街走，

　　　　明天难说下不了床。

王有财　（无奈）他婶呀，咳！

　　　　（唱）利息给你翻一倍，

　　　　签字画押有保障。

　　　　横下一心要买房。

杨彩云　（唱）签字画押摁手印，

　　　　你去贷款找银行。

　　　　又省利息又方便，

　　　　还省去三瓶美容的霜。

王有财　（唱）没有资产做抵偿，

　　　　想要贷款是空想。

　　　　你若愿意做担保，

　　　　我马不停蹄去银行。

杨彩云 　馋人说媒，痴人做保，我不痴不傻，你少来这一套。

王有财 　他婶，你看我好话说尽，办法想尽，你还是不肯答应，说来说去是你还不放心。（将木牌调转过去）我王有财说话向来算数，保证三到五年把欠款还清，你就把心稳稳当当放回肚子里去吧。

杨彩云 　（将木牌调转回来）痛快一句话，拿上钱，房子是你的，拿不上，哪里凉快你哪里去，少啰唆。

王有财 　（将木牌再调转过去）看在老乡邻的份上，你答应了吧。

杨彩云 　（将木牌又调转回来）不答应！（王有财想再调转，被杨彩云狠打一下手）你调转过去调转过去，谁还能看见我要卖房子？手真贱！

王有财 　（旁白）这可咋办？这么合适的房子要是错过了，我一辈子的梦想可就泡汤了。我得想个主意，（想主意）有了。他婶，房子的事先不谈，你看你就要跟儿进城去了，这一去，再什么时候回来那就不好说了，你不想再看一眼家乡的山山水水花草树木？以后也好留下点美好回忆不是。

杨彩云 　想倒是想，可我老胳膊老腿不利索，转不动了。

王有财 　这好办。（推过车子）你上车。

杨彩云 　干什么？

王有财 　你不能转，我推着你转。

杨彩云 　你拉倒吧。你推我，别人看见了，我老脸往哪搁？

王有财 　你呀，想太多了。来来来，车子我擦干净了，再铺上一块蛇皮袋，比坐敞

篷吉普车舒服多了，请您上车。

杨彩云 　不行不行，还是收你废品去。过几天我坐我儿子的小轿车到处转转。

王有财 　你儿子多忙，哪有时间？今天我啥也不干了，专程陪你游山玩水，你就上车吧。（趁机把杨彩云抱上车）

杨彩云 　你个死老东西，快放我下来！

王有财 　你坐好了，小心磕着碰着。哎，不要动，不要动，嘟嘟……走啦！

杨彩云 　放我下来，放我下来！

王有财 　上了车就下不来了。哈哈！〔推杨彩云急下〕

　〔少顷，小李夹包上。

小　李 　（唱）海阔凭鱼跃，

　　　　　　天高任鸟飞。

　　　　　　千里来创业，

　　　　　　转瞬三年多。

　　　　（白）我是服装厂小李，离开家乡来到这里打拼也有三年了。最近厂里准备再上一条生产线，但苦于没有现成房子，让我愁眉不展。刚听说杨大娘要卖房子，我就急急忙忙赶过来了。（发现门口木牌）你看看，卖房的广告牌都打出来了，价格面议？还面议什么，这房子我买下了。（端详房子）二层小楼，坐北朝南，冬暖夏凉，明亮宽敞，做车间那叫一个棒！这真是雪里送炭呀。（喊）杨大娘，杨大娘！人呢？门敞着肯定没走远，我打手机问问。（打手机）杨大娘，您在哪？我就在你的家门口，你快回来呀，有急事！

　〔杨彩云幕后应：哎——来啦，来啦！

　〔王有财推杨彩云急上，差点撞到小李。

杨彩云 　你快停下！快停下！

王有财	差点刹不住车了。慢着，慢着，我扶你下来。
小　李	杨大娘，你们这是？
杨彩云	（有些尴尬地）噢，是小李厂长呀。大娘刚才不小心崴了脚，赶巧让你有财大叔遇上了，推我去保健所看了看，没事。（对王有财）这是我儿的大学同学，在服装厂当厂长呢。小李厂长，喊大娘有事？
小　李	听说您要卖房子，我正好需要几间房子当车间用，就赶过来看看。
杨彩云	好好，生意又做大了。
王有财	什么？你要买房？不行不行。（拉小李一边）小李厂长，你来晚了，这房子我已经买下了。
小　李	你已经买下了？
王有财	买下了。
小　李	大娘，你的房子卖出去了？
杨彩云	没啊，谁说卖出去了？
小　李	刚才这位大叔说，他已经买下房子了。
杨彩云	听他胡说八道。王有财，我不是给你说了，这房子不卖给你，你就别掺和了。
王有财	不行，这房子说什么我也得买下。
小　李	大娘，这是咋回事？
杨彩云	小李厂长，我跟你说，这个王有财是要买房子，可我的房子值三十万，他只能给一半，说另一半以后慢慢还，你说他一个收破烂的，土都埋到脖子梗了，说不定哪天有个好歹，大娘给谁要钱去？我不欠，不卖给他，你看他还不依不饶的。
小　李	大娘，房子我买下了，三十万一笔付清，要现金要支票，你随便。
杨彩云	（对王有财）你听听，这就是大款，

	这就是老板。你说你名字叫王有财，你对得起自己的名字吗？
王有财	杨彩云，做人得讲良心呐。
杨彩云	我怎么不讲良心了？听你这话说的，不卖你房子，我就没良心了？
王有财	我撂下自己的活不干，推着你看山又看水，到现在还满身汗，你说我为了什么？
杨彩云	你不是说，是为了让我留下点美好回忆吗？
王有财	我那是为了讨你欢心，为了让你高兴，为了把房子卖给我。
杨彩云	呵呵，原来是周瑜请蒋干别有用心啊。
小　李	大娘，现金支票我都带着，不知房子啥时倒出来，我急着要用。
王有财	小李厂长，你不能这么干，你急，我比你还急，你再想想别的办法好不好？
小　李	没有别的办法想了，这房子当车间是最合适了。
杨彩云	小李厂长，三天五日我就把房倒出来，大娘误不了你的事。
王有财	（急得不知所措）这，这，（左挡右拦）他婶，小李厂长，我求你们了……
杨彩云	小李厂长，咱们进屋说话。
王有财	（突然跪地上）我给你们跪下了！
杨彩云	王有财，你这是干什么？
小　李	大叔，你……？
王有财	求你们把房卖给我吧。
杨彩云	（拽起王有财）起来起来，有话好好说，咋还跪上了？
小　李	大叔，你这是何必呢？
王有财	小李厂长，你不懂……不懂我的心啊！
杨彩云	你倒是说说，你儿子一家在城里住着好好的，你一个孤家寡人也有两间房

住着，怎么突然就要买房子了？问你又不说，小李厂长不懂，我也不懂你这葫芦里卖的什么药啊！

王有财 我……

小 李 大叔，有什么话你就说出来吧。

王有财 我……

杨彩云 你倒是说呀！

王有财 （被逼无奈）咳，豁出去这张老脸，我就说了实话吧！

（唱）王有财未开口老泪滚滚，

久埋在心底的话从未吐露半分。

都说我有儿有女有子孙，

哪知我七十岁是个可怜的人。

儿子很少回家将父探望，

儿媳妇也有三年未进家门；

小孙子聪明伶俐多可爱，

回乡下看爷爷哭闹不允。

并非是儿女们孝心不尽，

都是那两间小房无处容身。

想为儿做碗热汤面，

想搂着孙儿亲一亲；

想围在一起说说话，

想老少同堂享天伦。

没有房难团圆又怨又恨，

梦里盼夜里想空有痴心。

为买房，我起早贪黑收废品，

为买房，我省吃俭用度冬春。

今日我苦苦相求不退让，

为的是多年梦想变成真。

杨彩云 有财，听你一说，我心里也酸。是啊，咱这个年纪的人还图个啥？还不就图个儿女们常回家看看，听着孙子孙女一口一个爷爷奶奶的叫，搂着亲着，心里乐呀！

小 李 大叔，你也该去城里住，像我大娘这样，大家不是都好嘛。

王有财 （摇头）儿子也说过，可我不去，在乡下习惯了。

杨彩云 小李厂长，你不知道，你大叔是不舍得山上还有一亩多葡萄园呢，他呀，就是这么个贱命。王有财呀王有财，你可让我为难啦。

王有财 我……咳！

小 李 听了大叔一番话，让我想起了我的老爸老妈，离开家乡这么多年了，我也该回到父母身边了。

王有财 小李厂长，你的意思是？

小 李 大娘的话，我也听出来了。大娘，你就满足这位空巢老人多年的心愿吧。

王有财 小李厂长，我谢谢你！

杨彩云 王有财呀，你个老东西，买房的钱你就留着养老吧。你说你还能活几年？好吃的吃点，好花的花点，享几年福，别再东跑西颠收破烂了。

王有财 他婶，你这是不答应啊？

杨彩云 有财呀，你过去把牌子掉过去吧。

王有财 哦，好，好。（调转木牌）他婶？

杨彩云 有财，我也不瞒你了，这房子，让你儿子买下啦！

王有财 （惊诧）我儿子买下了？不可能，不可能，杨彩云，你这是在骗我，骗我！

杨彩云 （拿出手机）刚才在拦水坝上，我不是接了一个电话吗？那是我儿子打来的，他说房子让你儿子买下了，让我不要再卖房了。

王有财 这……这……咳！那你刚才还……

杨彩云 瞒着你，就是想让你说出真心话，憋肚子里干什么，说出来痛快。你和你儿子都想到一块去啦。

小　李　大叔，祝福你！

杨彩云　小李厂长，刚才大娘要进屋说说话，就是要告诉你房子有人买了，对不住啊。

小　李　不不，我高兴，高兴！通过买房，让我受到了深刻教育，回去以后，我要好好孝敬父母，再也不想离开爸妈了。

杨彩云　（亲昵地）好孩子！

王有财　（推起车）他婶，小李厂长，你们说着，我先走了。

杨彩云　哪儿去？

王有财　收废品去，攒钱帮儿子还款啊。（喊）收废品，收废品——（下）

〔杨彩云、小李目送王有财远去。

〔剧终。

救　鹅

时　间　现代。

地　点　靠河边的一个小山村。

人　物　喜　莲，28岁，农村妇女。

　　　　二　贵，30岁，喜莲的丈夫。

　　　　二贵爹，60多岁，农民。

〔幕启：喜莲家，一座平常的农家院落。远处，青山连绵，小河弯弯。

〔二贵背竹篓上。竹篓用一件衣服遮掩着，里面是一只受伤的白鹅。

二　贵　（回头见无人发现，窃笑）哈哈！

　　　　（唱）今天的运气真不错，

　　　　　　　　河边捡了一只大白鹅。

　　　　　　　　回家来烧水把刀磨，

　　　　　　　　美味下酒真快活。

　　　　（眼珠一转）哎，先别急，我要对喜莲说捡了一只鹅，她肯定不信，还要说来路不正。对，今天院家庄逢集，我就说是集上买的。（放竹篓）喜莲，你来你来！

〔喜莲系围裙上。

喜　莲　二贵，抻个公鸭嗓子叫唤啥？

二　贵　公鸭嗓子？呵呵，这一回你可说错啦，今天我是公鹅嗓子。

喜　莲　公鹅嗓子？你啥时变调了？

二　贵　你看看，竹篓里装的啥？

喜　莲　装的啥？（看）白鹅？我的娘哎，这么大一只鹅，从哪儿弄来的？

二　贵　从哪儿弄来的？买的呗。

喜　莲　买的？

二　贵　买的，院家庄集上买的。

喜　莲　不逢年不过节，你买鹅干嘛？

二　贵　买鹅干嘛？不就是改善生活嘛。

喜　莲　你呀，懒人嘴馋，说的就是你这样人。

二　贵　嘿嘿，懒人有个懒福不是。

喜　莲　（突然惊讶地）二贵，你这是买只什么鹅？你看看，怎么身上还有血？

二　贵　有血？我看看。哦，是从翅膀里渗出来的，反正要杀，流干了还省得费事放血。

喜　莲　二贵，你是不是砸伤了人家的鹅偷回来的？

二　贵　我就怕你说这个，我二贵有点馋有点懒，有时候偷着赌点钱，但决不会偷东摸西，你可不能冤枉好人。

喜　莲　倒也不像是偷人家的。（扳指头数）二歪嘴养了三只羊，张秃子养着六只安哥拉长毛兔，刘结巴养的是一头种猪，寡妇一枝花放着一群鸭……咱村还没有养鹅的，你的作案嫌疑可以排出了。

二　贵　哈哟，你倒给人家记得清楚。

喜　莲　咱村就这么大个地方，谁家砸个碗都能听见响，何况鸡飞狗跳的。

二　贵　既然嫌疑排除,那就烧水磨刀杀鹅吧,馋得我都流口水了。

喜　莲　急什么？我总觉着鸡脑袋安在鸭脖上,有点不大对头。你说这只鹅是在院家庄集上买的？

二　贵　这还有假？卖鹅的还省我五六毛钱呢。

喜　莲　二贵,你没讲实话,早晨没起被窝,我就把你的衣袋掏干净了,你哪有钱买鹅？说！这鹅是怎么来的？

二　贵　(旁白)坏了,我的衣袋,喜莲每天早晨雷打不动摸三遍,一个硬币也不剩,我哪有钱买鹅？

喜　莲　(揪二贵耳朵)如实坦白,到底是怎么回事？

二　贵　(捂耳朵)好好好,我说实话,说实话,这只鹅是在河边捡来的。

喜　莲　河边捡来的？

二　贵　捡来的。

喜　莲　鸭子好吃嘴硬,你还敢撒谎！

二　贵　没撒谎,没撒谎,真是河边捡来的。

喜　莲　那你说,怎么捡来的？

二　贵　喜莲呀！

　　　　(唱)肚里馋虫咕咕叫,

　　　　　　去到河边把鱼钓。

　　　　　　大鱼小鱼不上钩,

　　　　　　一包诱饵打水漂。

　　　　　　闷头不乐往回走,

　　　　　　一只白鹅挡住道。

　　　　　　趴在那里不动窝,

　　　　　　扑弄翅膀把头翘。

　　　　　　等了半天无人问,

　　　　　　拿回家来当酒肴。

喜　莲　你的钓鱼竿呢？

二　贵　(唱)中午有了下酒肴,

　　　　　　鱼竿早忘后脑勺。

喜　莲　(唱)这事越听越蹊跷,

　　　　　　哪来白鹅挡在道？

　　　　(白)二贵,你说的可是真话？

二　贵　千真万确,没有半句谎言。

喜　莲　(唱)你若不把实情讲,

　　　　　　今日我可不轻饶。

二　贵　我要是撒谎,我,我就是这只挨宰的鹅。

喜　莲　(唱)难道哪个赶集人,

　　　　　　粗心大意把鹅掉？

二　贵　对对,肯定是哪个马大哈,赶集走到这里丢了一只。

喜　莲　(唱)丢鹅一定很懊恼,

　　　　　　快去集上把人找。

二　贵　这个时候都散集了,还怎么找？

喜　莲　(唱)那就等到下个集,

　　　　　　找人还鹅把歉道。

二　贵　喜莲,你是聪明一世,糊涂一时,这鹅受了伤,等到下个集,还不早死了。

喜　莲　还真是,倒把这茬忘了。这可咋办？

二　贵　好办。咱先把它吃了,到下个集还给人家钱不就行啦。

喜　莲　这倒是个好主意。就这么办,二贵,我烧水你磨刀,咱们杀鹅！

二　贵　好咮！

喜　莲　(唱)点上一把干柴草,

二　贵　(唱)磨石板上把水浇。

喜　莲　(唱)蒲扇一呼起火苗,

二　贵　(唱)蹬腿弯腰磨快刀。

喜　莲　(唱)壶里开水吱吱响,

二　贵　(唱)磨得快刀人影照。

喜　莲　(唱)哎哟哟,烧了我的眼睫毛,

二　贵　(唱)哎呀呀,闪了俺的细柳腰。

喜　莲　二贵,我烧了眼睫毛,你闪了细柳腰,你知道这是咋回事？

二　贵　咋回事？

喜　莲　把你爹忘啦！

二　贵　把俺爹忘了？你的意思是……叫叫俺爹？（旁白）不能叫俺爹，俺爹吃太多，他来，哪有我吃的。喜莲，这次就算了，等下一回再叫吧。

喜　莲　这么大一只鹅，你还舍不得一条腿？

二　贵　一共几条腿？一共才两条腿，它要是三条腿，我就不差一条腿。

喜　莲　看看这个不孝子，和他爹计较一条腿。

二　贵　不是我计较，你不知道，俺爹吃鹅，浑身起鸡皮疙瘩，皮肤过敏。

喜　莲　胡说八道！去年你爹上俺家，满满一大盘红烧鹅，全让你爹一个人乞了。你爹吃鹅不叫过敏。

二　贵　叫什么？

喜　莲　叫独吞！

二　贵　（旁白）你听听，我没说错吧，俺爹吃鹅，独吞！那就更不能叫俺爹啦。

〔二贵爹上。

二贵爹　（唱）转了一圈有点累，
　　　　　　　到儿家里讨碗水。

喜　莲　（高兴地）爹，您来啦？

二　贵　（闷声闷气）爹来了。（旁白）馋猫鼻子尖，闻着味儿就来啦。

二贵爹　刚才顺着河沿转了一圈，有点乏了，进来喝点水。

喜　莲　刚烧开的水，（倒水）爹，您坐马扎喝。

二贵爹　好，好，我先歇会儿。（二贵趁机背竹篓进屋）

喜　莲　爹，你好脚步，二贵刚捡回一只鹅，中午做红烧鹅块，正想去叫你呢。

二贵爹　好口福，好口福。一年多没吃这一口了，

在哪？我看看。

喜　莲　（找）嗯？准让二贵拿回屋了。二贵，把鹅拿出来，要咱爹看看。（二贵空手出）

二　贵　（装模作样地）什么鹅？哪有鹅？不到饭点谁饿了？

喜　莲　（踢二贵一脚）和爹没大没小的。（回屋）

二　贵　嘿嘿，不懂啥叫幽默。爹，这只鹅，那叫一个肥……

二贵爹　你小子，是不是想自己独吞，没你爹的份？

二　贵　（小声）自己独吞不说，说别人独吞，世上还有这种人。

二贵爹　你说啥？

二　贵　我说啥？我说你儿子最有孝心，买了这只鹅，就是孝敬您的。（喜莲提竹篓上）

喜　莲　爹，你看看。今天院家庄逢集，可能哪个卖鹅的在河边丢了一只，赶巧让二贵碰上捡回来了。

二贵爹　（低头看一会，又惊又喜）二贵，这只鹅真是你从河边捡回来的？

二　贵　咋还不信？真是从河边捡回来的。

二贵爹　（欢喜地）这就对了！

二　贵　可是对了，有人想独吞就不对了。

喜　莲　二贵，拿刀去，杀鹅！

二贵爹　杀鹅？你们还真以为这是赶集人掉的？告诉你们，它是从天上掉下来的！

喜　莲　（笑）爹真能开玩笑，还从天上掉下来的。

二　贵　天上掉下个林妹妹，哪能掉下个大白鹅，会吃不会说话。

二贵爹　这哪是一只普通的家鹅，这是一只受

了伤的天鹅！虽然家鹅与天鹅十分相似，但凭我多年的经验还是一眼就看出来了。

二　贵　鬼才信呢。

二贵爹　你懂什么？喜莲你看。家鹅的头顶上有一个肉瘤，天鹅没有，它的头顶是平的；你再看，家鹅的蹼是红色的，而天鹅是黑色的，这就是家鹅与天鹅最明显的区别。

喜　莲　（吃惊地）这还真是天鹅？

二贵爹　这天鹅已经受伤了，喜莲，快给我拿一条毛巾。哦，不用了。（扯下二贵衣服，包扎伤口）

二　贵　爹你——咳，还没吃上一口，倒先搭上一件小褂。

二贵爹　天鹅呀，咱老朋友又见面了，这一别快二十年了吧？好，好，你回来就好，我天天盼着这一天哪！

喜　莲　爹，你和天鹅……分别二十年了？

二贵爹　喜莲呀——

　　　　（唱）想当年咱这里天鹅翩翩，

　　　　　　　池塘里小河湾到处可见。

　　　　　　　一对对天鹅相亲又相爱，

　　　　　　　营巢穴育后代当作家园。

　　　　　　　你爹我与天鹅难舍难分，

　　　　　　　更像是一家人朝夕相伴。

喜　莲　哦，原来这样。

二贵爹　（接唱）这样的好光景时光短暂，

　　　　　　　河水污，草木枯，

　　　　　　　天鹅远飞不回还。

　　　　　　　三十年我翘首盼，

　　　　　　　今日天鹅回，

　　　　　　　我喜在心间。

喜　莲　爹，我知道了。这几年，咱这里修坝储水，栽种树木，清理污渠，改善环境，过去的青山绿水又回来了。

二贵爹　是啊，青山绿水回来了，鸟儿们也就回来了，我的好光景也跟着回来了。

喜　莲　我听说，天鹅高贵、圣洁，实行的都是一夫一妻制，一旦丧偶，终身不嫁不娶。我还听说天鹅是国家保护动物，任何人不能伤害它，谁伤害了，那就是违法犯罪。爹，这是真的？

二贵爹　喜莲，你说得对！

　　　　（接唱）人与鸟，鸟与人，紧密相连，

　　　　　　　保护动物，就是保护咱家园。

　　　　　　　爱护山和水，装扮大自然，

　　　　　　　才不会让归来的天鹅再离散。

喜　莲　爹，这天鹅……？

二贵爹　（接唱）这天鹅有伤在身需救援，

　　　　（夹白）县里有野生动物救护站，我们应该马上送去治疗！

　　　　（接唱）疗伤救鹅，让它重回蓝天！

喜　莲　太好了，爹，我们马上送去！

二　贵　（上前拦住）什么？送救护站？这是本人捡回来的，送与不送，你们说了不算。

喜　莲　二贵，你想干什么？

二　贵　我想干什么？（拉喜莲一边）我说你傻呀，俺爹傻，你也跟着傻？到嘴边的美味不想尝一口？送去救护站，我不是鸭子孵小鸡，白忙活啦？

喜　莲　好你个二贵，竟敢打天鹅的主意，你痴心妄想！

二　贵　好好好，我不和你说，我找俺爹说。（拉爹另一边）爹，我说你傻呀，喜莲傻，你也跟着傻？常言道，癞蛤蟆想吃天鹅肉，咱当一回癞蛤蟆又如何？

二贵爹　混账小子，你爹是野生动物保护志愿者，竟敢在我面前胡说，找打！

二　贵　哈哈哈！（背起袋子）走啊！

喜　莲　往哪走？

二　贵　野生动物救护站！

二贵爹　二贵，你说的可是真话？

二　贵　爹，喜莲，你们刚才说了，保护动物，就是保护家园，天鹅又是国家保护动物，我二贵就是再馋再傻，也不敢知法犯法呀。

喜　莲　二贵，你说得好，做得对！爹，你说的野生动物保护志愿者，我和二贵也想参加。

二　贵　对，我也想参加。

二贵爹　好哇！保护动物，人人有责，我希望大家都能成为其中一员，为保护动物，保护环境，保护我们的家园共同努力。

二　贵　爹，喜莲，咱们救天鹅去！

喜　莲　（与二贵爹一道）走！

〔三人造型。幕落。

闹 店

时　间　春日上午。

地　点　集市一角。

人　物　唐桂花，3岁，店主。

　　　　高二碗，41岁，懒汉。

　　　　田　虎，30岁，收税人。

〔小店院内，正中一门一窗两间作坊；右侧竹竿挑一凉棚，摆有桌凳；左侧立一木牌，白底红字：豆腐脑。

〔幕启：唐桂花系围裙，正挥手送客。

唐桂花　下个集再来喝俺的豆腐脑啊！（幕后应：好咪！）今天是郭庄大集，你望望，人山人海都挤不动，如今勤劳致了富，有钱的人家就是多。这个小店，紧挨着郭庄大集，逢集俺熬上一锅豆腐脑，让赶集的人过来歇歇脚喝上一碗，俺多少也挣几个。

　　　　（唱）如今人人都不闲，
　　　　　　　早出晚归忙挣钱，
　　　　　　　桂花俺也闲不住，
　　　　　　　集边开个豆脑店。
　　　　　　　凭着俺的手艺巧，
　　　　　　　做的豆脑嫩又鲜。
　　　　　　　四村八疃来赶集，
　　　　　　　生意兴隆客不断，
　　　　　　　忙里忙外一个人，
　　　　　　　苦点累点心也甜。

　　　　（白）话是这么说，可也真够俺忙活的。孩子她爹走得早，撇下两个不成气的孩子，还得供应她俩上学，还得照料好这个小店，你说家里没个男人还真是不中啊。唉，拖家带口的，谁愿意来自讨苦吃？

〔擦桌，收拾碗筷进屋下。

〔高二碗戴一顶破草帽上。

高二碗　（唱）高二碗，高二碗，
　　　　　　　大事小事俺不管，
　　　　　　　日头出来晒太阳，
　　　　　　　月亮出来被窝钻。
　　　　　　　一日三餐百家饭，
　　　　　　　今朝有酒今朝欢。
　　　　　　　郭庄村里有美名，
　　　　　　　人送绰号活神仙。
　　　　　　　今逢大集口福到，
　　　　　　　豆脑店里讨一碗。

　　　　（朝屋里张望，喊）桂花嫂，桂花嫂子！

〔唐桂花挑水桶由屋出。

唐桂花　你个高二碗，郭庄大集你不赶，怎么又来俺的店？

高二碗　（嬉皮笑脸）郭庄大集没啥好看，俺就喜欢来这里转转，一天不见嫂子就心慌意乱。嫂子，给俺来一碗。

唐桂花　整天游手好闲，如今哪有这样懒汉。要喝豆脑，拿钱！

高二碗　口袋空空，哪里有钱？

唐桂花　没钱想喝豆腐脑，犯贱！

高二碗　嫂子，你的豆腐脑俺可没白喝一碗，俺对东家说，你人好心善，对西家说，你手巧能干，可做了不少宣传。

唐桂花　狗嘴吐不出象牙，说得再好也休想蒙骗。

高二碗　您若不信可以打探。嫂子你听听，肚子咕咕叫唤，您就给俺盛上一碗。

唐桂花　（推开）去去去，你那肚皮谁愿意看。吊儿郎当不找个营生干，饿死七不冤！

高二碗　哎哟哎，谁不知道嫂子心肠最软，要真饿死了，你还不把小眼哭干？（凑近）嫂子，锅里的豆腐脑真让人眼馋，要不，先赊欠赊欠？

唐桂花　本店规定，概不赊欠。

高二碗　嫂子真不给喝，俺可自己去端。（欲进屋）

唐桂花　（放担，抄起担杖拦住）你敢！
　　　　（唱）郭庄大集转一圈，
　　　　　　　老老少少都不闲，
　　　　　　　你不聋不哑四肢全，
　　　　　　　为啥偏要当懒汉？

高二碗　（唱）懒汉自有懒汉命，
　　　　　　　无忧无虑无愁烦，
　　　　　　　人活一世图个啥？
　　　　　　　逍遥自在当神仙。

唐桂花　（推）去去去，去当你的活神仙，少在这里与俺纠缠。

高二碗　（坐）嫂子，实不相瞒，这碗豆腐脑俺要喝得让你服服帖帖，心甘情愿。

唐桂花　心甘情愿倒也不算太难。（把担杖放高二碗肩上）你替俺去把水来担。

高二碗　（站起）三尺肠子闲着二尺半，哪有力气把水来担？万一滑倒跌倒不能动

弹，谁能把俺照顾周全？先来一碗豆腐脑，要不，一切免谈。

唐桂花　这点小把戏俺一眼看穿，喝了豆腐脑，你拍拍屁股一溜烟，俺找谁要钱？

高二碗　要是信不过，那就算完。（把担杖扔下）

唐桂花　算完就算完。（拾起担杖捅高二碗）滚滚滚，少在这里胡搅蛮缠，浪费俺的时间。

高二碗　（挡住担杖）嫂子，你真的不给一点颜面？那我实话实说，不再隐瞒，你可不要难堪。

唐桂花　又打什么鬼算盘？不说清楚你休想蒙混过关。

高二碗　你的二闺女水莲……已有大半年……

唐桂花　水莲怎么了，与你有何相干？说明白，你包藏什么狼心狗胆？

高二碗　你看我胡言乱语，口无遮拦。嫂子，你得听我把话说完，（灵机一动）我是说，你的营业执照办了没办？

唐桂花　办与没办，与你无牵无连，狗拿耗子，闲事少管。

高二碗　没办是吧？问题这就简单。

唐桂花　你要怎样？

高二碗　我要举报你，举报你非法经营开黑店！

唐桂花　好你个高二碗！（挥担杖打，两人围桌转）
　　　　（唱）高二碗，话欺天，
　　　　　　　胡言乱语来刁难，
　　　　　　　为了一碗豆腐脑，
　　　　　　　竟然说俺开黑店。

高二碗　（唱）无证就是开黑店，
　　　　　　　非法经营要罚款，
　　　　　　　嫂子是个明白人，
　　　　　　　什么刁难不刁难。

唐桂花　（唱）郭庄集上问一遍，

　　　　　　　哪个不把俺夸赞，

　　　　　　　青天白日编瞎话，

　　　　　　　看不把你腿砸扁。（追打）

〔高二碗抱头跑下。

〔唐桂花持担杖追下。

〔少顷，田虎夹一黑包另一侧上。

田　虎　（唱）郭庄大集人声喧，

　　　　　　　让人喜来让人烦，

　　　　　　　喜的是人多税也多，

　　　　　　　烦的是人多收税难。

　　　　　　　两腿跑细嘴说干，

　　　　　　　嗓子冒烟出虚汗，

　　　　　　　豆脑店里来一碗，

　　　　　　　又解乏来又解馋。

　　　　（喊）嫂子，嫂子！

　　　　（唱）两声嫂子无人应，

　　　　　　　小院空空好清闲。

〔高二碗跑上。

〔唐桂花追上。

高二碗　（唱）跑跑跑，颠颠颠，

　　　　　　　两眼发黑腿发软。

　　　　（喊）田虎兄弟，快来救俺！

唐桂花　（唱）追追追，喘喘喘，

　　　　　　　眼冒火星气冲天。

　　　　（喊）田虎兄弟，快把他拦！

田　虎　（唱）一个逃来一个撵，

　　　　　　　你逃我撵为哪般？

唐桂花　他竟说俺开黑店。

高二碗　俺是和她闹着玩。

唐桂花　他还扬言要举报。

高二碗　俺是撒谎将她骗。

田　虎　哈哈哈，你也累，她也喘，好像刚刚爬过山。这般年纪还打闹，你俩真是

不一般。

唐桂花　俺可不情愿，都是他把是非搬。

高二碗　俺不是想喝碗豆腐脑嘛。

田　虎　我倒差点忘了，桂花嫂子，快给我盛一碗，嗓子快冒烟了。

高二碗　顺便给俺也来一碗，嗓子都让烟给呛死了。

唐桂花　拿钱！

高二碗　没钱。俺跟着沾个光嘛，这叫秃子跟着月亮转。

田　虎　我说高二碗，看你每集来喝豆腐脑，原来是白喝不掏钱呀。

高二碗　嘿嘿，俺对东家说，她人好心善，对西家说，她手巧能干，可做了不少宣传。

唐桂花　不用你多嘴多舌瞎癫痫。田虎兄弟，你坐下把风扇扇，嫂子这就回屋去端。（回屋下）

高二碗　看客下菜碟，人也分贵贱，俺到哪里喊冤。

田　虎　高二碗，你整天游手好闲，就不想找个活干？

高二碗　哪有合适的。

田　虎　什么没有合适的，你就是懒散。

高二碗　有合适的，就怕人家弃嫌。

田　虎　只要勤快肯干，谁也不会弃嫌。

高二碗　嘿嘿，俺倒要看看。

〔唐桂花端一碗豆脑上。

唐桂花　田虎兄弟，趁热把它喝了，屋里俺还没忙完。（回屋）

田　虎　嫂子忙你的。（放包，欲喝手机响，离开接。高二碗趁机端碗喝）什么？批发市场要在这儿建？哦，知道了，咱们待会见。（转身发现）高二碗，你这个混蛋！

高二碗　（猛喝几口）俺替你尝尝咸淡，要不再加点胡椒面？

田　虎　扯淡！我能再喝吗？你可真是个活神仙！（匆匆下）

高二碗　（偷乐）嘿嘿，口福不浅。（喝光）又美又鲜，再喝一碗才解馋，可惜俺白叫了高二碗。（发现凳上黑包，张望，迟疑一会，揣进怀里）哈哈，田虎，你骂我混蛋，我要你难看。

　〔高二碗溜下。

　〔唐桂花屋内出。

唐桂花　走人也不打个招呼，俺又不是聋子听不见。（拾掇碗筷）哟，喝得真干净，渣子不剩，像猫舔得一般。（坐）忙了大半天，俺也坐下一喘，待会还得挑水去，锅里快要熬干。

　　　（唱）自打开了豆脑店，
　　　　　　家里外头连轴转，
　　　　　　挑水劈柴磨豆浆，
　　　　　　起早贪黑忙不完。

　　　（起身）唉，就说这二闺女水莲，今年刚上三年级，上学放学得过两条马路，你说这有多危险。人家都有大人护送，可我现在哪还顾得上啊。

　　　（唱）人前强把笑脸扮，
　　　　　　背后苦水似黄连。
　　　　　　寡妇的日子有谁知，
　　　　　　夜深人静泪满面。
　　　　　　炎炎夏日冒酷暑，
　　　　　　有谁替俺擦把汗？
　　　　　　十冬腊月北风吹，
　　　　　　有谁嘘寒又问暖？
　　　　　　有心找个老来伴，
　　　　　　挑挑担子分分肩。

（白）高二碗倒是挺不错的，也是光棍一根，年纪也般配，唉，就是懒了点，这个不争气的！

　　　（唱）小店开张到今天，
　　　　　　整整当当一年半，
　　　　　　高二碗三天两头店里转，
　　　　　　有事没事找话谈。
　　　　　　他的用意俺明白，

（白）哼，你这个毛病不改。你毛病不改——

　　　（唱）毛病不改徒枉然。

　〔田虎急上。

田　虎　（唱）心急火燎又回还，
　　　　　　皮包忘在豆脑店。（四处寻找）

唐桂花　找啥呢？

田　虎　嫂子，看见我的包了吗？

唐桂花　包，什么包？

田　虎　就是我那个小黑包，放在凳子上来着，怎么不见了。

唐桂花　再仔细想想，包里有什么贵重东西？

田　虎　收税款和发票都装在里面。对了，你的致富能手获奖证书也给你捎回来了，都在包里呢。

唐桂花　证不证书的不要紧，你的东西可丢不得。（想了想）肯定让高二碗拿去了，他这个人手贱。

田　虎　你可提醒我了，准让高二碗顺手牵羊拿去了，我找他去！

　〔高二碗悄悄上，两人碰面。

高二碗　是谁在背后说本人的坏话呀。

田　虎　高二碗，快把包还给我！

高二碗　冤，实在是冤，我高二碗懒是懒了点，可我也是堂堂男子汉。你冤枉好人，可得罪责担。

唐桂花	不是你拿去,那包还长了翅膀飞上天?
高二碗	说得好,现在郭庄大集还没散,算命先生还在桥下边,我去把他请过来打上一卦,看看是不是那包长了翅膀飞上天。
田　虎	(拦住)别胡咧咧没用的,快说看没看见。
高二碗	(佯装)哎哟,饿得肚子痛,浑身冒冷汗。
田　虎	刚喝了一碗,哪来的冷汗?
高二碗	一碗不顶事,两碗才舒坦。
田　虎	嫂子,快给他盛一碗,我来付钱。
唐桂花	他装那熊样儿,你又上当受骗。
田　虎	骗就骗吧,包要紧,不差一碗豆脑钱。
唐桂花	哼!(进屋,下)
田　虎	别磨蹭,俺心急如火,望眼欲穿。
高二碗	急也没用,我没看见。
田　虎	你!(抄起担杖,撵)老实说,坦白从宽,抗拒从严!
高二碗	(顺势捞起水桶,边退边挡)你不是警察,我也不是罪犯,你犯诽谤罪,我得去告官。
田　虎	好,你去告官,我去报案!
高二碗	(偷偷将包放进水桶,扣地上)你若不信,尽可来翻。
田　虎	你站好,我可真得要翻。(上下摸高二碗)
高二碗	(捂)你下手轻点,这里是俺的要害机关。
田　虎	再不说出实言,我可把你变成太监。
高二碗	我要成了太监,哪个女人还会喜欢?好好好,玩笑到此算完,包可以给你,不过你得先答应一个条件。
田　虎	什么条件?
高二碗	(凑近,小声)我的那个事,你看……
田　虎	(推开)什么事?开门见山!

高二碗	就,就是那……个合适的事……(往屋里努努嘴)
田　虎	说话直来直去,叽叽歪歪的很讨厌。
高二碗	听不懂中国话,我是想……干脆说了吧,我是想在桂花这里找个活干。 (唱)桂花今年四十三, 　　　俺也过了不惑年, 　　　你看她,吃苦耐劳人人敬, 　　　你看我,好吃懒做人人嫌。 　　　一个地,一个天, 　　　越思越想越羞惭, 　　　田虎兄弟多美言, 　　　我高二碗—— 　　　洗心革面换新颜。
田　虎	哈哈哈! (唱)高二碗你不简单, 　　　长得鬼精蛤蟆眼, 　　　找个活干倒是假, 　　　实际想把高枝攀, 　　　嫂子漂亮又贤惠, 　　　你早打好小算盘。 (白)高二碗,你是看上桂花嫂子了,对不对?
高二碗	(旁白)什么事也瞒不过他,还说别人鬼精蛤蟆眼。(委屈状)田虎兄弟,你把俺当什么人看了? (唱)桂花好比天上仙, 　　　俺是蛤蟆井下面, 　　　蛤蟆想吃天鹅肉, 　　　你说荒诞不荒诞?
田　虎	(唱)不用遮盖休装蒜, 　　　我看你俩有姻缘, 　　　快快将包拿出来, 　　　从中自会多美言。

高二碗　此话当真?

田　虎　绝无戏言。

高二碗　那可给你了。（从水桶底下拿出包，递与田虎，推）那你快进屋美言美言。

田　虎　（看包）高二碗，别的都很齐全，嫂子的获奖证书怎么不见?

高二碗　桂花都成了县里的模范，俺在郭庄还是个懒汉，我想把桂花的证书留作纪念，按时拿出看看，也好重新做人，改头换面。

田　虎　此话当真?

高二碗　绝无戏言。

田　虎　二碗呀!

　　　　（唱）你若真心改从前，

　　　　　　　嫂子一定心喜欢，

　　　　　　　嘴上会说不管用，

　　　　　　　实际行动是关键。

高二碗　（唱）此话说我心里边，

　　　　　　　实际行动最关键，

　　　　　　　田虎兄弟多美言，

　　　　　　　我为桂花把水担。（挑起水桶欲下）

田　虎　（扯住）那碗豆脑还没喝呢。

高二碗　那碗豆脑，是俺给你要的。

〔高二碗欢快下。

〔唐桂花端碗出。

唐桂花　（对观众）他俩说的话，俺可听得见。（对田虎）走了?

田　虎　走了。

唐桂花　走了好，人不见心不烦。你快把它喝了。

田　虎　嫂子，你忙得脚不沾地团团转，光顾别人不得清闲，你还是自己喝了吧。

唐桂花　你喝。

田　虎　你喝。

唐桂花　还是你喝。（来回推让）

田　虎　（接过放下）嫂子!

　　　　（唱）一碗豆脑暖心间，

　　　　　　　嫂子坐下听我言，

　　　　　　　有句话要对您讲，

　　　　　　　不知是深还是浅。

唐桂花　（唱）兄弟有话尽管谈，

　　　　　　　不必藏着不用掩，

　　　　　　　嫂子虽是女人家，

　　　　　　　心胸好比大海宽。

田　虎　（唱）嫂子开店忙不停，

　　　　　　　找个帮手可情愿?

唐桂花　（唱）有个帮手感情好，

　　　　　　　哪里去找谁肯干?

田　虎　（唱）如果有人来自荐，

　　　　　　　嫂子可否有条件?

唐桂花　（唱）手脚勤快不偷懒，

　　　　　　　要把桂花当人看。

田　虎　（唱）嫂子尽可放宽心，

　　　　　　　此人名唤高二碗。

唐桂花　（故意）谁? 你说谁?

田　虎　高二碗。

唐桂花　高二碗?（佯怒）好你个田虎!（追打）

　　　　（唱）嫂子拿你兄弟看，

　　　　　　　不想你却取笑俺，

　　　　　　　莫说他是大懒汉，

　　　　　　　是座金山也不馋。

田　虎　（唱）嫂子莫打也莫撵，

　　　　　　　你的心思我知全，

　　　　　　　二碗洗心又革面，

　　　　　　　浪子回头金不换。

唐桂花　泰山易改，本性难移，俺就不信高二碗能改了他的懒毛病。

田　虎　嫂子，你回头看，担杖水桶都不见，是高二碗去把水担。

唐桂花　这有什么稀罕。

田　虎　他还为你做了不少贡献。

唐桂花　为我做了不少贡献？

田　虎　嫂子还不知道吧？大半年来，水莲上学放学，这护送的任务都由高二碗包揽。

唐桂花　你说的可是真话？哦……听水莲透露过星星点点。

田　虎　到了夜晚，不管天有多寒，高二碗站在桥头为你守望小店，所以才没人到这骚扰捣乱。

唐桂花　（偷乐）田虎兄弟，嫂子是个实在人，你可不要骗俺。

田　虎　嫂子！

　　　　（唱）难得嫂子笑开颜，
　　　　　　　二碗已是非从前，
　　　　　　　你有情来他有意，
　　　　　　　有情有义成姻缘。

唐桂花　（唱）多谢兄弟两成全，
　　　　　　　嫂子还是心不安，
　　　　　　　只怕孩子受委屈，
　　　　　　　后爹不当亲生看。

　　　　〔高二碗挑水暗上。

高二碗　（唱）要对孩子有偏见，
　　　　　　　五雷轰顶劈死俺。

田　虎　（唱）二碗虽然有缺点，
　　　　　　　为人诚实心慈善。

唐桂花　（唱）又怕他是负心汉，
　　　　　　　好景不长过云烟。

高二碗　（唱）吃喝嫖赌不曾想，
　　　　　　　从早到晚在身边。

田　虎　（唱）二碗虽然有点懒，
　　　　　　　其他毛病都不沾。

唐桂花　（唱）再怕对俺太冷淡，

不问饥饱与冷暖。

高二碗　（唱）提水扫地我全揽，
　　　　　　　洗脚搓背也情愿。

田　虎　（唱）嫂子不必把心担，
　　　　　　　你是火苗他是炭。

唐桂花　（唱）最怕流言蜚语传，
　　　　　　　她爹过世未三年。

高二碗　（唱）嫂子只要收留俺，
　　　　　　　三年五载不算远。

　　　　（急出，跌倒，水溅一身）

　　　　〔两人急上前扶起。

田　虎　（笑）看把你急的，还三年五载不算远，我看三天五日你都等不及了。

唐桂花　二碗，磕着没有？衣服都湿了，快脱了让嫂子拿去烘干。

高二碗　没事，没事。（掏出证书）多亏证书没被水沾。

唐桂花　怎么，这证书你一直带在身边？

高二碗　是嫂子的证书让我彻底转变，往后，我也得争当劳动模范！

唐桂花　二碗，这就对了！咱们要用自己的双手，创造一个幸福的家。

田　虎　好哇！二碗，嫂子，这里马上要把批发市场建，这个小店，是不是也得跟上形势发展？

高二碗　是啊，如果这样，小店就得扩建。

唐桂花　那就照着二碗说的去办！你们看，大集将散，我再熬上一锅豆脑，今日让大家免费尝鲜。

田　虎　好咪！（举起桌上豆脑，喊）大家快来啊，今天的豆脑不收钱，免费尝鲜！

　　　　〔三人大笑声中幕落。

原载《剧作家》2014 年第 2 期
浙江《浙中农村文艺》2013 年第 6 期

夫妻献井

人　物　高大成，40多岁，农民。
　　　　李凤兰，40多岁，高妻。

〔某日中午。
〔农家小院，一侧有一眼水井，井台上有井桩、辘轳、水斗等，紧挨井边的是一个绿油油的小菜园。
〔幕启：李凤兰在拎着一个水桶浇园。

李凤兰　（唱）老天作孽逢大旱，

　　　　　　　大河无水小河干，

　　　　　　　家家吃水犯了难。

　　　　　　　（大笑）哈哈哈，

　　　　　　　再难难不住俺李凤兰。

　　　　　　　院里水井有一眼，

　　　　　　　清凉爽口比甘泉。

　　　　　　　浆被褥，洗衣衫，

　　　　　　　淘小米，做三餐，

　　　　　　　早晚沏上一壶茶，

　　　　　　　要多方便多方便。

　　　　　　　还有这个小菜园，

　　　　　　　春夏秋冬四季鲜，

　　　　　　　豆角黄瓜西红柿，

　　　　　　　大葱大姜和大蒜，

　　　　　　　想浇就浇，想灌就灌，

　　　　　　　想浇想灌俺说算。

　　　　　　　绿油油青菜吃不了，

　　　　　　　集上换个零花钱，

老天你不把雨下，

俺不气恼也不烦。

（喜滋滋地）说起俺家这眼水井，还真是神气，碰上再旱的天，照旧水汪汪的，水还特别甜。（舀一口喝下）你望望，跟喝糖水似的。（坐井台想起心事）唉，俗话说，家家有本难念的经，别的人家为吃水发愁，可我李凤兰这几天心里也堵得慌！（站起）就是上个大集，咳，真是有口难张啊！

（唱）上个大集星期天，

　　　遇上一男一女来纠缠，

　　　男的说，孩子他爸有凶兆，

　　　女的说，俺的闺女有危险。

　　　晴天霹雳吓破胆，

　　　浑身哆嗦没主见，

　　　两个拽我回家来，

　　　说破财免灾最妥善。

　　　信以为真中圈套，

　　　拱手相送三千元。

　　　辛苦积攒的血汗钱，

　　　平白无故遭人骗，

　　　你说气人不气人，

　　　你说怎不痛煞俺！

（白）这件事我只给老支书说了，要想追回来，俺也没抱多大指望。孩子他爸还不知道，俺也是没脸说出口啊！

这几天又是窝囊又是生闷气，脑子里光想着这事……罢了，说得再多钱也回不来，天晌了，她爸也该回来了，我还是赶紧回屋做饭去吧。

〔李凤兰回屋下。

〔高大成头戴安全帽肩搭毛巾满怀心事上。

高大成　（唱）久旱无雨赤日炎，

　　　　　　　一路走来心不安。

　　　　　　　乡亲们挑水到山边，

　　　　　　　路途遥遥步履艰，

　　　　　　　挨号排队如长龙，

　　　　　　　取水要等多半天。

　　　　　　　眼见乡亲们有困难，

　　　　　　　岂能无动于衷袖手观，

　　　　　　　家里自有井一眼，

　　　　　　　井水清清不枯干，

　　　　　　　此时若把井来献，

　　　　　　　正是酷暑送甘泉。

　　　　　　　敞开门扉把乡亲唤——

　　　　　　　（一想）且慢！

　　　　　　（唱）不知她是啥意见。

　　　　　　　孩子她妈李凤兰，

　　　　　　　心眼没有针鼻宽，

　　　　　　　此事她若强阻拦，

　　　　　　　一桩好事难成全。

　　　　　　　待我回家将她劝，

　　　　　　　帮助乡亲渡难关。

　　　　　　（推门）大白天，关着大门干什么？

　　　　　　（敲门，轻声喊）凤兰，凤兰！大成回来了。

〔李凤兰系围裙出。

李凤兰　（唱）要是有人来挑水，

　　　　　　　俺就装作没听见。

　　　　　　（门缝看）原来俺的大成回家了。

　　　　　　（开门）孩子她爸，你回来了？

高大成　回来了。（李凤兰随手关门）凤兰，大天白日，插着大门干什么？

李凤兰　（掩饰地）瞧你说的，你整天开山放炮，孩子上学在校，剩我一人在家，就不怕野狗把我叼了去？

高大成　你那弯弯绕，我还不知道？凤兰，有个事情我得问问你。

李凤兰　（心惊地）没稳下个屁股，就要有事问俺，咋不能歇口气？有什么话留着吃饭的时候再说。快把帽子摘了，井台上有水，我给你冲把脸凉快凉快，看把你造作成什么样子了。

高大成　（摘帽）我自己来。（擦脸）你整天在家也没闲着，又是浇园又要做饭，忙里忙外的，俺心里也是过意不去。

李凤兰　哟，什么时候学会心疼人了？有你这句话，俺倒知足了。

高大成　嘿嘿。凤兰，你过来，过来，今天让我给你推拿推拿按摩按摩。

李凤兰　今天这是刮的什么风？又是一口一个凤兰叫，又要推拿按摩的，这可是大闺女上轿头一回，俺可烧包死了。

高大成　我这手艺啊，可不轻易露。（把李凤兰按井台上揉背）怎么样，舒服吧？

李凤兰　舒服，就是你那双粗手像老虎钳似的。大成，我怎么觉得不大对劲呀，你是不是真有什么话要说？

高大成　是有话要说，不过也没什么大事，就是……

李凤兰　这件事，反正早晚也得让你知道。说吧，我听着呢。

高大成　什么事早晚我也得知道？你知道我要说什么？

李凤兰	知道,不就是上个大集……
高大成	哦,上个大集……(想想)不是上个大集的事,我是说……你看这天旱的。
李凤兰	(放心地)哦,你是说这天旱的?可不是嘛,河也干了,井也枯了,坡里的庄稼也晒蔫了,老天作孽呀。
高大成	你看咱家这眼水井,闲着也是闲着。
李凤兰	(笑)怎么着?不闲着,还要在井台上扎台唱戏呀!
高大成	凤兰,我想让乡亲们到咱家挑水吃,你看中不?
李凤兰	(急起身)到咱家挑水吃?原来你大献殷勤就是要跟我说这个呀?大成啊,亏你想得出来!(上前拭)大成,我看你的脑袋是让山炮给震坏了!
高大成	你的意思是……不愿意?
李凤兰	不愿意!
高大成	凤兰,这是为全村老百姓做一件大好事,你咋不愿意呢?
李凤兰	我问你,你是村支书还是村主任?你高大成就是个开山放炮的,为老百姓做好事做实事,那是人家当官该管的,你操哪份闲心?
高大成	现在自来水全都停了,乡亲们吃水实在太难,大人孩子到那么远的地方挑水吃,多半天还等不了一管水,我看不下去啊。
李凤兰	(讥讽地)知道你心肠软,人实在,可有那么多看不下去的事,咱能管得了吗?
高大成	别的事,我没看见,管不了也帮不上,这件事,咱就是行个方便嘛。
李凤兰	孩子她爸,你呀,往后得多长个心眼,别太实在了,好人吃千亏。昨晚的电

	视你看了吧,老太太街上摔倒,一个好心人将她扶起,结果呢,让人赖去好几万,你说,以后谁敢再去当这个好人?
高大成	那是个别现象,这个社会还是好人多。
李凤兰	我看是好人不多见,歹人随处是。就说上个大集……(感觉失口,慌忙掩饰)上个大集,东村的赵寡妇不是让人骗了三千块?(转身)呸!谁是赵寡妇!
高大成	我看这个赵寡妇是私心太重,才轻易相信骗子的鬼话,上当受骗是她自己找的。
李凤兰	(暗白)是俺自己找的。(讨好地)孩子她爸,咱不说这个了,回屋吃饭吧,今晌午我做的蘑菇炖小鸡,是你最爱吃的了。
高大成	你还没表态呢,这献井的事到底愿意还是不愿意?
李凤兰	愿意咋的?不愿意咋的?
高大成	要愿意,俺就吃你的蘑菇炖小鸡,要是不愿意,俺就……
李凤兰	要是不愿意,你就不吃俺的蘑菇炖小鸡了?哼,不吃拉倒,反正这事我不同意!
高大成	凤兰啊! (唱)抬头不见低头见, 　　　乡里乡亲割不断。 　　　今逢大旱吃水难, 　　　你我就该行方便。
李凤兰	(唱)什么就该行方便, 　　　我的方便在哪边? 　　　那么多人来挑水, 　　　还不变成烂泥湾!
高大成	(唱)此话说得有点悬,

怎会变成烂泥湾？
水贵如油都知道，
谁肯浪费水资源！

李凤兰　（唱）水筲叮当辘轳转，
从早到晚吵翻天。
俺自小到大爱清闲，
动静一响就失眠。

高大成　（唱）你的病根我知道，
这个问题很好办。
白天开门晚上关，
让你一觉到亮天。

李凤兰　（唱）眼下孩子学习紧，
不分黑白连轴转。
没有安静好环境，
高考落榜谁承担？

高大成　（唱）这个借口理太偏，
孩子住校离家远。
要是逢上星期天，
放松放松爬爬山。

李凤兰　（唱）酷暑难当三伏天，
一日不洗不舒坦。
要是有人来撞见，
岂不羞煞李凤兰。

高大成　（唱）为解乡邻吃水难，
做点牺牲也情愿。
等到夜深人静时，
为你搓背再揉肩。

李凤兰　（唱）平时沉默又寡言，
今日他倒嘴巴甜。
任凭你把嘴说破，
俺不同意把井献。

高大成　凤兰，你不同意献井，倒说出个理由我听听。

李凤兰　刚才不是都说了嘛。

高大成　你说的这些理由都不成立。

李凤兰　咋不成立？大成啊，常言说得好，各人自扫门前雪，莫管他人瓦上霜，只要咱家水吃就行了，你何必自找麻烦？现在这个社会人和人不亲，谁管谁呀。

高大成　你说的这是啥话？看看汶川和雅安大地震，有多少素不相识的人奉献爱心，如果人人都只顾自己，没有关爱，没有温暖，这个世界还不变成冰冻星球！

李凤兰　哟，想不到俺大成还有这么高的思想觉悟！还真看低你了。要我说，别扯得太远了，还是看看眼前吧，要是咱家有了难处，哪个肯帮忙？哪个送温暖？还不是都老远站着看咱笑话。

高大成　你倒说说清楚，咱家遇到什么难处都站着看笑话了？不了解情况，不能乱说话。

李凤兰　以后你就知道了，反正献井的事我不同意。

高大成　真不同意？

李凤兰　真不同意！

高大成　坚决不同意？

李凤兰　坚决不同意！

高大成　我现在敞开大门，让乡亲们前来挑水！

李凤兰　真要献井？

高大成　真要献井！

李凤兰　坚决要献井？

高大成　坚决要献井！

李凤兰　那好，你高大成能开门，我李凤兰就能关门！

高大成　我开门！

李凤兰　我关门！

高大成　我再开门！

李凤兰　我再关门！

高大成 我再把门开！开！

李凤兰 我再把门关！关！

（两人互不相让）

高大成 （唱）三番开门三次关，

碰上一个鬼难缠。

李凤兰 （唱）他能开门我能关，

自找麻烦为哪般？

高大成 （唱）苦口婆心将她劝，

榆木脑袋难开栓。

李凤兰 （唱）满腹委屈他不解，

接二连三来刁难。

高大成 （唱）压住火气换笑脸，

一件往事说根源。

（白）凤兰，咱家这眼水井有一个名字，你可知道它叫什么？

李凤兰 这水井还有名字？（想想）嗯，我知道了，它叫深水井。

高大成 不对。

李凤兰 不对？那它就叫甜水井。

高大成 也不对。

李凤兰 这也不对，那也不对，你说它叫什么名字？

高大成 这口水井的名字，叫感恩井！

李凤兰 感恩井？

高大成 是啊！你过来看，井桩上还刻着"感恩井"三个字呢，是我当年记下的，虽然有些模糊不清，但仔细看还能辨认出来。

李凤兰 （端详）是有"感恩井"三个字.大成，你可从来没有对我说起过，这是怎么一回事？

高大成 凤兰啊！

（唱）井台上忆往事如在眼前，

禁不住热泪盈眶心潮翻卷。

那一年遇上了百年旱灾，

田地荒芜饮水艰难，

我与爹爹打井抗旱，

不分白天黑日赤膊奋战。

不料想大祸从天降，

塌方的泥沙将我埋掩。

乡亲们闻讯来的全，

一双双大手救我出深渊，

抬担架送我去医院，

排队献血人人争先。

若没有乡亲来救援，

我岂能闯过那鬼门关。

天大的恩情无报答，

每每想起我的心不安。

现在乡亲们有困难，

正是知恩报答的好机缘。

可凤兰你，大灾面前冷如冰，

思想狭隘有偏见，

插门栓，强阻拦，

我三番开门你三次关.

你思一思，想一想

你不觉得羞惭！

李凤兰 （深受感动）大成，是我错怪你了，你说得对，这井咱应该献！

（唱）一番话如响雷震我心弦，

感恩井有一段感人奇缘。

这水井流淌着乡亲们的血和汗，

这水井深埋着高大成的情和愿。

知恩图报，饮水思源，

仔细想一想怎不羞惭。

我不该只顾自己多方便，

看不到乡亲们心似火煎；

我不该人情冷漠胡乱言，

看不到大爱无边暖人间；

我不该三番开门三番关，
辜负了大成他赤心一片；
我不该心胸狭窄迷住眼，
对不起众乡亲我羞愧难言。
助人为乐，与人为善，
邻里间更应该以诚相见。
从今后我献爱心做奉献，
做一个人人夸赞的李凤兰。

高大成　（唱）听罢一番肺腑言，
　　　　　　大成喜上眉梢笑开颜。

李凤兰　（唱）人说女大十八变，
　　　　　　凤兰四十岁上又一变。

高大成　（唱）四十岁上又一变，
　　　　　　变出一朵红牡丹。

李凤兰　（唱）一花独放不是春，
　　　　　　百花盛开春满园。
　　　　　（两人大笑）

高大成　凤兰，还有一件事情，我得问个明白。

李凤兰　俺的思想也通了，井也献了，你还有什么事情要问？

高大成　（故意地）我可听说，东村没有个赵寡妇，是咱村哪个缺心眼的，上个大集让骗子骗去三千多块钱，你听说这个事了吧？

李凤兰　（不愿承认）别听他们瞎说，咱村哪有让人骗的！

高大成　没有？

李凤兰　没有！

高大成　（掏出一个信封）你看这是什么？这个骗子已经被逮着了，这是追回的三千块钱。

李凤兰　真的？这是我的！（上前欲夺）

高大成　哎，这怎么会是你的？你又没有被骗子骗过，可不能冒名顶替。

李凤兰　大成，实话对你讲了吧，是我让骗子骗了。

高大成　我可不信，你怎么会被骗了？

李凤兰　那骗子说，你有凶兆，闺女有危险，破财免灾，俺就信了。还不都是为了这个家。

高大成　哈哈哈，凤兰，心里不光要装着小家，更要想着大家。胸怀宽阔，逢事就想得开，自然不会上当受骗。这个教训你可得记住啊，给！

李凤兰　（接过信封）大成，你说得对。不过，这钱怎么会到你的手里？

高大成　凤兰啊！
　　　　　（唱）老支书听了你的话，
　　　　　　发动群众做调查，
　　　　　　蛛丝马迹不放过，
　　　　　　顺藤摸瓜逮着了他。
　　　　　　今日下班回家走，
　　　　　　巧遇支书把话拉，
　　　　　　追回的钱款信封里装，
　　　　　　让我给你捎回家。

李凤兰　（唱）老支书不愧好当家，
　　　　　　乡亲们对咱帮助大，
　　　　　　大成啊，
　　　　　　咱要带头出把力，
　　　　　　只献水井不算啥。

高大成　你有什么好想法？

李凤兰　（唱）当前抗旱任务重，
　　　　　　人畜吃水困难大，
　　　　　　三千块钱派用场，
　　　　　　买个水泵接井下，
　　　　　　水泵一响水哗哗，
　　　　　　滔滔清波流千家。

高大成　（高兴地）把井水注入自来水塔，这样家家户户足不出户就可以喝上甘泉水了，凤兰，这可真是个好主意！

李凤兰 是啊！

合　唱 水泵一响水哗哗，

滔滔清波流千家。

夫妻献井献爱心，

浇开朵朵幸福花。

〔夫妻造型。

〔幕落。

原载浙江《金华文艺》2014 年第 10 期

辽宁《盘锦文化》2014 年第 3 期

樱桃红了

时　间　现代。

人　物　梁玉林，村支书。

　　　　杨秀兰，梁玉林妻子。

　　　　田凤霞，乡党委书记。

〔山村樱桃园。远处青山叠翠，近处樱桃正红。

〔幕启：音乐声中，梁玉林兴冲冲上。

梁玉林　（唱）山乡五月美如画，

　　　　　　　樱桃红了似云霞，

　　　　　　　八方的游客慕名来，

　　　　　　　欢声笑语满山崖。

　　　　　　　一年一度好光景，

　　　　　　　喜气盈门乐千家，

　　　　　　　俺梁玉林是村支书，

　　　　　　　今有贵客要进家。

　　　　　　　红木桌摆在樱树下，

　　　　　　　再泡上一壶崂山茶，

　　　　　　　满树樱桃随你摘，

　　　　　　　山珍土产任你拿。

　　　　　　　农家宴摆上酒一桌，

　　　　　　　备下鲜活的鱼和虾。

　　　　　　　里里外外打点好，

　　　　　　　定让客人乐开花。

　　　　（白）前日，我到乡政府邀请各位领导进山品尝樱桃，昨日，新来的田书记打来电话，说是今日就要进山，乡

里一把手大驾光临，我这个村支书可要精心安排妥当，不能有半点马虎。（看表）田书记差不多就要到了，我把老伴喊出来，添茶倒水准备做好接待工作。（吆喝）老乖乖！老乖乖！咋还不出来呢？

〔杨秀兰拤竹篓上。

杨秀兰　来了来了！（不满地）俺叫杨秀兰，不搭台不唱戏的，咋还叫俺的艺名？不就是来个乡领导嘛，大呼小叫咋呼啥！

梁玉林　喊你半天，还磨磨蹭蹭的，我看呀，领导要来你是有意见吧？

杨秀兰　（赌气地）有意见！自打你当上这个山大王，乡里的头头脑脑哪一年没来过？吃了喝了拿了，拍拍屁股走了，正经营生一点没干，咱樱桃村还不是老样子？（学唱）星星还是那颗星星，月亮还是那个月亮，山也还是那座山哟，梁还是那道梁……

梁玉林　别唱了，别唱了，嗓子不咋样，还愿意瞎哼哼，别人听了，还以为咱家老母猪要临产了。

杨秀兰　（追打）我让你胡说八道！现在不想听了？当年来你们村唱大戏，就属你坐最前头那眼珠子瞪得比夜猫子还亮。照现在话说，我就是你的偶像，你就

是我的粉丝，后来我这个台柱子让你挖到山沟里来了。

梁玉林 嘿嘿，还台柱子，就是个拉幕的。我说老乖乖，今天非同往常，田书记要来，我可提醒你，你是干部家属，不是一般群众，别人可以说三道四，你不能牢骚满腹。

杨秀兰 哼，这一回，俺可不能听你的，领导来了，得给他个脸色瞧瞧。

梁玉林 哎哟，我的老乖乖，这可不得了。你要不高兴，领导肯定不高兴，说老梁呀，一屋不扫，何以扫天下？

杨秀兰 咱那四间屋你啥时扫过？天井你啥时扫过？还不都是我撂了扁担抬笤帚，里里外外打扫干净的。

梁玉林 哈哈，不懂了吧？妇道人家就是头发长见识短。

杨秀兰 你头发短见识长，你倒说说你啥时打扫过？

梁玉林 不是扫屋子的事，这个意思是说，我老梁连自己娘们都管不了，还怎么管村里老百姓，长见识了吧？

杨秀兰 领导说这话对，现在是女人当家，男人全得听老婆的。

梁玉林 哎哟，这可不得了，平时听你的，今天得听我的，在领导面前，你得让我露一回脸，别再捅出什么乱子。

杨秀兰 （偷笑）俺就是在你跟前瞎叨叨几句，真见了领导，俺专拣好听的说，让你露一回脸。现在这些当官的，你也算一个，个顶个都是驴脾气，得顺着毛摸，别呛着。

梁玉林 嗯，话不好听，理就是这么个理。你过来，今天是星期天，进山吃樱桃的

人肯定少不了，靠山根的这棵樱桃树，你可一定给我看好了，任何人不许动它一指头，给我留着。

杨秀兰 给你留着？

梁玉林 不是给我留着，是给田书记留着。这棵樱桃名叫"大红灯"，你知道，是咱们村独一无二的新品种，个头大，味道好，含在嘴里像吃糖丸，所以得给田书记留着，别人来，其他树可以随便摘。田书记刚来不久初次进山，我得下山去接接，刚才说的话，你都记下了？

杨秀兰 记下了，（故意地）给田鼠留着！

梁玉林 哎哟，我的老乖乖，这可不得了，不是田鼠，更不是家鼠，是田书记，乡里一把手！

杨秀兰 知道，不就是掉了一个字嘛。（旁白）我看和田鼠也差不多。

梁玉林 知道就好，一定给我留住，我去了。（下）

杨秀兰 给你留住了，想得倒美！
（唱）五月樱桃红满园，
　　　俺是欢喜又心烦，
　　　欢喜不必有赘言，
　　　今年又是丰收年，
　　　要问心烦为哪般？
　　　乡领导又要来添乱，
　　　前呼后拥一大帮，
　　　白吃白拿不掏钱。
　　　不掏钱不打紧，
　　　还得捎上山珍野味土特产，
　　　这个还算不打紧，
　　　关键是，
　　　拍拍屁股一溜烟，
　　　大事小事全不管。

老少爷们背后骂，
七嘴八舌有意见。
这一回，
俺南山顶上石滚石，
想吃樱桃你先拿钱。
亮开嗓门高声喊——
（吆喝）又大又红的"大红灯"，山
上山下独一份！快来尝哟！
（接唱）一声吆喝传得远，
　　　　果然有人到山前。
（张望）老远看好像是个女的，还戴
着一顶帽子，俺回家也找个帽子戴着，
山里娘们不比城里人差多少。（下）
〔田凤霞戴一顶太阳帽上。

田凤霞　（唱）山清水秀好风光，
　　　　十里樱桃似画廊，
　　　　风尘仆仆进山村，
　　　　一路走来心花放。
　　　　十八大精神指方向，
　　　　深入基层要下乡，
　　　　廉洁勤政改作风，
　　　　带领群众奔小康。
　　　　樱桃村偏僻条件差，
　　　　脱贫致富路途长，
　　　　我身为乡里一把手，
　　　　理应重担挑肩上。
（白）我是新来的乡党委书记田凤霞。
十八大召开以后，为转变政府机关作
风，全面加快建设小康社会步伐，党
委决定全体机关干部要深入基层，密
切联系群众，倾听群众呼声，切实帮
助贫困村脱贫致富。我的帮扶对象是
樱桃村，今日来，主要是了解一下情况，
再与梁书记谈谈未来的发展规划，刚

才听到一位女同志大声吆喝，她人呢？
〔杨秀兰戴一顶厨师帽上。

杨秀兰　（毕恭毕敬地）大妹子，你是来品尝
　　　　樱桃的吧？欢迎光临！
田凤霞　嫂子，您是……厨师？
杨秀兰　不是，我儿子是厨师。我是这么想的，
　　　　客人到我们家品尝樱桃，就跟到饭店
　　　　吃饭是一模一样的，我们要热情对待
　　　　客人，你说是不是？
田凤霞　哦，是这样。嫂子，这樱桃园是你家的？
杨秀兰　是我家的，您请进。
田凤霞　（高兴地）绿叶似翡翠，樱桃比玛瑙，
　　　　如诗如画，真是美不胜收啊。
杨秀兰　听你一开口，嫂子就知道你是城里人。
田凤霞　嫂子，我是农村人。
杨秀兰　农村人哪有说话文绉绉的？你是城里
　　　　人，嫂子眼尖，一眼能看得出来。
田凤霞　呵呵，刚才我是情不自禁。嫂子，这
　　　　樱桃可以尝吗？
杨秀兰　可以尝。
田凤霞　那我尝尝。（欲摘被杨秀兰拦住）
杨秀兰　不能尝，不能尝。
田凤霞　为什么不能尝？
杨秀兰　为什么不能尝？妹子，这棵樱桃名叫
　　　　大红灯，所以不能尝。
田凤霞　叫大红灯不能尝，刚才你不是吆喝着
　　　　让人快来品尝吗？（学）又大又红的
　　　　大红灯，山上山下独一份，快来尝哟！
杨秀兰　刚才是刚才，现在是现在，计划没有
　　　　变化快，早晨是富婆，晚上变乞丐，
　　　　对吧？妹子，这棵樱桃不能尝。
　　　　（唱）这棵樱桃不能尝，
田凤霞　（唱）嫂子此举不应当。
杨秀兰　（唱）这棵樱桃不吉祥，

田凤霞　（唱）此话说得好荒唐。

杨秀兰　（唱）这棵樱桃遭了霜，

田凤霞　（唱）五月天里哪有霜？

杨秀兰　（唱）这棵樱桃果不熟，

田凤霞　（唱）红里透紫闪闪亮。

杨秀兰　（唱）这棵樱桃它不甜，

田凤霞　（唱）玲珑剔透比蜜糖。

杨秀兰　（唱）这棵樱桃它它它……

田凤霞　（唱）吞吞吐吐为哪桩？

杨秀兰　妹子，实话对你说了吧，这棵樱桃早有人包下了。

田凤霞　包下就不能尝尝了？

杨秀兰　我家老头子是村里书记，刚才再三嘱咐，这棵樱桃别人一指头不能动，要给田鼠留着，我寻思老半天，唉，还是给他留着吧。

田凤霞　哦，你家大哥是村书记呀？

杨秀兰　是村书记，我喊他山大王。

田凤霞　嫂子，你刚才说要给田鼠留着，哪一个田鼠？

杨秀兰　哦，就是乡里刚来的田书记，姓田，又是书记，简称田鼠。

田凤霞　嫂子可真逗，我就是田凤霞。

杨秀兰　（吃一惊，打量）你是田书记？

田凤霞　是啊。

杨秀兰　（摇头）不是，田书记是大老爷们，你可不能屎壳郎跑马路上，冒充吉普车。

田凤霞　我刚来不久，嫂子肯定不认识，你家大哥名字叫梁玉林，这回该相信了吧？

杨秀兰　不相信，俺家老梁在这方圆几里也是个人人喊打的人物，不是，是人人都能喊出名来的人物，比黑瞎子有名。

田凤霞　黑瞎子？

杨秀兰　就是大黑熊。我说妹子，你冒充啥不好，偏偏冒充乡里干部，这是顶风扬粪自己臭自己。

田凤霞　嫂子，我说的可都是真话。

杨秀兰　你说你是田书记？

田凤霞　是啊。

杨秀兰　（伸手）拿来！

田凤霞　什么？

杨秀兰　身份证。

田凤霞　不出远门，没带。

杨秀兰　工作证？

田凤霞　今天是休息日，也没带。

杨秀兰　宽大证？

田凤霞　宽大证？

杨秀兰　不是，是那个什么优待证，就是我家老头子发给乡里上山品尝樱桃的免费证。

田凤霞　哦，是这个，……也没带。

杨秀兰　原来你是"三无产品"啊。妹子，亏你是个假冒伪劣，要是真格的，用俺老梁的话说，这可不得了。

田凤霞　怎么讲？

杨秀兰　怎么讲？腐败了呗。

田凤霞　嫂子，我看你对乡里意见蛮大的，一定有什么原因吧？

杨秀兰　不提乡里的事。妹子，你就是来品尝樱桃的，除了这一棵，其他的你随便尝。

田凤霞　那我随便尝尝。

杨秀兰　（急拦）还是不能尝，不能尝。

田凤霞　嫂子，又怎么了？

杨秀兰　本园规定，先付账，后品尝。

田凤霞　对，应该先付账后品尝。嫂子，多少钱？

杨秀兰　一个人头二十，两个人头四十，你几个人头？

田凤霞	嫂子说话真有意思，我还几个人头，一个人头。
杨秀兰	一个人头，那就二十。一点不贵，现在一斤猪头肉还卖好几十块钱呢。
田凤霞	山里人说话就是幽默。嫂子，给。
杨秀兰	（接钱）刚才你说你是田书记，要真是田书记，她能自己拿钱？妹子，这几棵你随便挑着吃，吃够了歇一会，歇够了，再接着吃。
田凤霞	吃不几个，我就是想和您唠唠家常说说话。
杨秀兰	俺嘴笨，没见过世面，说不到点子上。
田凤霞	看你说的。嫂子，今年樱桃结这么多，收入一定不会差吧？
杨秀兰	年年都不差，收入可就差远了。
田凤霞	是价格有问题？
杨秀兰	不是。
田凤霞	哪是为什么？
杨秀兰	妹子，不说乡里的事还得说，这都是乡里闹腾的。
田凤霞	乡里闹腾的？
杨秀兰	可不是咋的。
田凤霞	你说说看，是怎么闹腾的？
杨秀兰	别提了，一提心里堵得慌，生气。
田凤霞	这里没有外人，就咱俩说着解闷。
杨秀兰	妹子，乡里太欺负人了，每年樱桃熟的时候，成群结队上山骚扰，又吃又拿，不掏钱，不办事，群众意见老大了。
田凤霞	我听说，村里每年邀请乡里的干部进山品尝樱桃，这是事实吧？
杨秀兰	说好听是邀请来的，其实呀，那都是逼出来的！
田凤霞	逼出来的？
杨秀兰	是呀，妹子，你听我说！

	（唱）乡里人人不好惹， 有权有势手中握。 供电所你若请不到， 晚上就得摸黑过； 卫生院你若请不到， 有病他不派救护车； 教委办你若请不到， 孩子升学缺名额； 兽医站你若请不到， 防疫检疫费周折； 派出所你若请不到， 定个罪名将你捉； 运管所你若请不到， 大车小车通不过； 工商所你若请不到， 办证他就使劲拖； 就是火化场你若请不到，
田凤霞	怎么样？
杨秀兰	（接唱）人去没有骨灰盒。
田凤霞	嫂子，不会这么严重吧？
杨秀兰	话是重了点，不过，上梁不正下梁歪，就说那个田书记，我看也好不到哪里去，刚来没几天，就打电话要上山，肯定又是白吃白拿来了。
	〔梁玉林匆匆上。
梁玉林	田书记！你怎么自己来了？我刚下山去接你哪！
田凤霞	梁书记，辛苦你了！
杨秀兰	你真是田书记？
田凤霞	嫂子，我就是田凤霞，刚调到乡里没多长时间，请多包涵。
梁玉林	你们还不认识？
杨秀兰	老头子，过来，过来！（将梁扯一边）坏大事了！

梁玉林　田书记来了这是好事.怎么坏大事了？

杨秀兰　那棵大红灯，我死活没让她尝。

梁玉林　哎哟，我的老乖乖，这可不得了，你是咋搞得嘛。

杨秀兰　我还收了人家二十块钱。

梁玉林　哎哟，这可不得了，这是把地戳个大窟窿啊！

杨秀兰　我还叫人家……田鼠。

梁玉林　哎哟，这可不得了，这是捅破天了哇！

杨秀兰　我也不知道田书记和我一个品种，还以为他是大老爷们。

梁玉林　哎哟，你怎么还把儿子的厨师帽也戴头上了，你真是个老乖乖，今天可丢大人了。（摘掉戴自己头上，蹲下捂住脸）我哪有脸再见田书记。

田凤霞　老梁，你这是演的哪一出？

梁玉林　田书记，我请求组织处分。

田凤霞　梁书记，这话是什么意思？

梁玉林　都是这个老乖乖……（故作严厉地）还不快向田书记赔罪！你说我教育你多少次，怎么就不长点记性！

杨秀兰　（白梁一眼）田书记，都是我有眼不识金镶玉，您可别往心里去。（对梁）哆嗦什么？女人都爱听漂亮话，听我唱一板，肯定夸得她满心欢喜，转了腿肚子。

梁玉林　那就赶紧唱啊！

杨秀兰　田书记呀！

（唱）唱书记，道书记，
　　　书记长得真不离儿，
　　　年纪没有多大岁，
　　　圆圆脸蛋白净子，
　　　大大的眼睛双眼皮，
　　　没有疤没有麻的好女子，

爹娘真叫有福气。
说你白来真是白，
好似鸡子剥了皮，
放在粉盒打个滚，
趴上闻闻粉腥味。
鸡子剥皮不算白，
好似春天水萝卜，
水萝卜，剥了皮，
放在冰糖里面打了一个滚，
咬一口，品品味，
甜滋滋真有个滋味。

梁玉林　（将杨扯一边）哎哟，我的老乖乖，你这是唱的哪一出？这是《月墙记》里王美蓉夸赞小道士的，你把田书记比作小道士，人家听出来咋办？

杨秀兰　你懂什么？只要夸她漂亮好看，莫说小道士，就是小尼姑小和尚，她也美滋滋地愿意。

田凤霞　（笑）嫂子，听您这么一唱，我成了戏里的小道士了，我的脸哪有人家白呀，这一回，您可没说实话。

梁玉林　看看，看看，听出来了不是？田书记，我家老乖乖唱的那叫驴唇不对马嘴，我唱给你听。田书记呀！

（唱）叫一声田书记你无人能比，
　　　不愧是巾帼英雄顶天立地。
　　　花木兰自叹不如矮三分，
　　　穆桂英无地自容少心计，
　　　樊梨花平庸之辈何足惜，
　　　梁红玉碌碌无为不成器。
　　　孩子眼里你是一个好母亲，
　　　丈夫面前又是一个贤惠的妻；
　　　待父母你是一个孝顺女，
　　　对公婆你是一个好儿媳。

工作中任劳任怨很少休息，
对百姓常牵挂情同姐妹兄弟。
这样的好书记万里挑一，
我代表全村父老谢谢你。

田凤霞 （大笑）老梁你可真行，没想到你也学会这么庸俗，咱共产党人可不兴这个。作为乡里主要领导，我离党和人民的要求还相差很远，工作中哪里有失误的地方，你们尽可提出来，我会自觉接受群众监督。

杨秀兰 田书记，你就别谦虚了，谦虚大了就是虚伪。只要你不给俺老梁小鞋穿，俺就烧高香了。

田凤霞 嫂子，说这话可就见外了。

杨秀兰 田书记，俺礼也赔了，好话也说了，刚才收你的二十块钱我如数退回，怎么处置，你看着办吧。

田凤霞 嫂子，品尝樱桃，拿钱付账，理所应当，为什么要退？

梁玉林 田书记，钱是一定要退，我还准备了一些山珍和土产，不成敬意，望您笑纳。

杨秀兰 还准备了一桌丰盛的酒席，为您接风洗尘。

田凤霞 （严肃地）山珍土产一律退回，酒席宴马上撤销。老梁，嫂子，我们的工作没有做好，有些部门有些干部不务正业，不干正事，贪图享乐，放任自流，败坏了党和政府的形象，在群众中造成极坏的影响，乡亲们有牢骚有意见都是正常的，我代表乡党委乡政府，向樱桃村的父老乡亲真诚地道歉。今日来，还有一个好消息要告诉大家。

梁玉林 田书记，有什么好消息？

田凤霞 老梁啊！

（唱）十八大精神春风暖，
机关作风大转变，
你送给乡里的招待券，
如今变成了认购单，
万棵樱桃连民心，
回报乡亲情一片。

梁玉林 田书记，这是怎么回事？

田凤霞 （唱）多个部门发倡议，
认购樱桃做奉献。
党员干部齐带头，
一呼百应争当先。
乡亲们尽可把心宽，
签下合同就交钱。

（白）嫂子，老梁，与果农签订认购合同，一是稳定了村民收入，二是避免了往年白吃白拿不结账的腐败现象，这可是一举两得的大好事啊。

梁玉林 还有这样的好事，真是做梦也想不到啊！

（唱）招待券变成认购单，
一反一正两重天。
机关作风大改变，
从此不再把心担，
乡亲们若是闻此言，
一个个，
笑逐颜开把党赞。

杨秀兰 （唱）新书记带来情一片，
羞煞了一旁的杨秀兰，
还是党的干部好，
关心山区送温暖。

田凤霞 老梁，我一路走来，发现这里真是一个山清水秀的好地方，下一步咱们可以把樱桃村打造成一个集旅游、休闲、品尝、度假于一体的绿色生态园区，

使乡亲们从中得到更多实惠，早一天
过上幸福日子，实现党的十八大提出
的全面建成小康社会的宏伟目标。

梁玉林 老乖乖，你听到了吧？不用几年，咱
樱桃村可就大变样了。

杨秀兰 听田书记这么一说呀，我可就唱上了！
（唱）星星咋不像那颗星星哟，
　　　月亮也不像那个月亮，
　　　河也不是那条河哟，
　　　房也不是那座房，
　　　骡子下了个小马驹哟，
　　　乌鸡变成了彩凤凰，
　　　麻油灯呵断了油，
　　　山村的夜晚咋就这么亮……

田凤霞 嫂子，你唱的真好听，往后我可以经
常听你唱歌了。

梁玉林 怎么？

田凤霞 樱桃村是我的帮扶对象，我可要在这
里住下了！怎么，不欢迎？

梁玉林 求之不得啊！

杨秀兰 田书记，啥话也不说了。这棵大红灯
是老梁特意给你留下的，你一定要尝
尝。

田凤霞 这么好的樱桃，应该让大家都来尝尝。
嫂子，老梁，咱们一起亮开嗓子喊：（三
人同声）又大又红的大红灯，大家快
来品尝啊！

合　唱 大红灯，闪闪亮，
　　　迎来一片新气象。
　　　致富路上手拉手，
　　　万众一心奔小康。
〔三人载歌载舞。
〔幕落。

原载《未央文学》2013 年第 5 期

戒赌井

人　物　桩子，青年农民。
　　　　英子，桩子妻。
　　　　石匠，与桩子同村人。

〔现在。
〔某日清晨。
〔桩子家庭院。一侧是一眼水井，井台有井桩、辘轳、水筲等；另一侧是一个小菜园；中为住房。
〔幕启：桩子垂头丧气上。

桩　子　（唱）头晕眼花昏沉沉，
　　　　　　　饥肠辘辘回家门，
　　　　　　　三天的工钱如流水，
　　　　　　　一夜输得无分文。
　　　　　　　出力流汗挣来的钱，
　　　　　　　怎不心痛如扎针，
　　　　　　　都怪我时运不济手气差，
　　　　　　　酒后逞强怨不得人。
　　　　　　　迷迷蒙蒙回家来，
　　　　　　　家里的英子有身孕，
　　　　　　　一夜在外难说清，
　　　　　　　站在家门身发紧。
　　　　　　　硬着头皮将门敲，
　　　　　　（敲门）英子，英子，英子！开门哪！
　　　　　　（接唱）三声英子无回音。
〔英子由屋内出。
英　子　（唱）三声英子门外喊，

　　　　　　　定是桩子回家门。
　　　　　　（门缝看）果然是桩子！一夜不归，现在想回，我让你尝尝夜不归宿是啥滋味。
　　　　　　（接唱）门外的汉子你听真，
　　　　　　　为何清早敲俺门？
桩　子　（唱）门里的英子你听真，
　　　　　　　俺是桩子回家门。
英　子　你是桩子？
桩　子　是桩子。
英　子　（唱）门外的汉子你听真，
　　　　　　　桩子不是忘家的人。
桩　子　（着急）这，这……咳！
　　　　　　（唱）门里的英子你听真，
　　　　　　　昨夜醉酒误时辰。
英　子　（唱）门外汉子不说真，
　　　　　　　桩子从来酒不闻。
桩　子　（唱）三天苦力气用尽，
　　　　　　　喝酒解乏松骨筋。
英　子　真是桩子？
桩　子　真是桩子。
英　子　（唱）真是桩子听俺问，
　　　　　　　家里可有贴心人？
桩　子　（唱）家里媳妇模样俊，
　　　　　　　对俺贤惠又温存。
英　子　（唱）真是桩子俺再问，
　　　　　　　妻子可否有身孕？

桩　子　（唱）喜酸忌辣有身孕，
　　　　　　　十月分娩来年春。

英　子　（唱）知道媳妇有身孕，
　　　　　　　一夜在外可安心？

桩　子　这，这……咳！
　　　　（唱）一句问得乱方寸，
　　　　　　　叫声英子快开门。

英　子　（唱）英子不会来开门，
　　　　　　　要想回家翻墙进。

桩　子　（唱）四肢无力昏沉沉，
　　　　　　　再不开门命丢尽。
　　　　（桩子假装晕倒呻吟，英子急）

英　子　桩子，桩子！
　　　　（桩子故意不应，英子开门，桩子起
　　　　身进入）

桩　子　（唱）叫声英子好狠心，
　　　　　　　关我门外受饥困。

英　子　（往外推桩子）出去，出去！

桩　子　（顺势关上门）好不容易进门，俺不
　　　　出去。

英　子　不出去？

桩　子　不出去。

英　子　这回你想出去，俺也不答应。（伸手）
　　　　拿来！

桩　子　啥？

英　子　三天工钱。

桩　子　呃，是在石匠家帮工三天，可是……（心
　　　　生一计）石匠他没结账。

英　子　不对吧？当初可都是说好了的。
　　　　（唱）前日找你去盖房，
　　　　　　　说好完工就结账，
　　　　　　　石匠本是厚道人，
　　　　　　　怎能不把诚信讲？

桩　子　（唱）昨夜完工聚一场，

　　　　　　　酒后结账不应当，
　　　　　　　英子莫要心里急，
　　　　　　　石匠将钱送门上。

英　子　你说的可是真话？

桩　子　桩子从来不会撒谎。

英　子　我去问问。

桩　子　（急拦）不能去，不能去！

英　子　为啥不能去？

桩　子　为啥不能去？你看看天色还是这般光
　　　　景，石匠还没起床呢。

英　子　石匠是个勤快人，早起床了，我去问问。

桩　子　（堵住门口）就是不能去，不能去。

英　子　你堵着门干嘛，我去去就回。

桩　子　早饭还没吃，你听听，肚子咕咕直叫
　　　　唤哩。

英　子　早饭在锅里热着呢，饿了，你回屋吃去。

桩　子　我不是担心你有身孕嘛，怀孕的人哪
　　　　能出门？腆着大肚子让人笑话。

英　子　不偷不抢谁笑话？是女人哪有不怀孕
　　　　的？我去石匠家你怕了？

桩　子　我有啥怕的？

英　子　不怕堵着门干嘛？躲开！
　　　　（英子出，桩子拦，桩子顾忌英子身孕，
　　　　只好退让）

桩　子　英子，别去了，三天工钱，石匠已经
　　　　结了。

英　子　结了？

桩　子　结了。

英　子　（伸手）拿来！

桩　子　（摸身上）拿不出啊。

英　子　结了账，咋又拿不出？

桩　子　莫不是丢了吧？

英　子　好你个桩子！支支吾吾，原来是干了
　　　　见不得人的事！

（唱）叫声桩子你学坏，

一夜风流漂在外，

采花折柳不知羞，

看不把你腿打歪！

（英子追打，桩子躲）

桩　子　（唱）叫声英子脾气怪，

胡言乱语不应该，

桩子没有非分想，

家有娇妻我最爱。

英　子　（接唱）既然没有非分想，

为何工钱拿不来？

桩　子　（无奈）咳！我还是说了实话吧！

（唱）昨夜酒后麻将摆，

四圈轮庄坐下来，

三天工钱全输光，

只有空手回家来。

英　子　（怒）啊？桩子染上赌博了！

（唱）闻听此言怒气生，

可恨桩子败家庭，

油盐酱醋柴米面，

缺了哪样都不成，

今日你把钱输光，

往后去喝西北风。

（英子哭，桩子劝）

桩　子　（唱）英子莫要心里痛，

胜败乃是常事情，

今晚再去赌一场，

时来运转肯定赢。

英　子　还要赌？你是要毁了这个家呀！

（唱）天上不会掉馅饼，

十赌九输祸根生，

悬崖勒马快住手，

安分守己过太平。

桩　子　（唱）桩子主意已拿定，

哪里跌倒哪里挺，

今夜如愿赢回来，

从此双手洗干净。

英　子　（唱）沾上赌瘾不由己，

一步一步入火坑，

看看世上赌博人，

穷家荡产毁一生。

桩　子　（唱）此话说得好难听，

小题大做理不通，

桩子生来脾气倔，

再去赌场决雌雄。

英　子　（气极）你！你！你可气死我了！

（哭下）

桩　子　英子，英子！咳！

（唱）英子变脸怒气冲，

不知桩子也心痛，

起早贪黑三天苦，

岂肯一夜化清风。

（白）就这么定了。（转至菜园）唉，

忙了三天，园里的青菜也晒蔫了，我

还是先喂饱你吧。（井台打水，绳断，

水筲落井，摇头）人不顺心，喝凉水

也塞牙。本想打水浇园，哪儿想到，

水筲又掉井里去了。我去借个锚来，

准备捞筲吧。（悻悻下）

〔石匠上。

石　匠　桩子，桩子！

〔英子闻声出。

英　子　石匠来了？

石　匠　来了，桩子呢？

英　子　刚才听他嘟嘟囔囔的，好像是水筲掉

井里了，借锚去了。

石　匠　（井口看）果然掉井里了。英子，我

把桩子的工钱给送过来，你数数替他

收好了。

英　子　（接过）工钱？桩子旳工钱，不是全让他输光了吗？

石　匠　你既然知道了，我就多说几句。这个桩子，昨夜喝完酒执意要去玩钱，结果输个精光，人家平时都是打麻将玩的，所以把钱还给我了，说是让他买个教训。英子，桩子回来，可得狠狠数落他几句，染上赌博可不好。

英　子　谁说不是呢，桩子脾气倔，刚才还嚷着今晚要回去"捞筲"呢。石匠，你也要好好开导开导他。

石　匠　怎么，桩子要回去捞筲？

英　子　劝也劝不住，看样子，是吃了秤砣铁了心了。

石　匠　他这是自己给自己挖坑啊！

　　　　（唱）桩子输钱要捞筲，
　　　　　　　这个苗头可不好，
　　　　　　　趁热打铁将他劝，
　　　　　　　回心转意走正道。

〔桩子拎铁锚上。

桩　子　石匠，你来做什么？

英　子　石匠他……

石　匠　（抢过话头）桩子，拎着锚要捞筲啊？

桩　子　掉井里了，不捞咋的？好好的水筲不要了？

石　匠　别捞了，捞也白搭。

桩　子　你这是啥话？

石　匠　桩子啊！

　　　　（唱）桩子听我一声劝，
　　　　　　　井里捞筲难上难，
　　　　　　　此井与众它不同，
　　　　　　　藏有玄机在里面。

桩　子　笑话。

　　　　（唱）梦里说话真荒诞，
　　　　　　　说什么井里藏机关，
　　　　　　　家家水井都一样，
　　　　　　　井里捞筲不稀罕。

石　匠　石匠说的可都是真话。

桩　子　你说的都是鬼话。你等着，我捞给你看。

〔桩子将井绳拴上铁锚沉入井底，转着井沿捞筲。

〔石匠与英子在一旁看着。

石　匠　桩子，你捞了半天，那水筲仍不见踪影，这回该相信了吧？

桩　子　谁信。等着瞧，一会儿就把它捞上来！

　　　　（唱）轻摆井绳慢慢探，
　　　　　　　两眼盯紧井下边，
　　　　　　　捞筲好比上赌场，
　　　　　　　捞不回来不算完。

　　　　（白）哎，有了！

　　　　（接唱）忽觉得手里沉甸甸，
　　　　　　　　我运足力，马步端，挺起头，
　　　　　　　　腰不弯，
　　　　　　　　两臂一甩如拔山——

　　　　（桩子大吼一声，运足力猛地往上一拔，后仰闪倒，石匠慌忙扶起）

　　　　（接唱）哎呀呀，差点让俺归西天。

〔英子提上井绳，铁锚没了。

英　子　啊呀，挂断了一截树根，水筲没捞着，倒把铁锚也搭进去了。

桩　子　点子真是背到家了。石匠，你说说到底是怎么回事？

石　匠　我说了，这水井，任何人都别想捞上来。

英　子　石匠，这眼井到底与别的井有何不同？

石　匠　你们可知道，这水井的名字叫什么？

桩　子　还有名字？

石　匠　有啊，它的名字叫"戒赌井"。

桩　子　戒赌井？怎么起这么个名字？

石　匠　你们来看，井桩后面是不是刻着八个字？

〔两人上前辨认。

桩　子　是刻着字，可看不清楚。

英　子　好像是赌井无边，越捞越深。

石　匠　一点没错，正是这八个字。

桩　子　赌井无边，越捞越深？井在我家里，我可从来不知道。石匠，这与捞笤有什么关系？

石　匠　井底有个很大的洞穴，落下的水笤都被它吸了进去，上面的人再怎么捞，也是枉费心机，白费力气。

桩　子　原来是这样。那井里的洞穴又是怎么来的呢？

石　匠　唉，说来话长。

　　　　（唱）井台上忆往事，

　　　　　　　不由得愧疚万分，

　　　　　　　想当年我石匠，

　　　　　　　也是一个嗜赌的人。

　　　　　　　输了想捞回，

　　　　　　　越捞水越深，

　　　　　　　只落得穷家荡产负债累累，

　　　　　　　流落在荒村。

　　　　　　　为还债，

　　　　　　　我替人打井来赎身，

　　　　　　　井底下才明白，

　　　　　　　一失足成千古恨。

　　　　　　　这水井，

　　　　　　　是我石匠的双手开，

　　　　　　　这水井，

　　　　　　　有我的悔恨比井深。

　　　　　　　忍悲伤挖洞穴，

　　　　　　　为的是惊醒后来人。

　　　　　　　赌博如恶魔，

　　　　　　　染上生赌瘾，

　　　　　　　输了莫捞笤，

　　　　　　　就此拔毒根。

　　　　　　　桩子啊，

　　　　　　　你秉性倔强意气纯，

　　　　　　　石匠的教训，

　　　　　　　你要牢牢记在心。

桩　子　石匠，你的遭遇真够悲惨的，想我桩子，险些误入歧途，可是……

石　匠　桩子，不可存有侥幸心理，你可知道你爹是怎么死的？

桩　子　那时我年纪还小，不记得了，我爹是怎么死的？

石　匠　赌钱害命啊！这眼水井，就是你爹逼我打的，当年我欠了他不少赌债，也只有打井偿还。后来你爹同样输光了所有积蓄，悲愤之下，便跳河自尽了。临终之时，他让我在井桩上刻下这八个大字，才慢慢闭上眼睛。

桩　子　（深受震撼）原来我爹是因赌而亡啊！（沉思）石匠穷困潦倒，我爹死于非命，赌博它就是一个害人精啊！

　　　　（唱）石匠的话如雷霆，

　　　　　　　字字句句撼心灵。

　　　　　　　小小赌桌输与赢，

　　　　　　　背后的深渊无底洞，

　　　　　　　赢了还想赢，

　　　　　　　输了再去争，

　　　　　　　愈陷愈深只落得，

　　　　　　　家破人亡一场空。

　　　　　　　戒赌井，

　　　　　　　含泪带血似警钟，

　　　　　　　人生路上一盏灯，

做人要本分，
走路要走正，
勤俭过日子，
家和万事兴。
从今后，
我改恶习学本领，
做一个，
光明磊落的带头兵。

英　子　（兴奋地）桩子！

　　　　（唱）云雾散尽红日升，
彩霞满天百鸟鸣，
多亏了石匠他，
现身说法道真情，
才使得浪子回头，
杨柳舞春风。
犯错不可怕，
可悲梦不醒，
人往高处走，
贵在心术正，
世上道路千万条，

赌场就是死胡同。

桩　子　（高兴地）英子，听你这么一说，我
就放心了，那三天工钱，只当是让风
吹走了，往后我会挣更多的钱，给你
买最漂亮的衣服。

英　子　桩子，三天工钱没有让风吹走，你可
是买到了比衣服更贵的东西。

桩　子　别取笑了，我买了什么贵重东西？

石　匠　桩子，你买了个明白，买了个教训，
这可是多少钱都买不来的哇。

桩　子　是这么个道理。石匠，我可得好好谢
谢你呀！英子，我要让那些还沉迷在
赌场的人都来听听这个戒赌井的故事，
石匠，你就讲给他们听听吧！

英　子　石匠，你就讲给他们听吧！

石　匠　好，我讲，我讲！

　　　　〔三人拥在一起，造型。
　　　　〔幕徐徐落。

原载湖北《大悟山》2014 年春季号

上 岗

时　间　现代。
地　点　杨家。
人　物　杨澜爸，杨澜妈，杨澜。

〔幕启：杨澜爸胸前挂着哨子，拿着小旗上。

杨澜爸　（唱）老杨我今年六十三，
　　　　　　　握了一辈子汽车方向盘。
　　　　　　　退休后护送孩子过马路，
　　　　　　　现在是一名义务协管员。
　　　　　　　一天三次早中晚，
　　　　　　　风雨无阻不怕酷暑严寒。
　　　　　　　有人说我傻，有人笑我憨，
　　　　　　　为了下一代灿烂的笑脸，
　　　　　　　再苦再累，憨点傻点，
　　　　　　　我的心也甘，我的心也甜！
　　　　（白）天气预报说，今天天气要变，不是刮风下雨，就是雷鸣电闪，遇到这种情况，上岗得提前。嗯，给老伴儿打声招呼。（往内喊）老伴，我提前上岗啦！

〔杨母拿一顶鸭舌帽上。

杨澜妈　她爸，这才回家多大会儿又要去上岗？时间还早着呐。喏，天阴要起风，要去也把帽子戴上。（给杨戴帽子，心痛地）哎哟，天天风吹雨淋，你看看你的脸，都晒成黑旋风李逵了。

杨澜爸　（摘下帽子，严肃地）老伴儿，你这是好心办坏事，这帽子不能戴。

杨澜妈　咋不能戴？马路上又是沙又是土，戴上帽子一是暖和，再是怕迷了你的眼。

杨澜爸　呵呵，不懂了吧？我告诉你，戴上帽子，沙尘是挡住了，可是我的视线也被挡住了，视线被挡，疏导交通要出危险的！

杨澜妈　哟，不愧老协管，有经验，就是不知道自己冷暖。

杨澜爸　今天天气有变，上岗要提前，我去啦。

杨澜妈　（上前拦一步）哎，你先别急着走，杨澜一会儿就到，她说有事要和你谈谈。

杨澜爸　有什么事，等我回家再说不晚。（欲走，杨澜提两瓶酒上）

杨　澜　爸，你要去哪儿？

杨澜爸　哦，杨澜呀，（吹哨举旗示意）爸去上岗。

杨　澜　上岗？（笑）我以为上什么岗呢，就是马路边吹吹哨子举举小旗接接孩子，还说得那么郑重庄严，真搞笑。

杨澜爸　你可不能小看吹吹哨子举举小旗接接孩子，责任大着哪。

杨　澜　爸，别去了。妈，这是给爸带的两瓶酒，志刚说价格不便宜呢。

杨澜妈　（接过）杨澜，怎么还给你爸带酒？你爸现在已经滴酒不沾了。

杨　澜　爸已经不开车，中午晚上的，少喝点舒筋活血对身体有好处，怎么戒了？

杨澜妈　你爸说，上岗要时刻保持清醒头脑，带酒上岗，等于酒驾，不但违法，还会出危险。

杨　澜　我爸太较真了。

杨澜妈　你还不知道，你爸整天捧着个交通规则的小本本一看就入迷，现在倒着都背过啦。

杨　澜　爸，你都什么年纪了，颈椎又不好，别给自己找罪受，该享享清福啦。

杨澜爸　杨澜，有什么事赶紧说，我还急着去上岗，没多少时间。

杨　澜　（上前摘下爸的哨子，拿过小旗）爸，别吹哨子了，小旗也别举了，看你整日气喘吁吁东跑西颠，女儿的心里过意不去。

杨澜爸　怎么，你想让爸下岗？

杨　澜　不是下岗，是有一个更重要的岗位等着你上岗哪。

杨澜爸　更重要的岗位？什么岗位？

杨　澜　爸！

　　　　（唱）志刚的厂子已建完，
　　　　　　　现在缺一名保管员。
　　　　　　　想用外人不放心，
　　　　　　　你担此任最妥善。
　　　　　　　今日回家将此事谈，
　　　　　　　明日你走马上任去上班。

杨澜爸　让我当仓库保管员？不行不行！

杨澜妈　她爸，这可是好事哟！咋说不行？

　　　　（唱）当个保管多舒坦，
　　　　　　　不用东跑西又颠，
　　　　　　　刮风下雨淋不着，
　　　　　　　一日三餐吃饱饭。

　　　　　　　女儿女婿有孝心，
　　　　　　　你该高兴笑开颜。

杨澜爸　（唱）不用好言将我劝，
　　　　　　　这个保管不能干。
　　　　　　　学校门口秩序乱，
　　　　　　　上学放学有隐患。
　　　　　　　哪个轻来哪个重？
　　　　　　　比一比来掂一掂。
　　　　　　　护送孩子责任大，
　　　　　　　生死攸关重如山。

杨　澜　爸，你听我说——

　　　　（唱）这个保管不白干，
　　　　　　　一月工资有三千。
　　　　　　　想想你的退休金，
　　　　　　　一月才开几个钱？
　　　　　　　人说无利不起早，
　　　　　　　没钱谁为谁动弹？
　　　　　　　这样好事你不去，
　　　　　　　难怪说你傻又憨。

杨澜妈　哟，工资也不少，她爸，快答应吧！

　　　　（唱）咱的家境有困难，
　　　　　　　一日三餐粗茶饭。
　　　　　　　往后你去当保管，
　　　　　　　生活质量大改善。
　　　　　　　早晨炒鸡蛋，
　　　　　　　中午把鱼煎，
　　　　　　　晚上红烧肉，
　　　　　　　天天赛神仙。
　　　　　　　闭上眼睛想一想，
　　　　　　　这种日子香又甜！

杨澜爸　哈哈哈！你们两个好糊涂！

　　　　（唱）有人喜欢钱，
　　　　　　　有人爱吃穿，
　　　　　　　老杨我脑袋一根筋，

绷的是交通安全这根弦。

人活一辈子，

心胸要放宽，

能为社会做点事，

乐在其中心坦然。

劝杨澜，莫纠缠，

劝老伴，莫乱言，

一颗心，不改变，

要我下岗难上难！

杨澜妈　她爸，不是我不支持你，只是……孩子也说了，自己人当保管放心。再说，护送孩子那也是别人家的，杨澜可是咱自己的孩子。

杨　澜　对，总得有个远近亲疏，自己孩子不管，管别人家的孩子，这不是胳膊肘往外拐嘛。

杨澜爸　澜她妈，孩子不懂事，你怎么也说出这种话来？过去的事情难道你忘了吗？！

杨澜妈　（触及心灵）我……怎么能忘了呢……

杨澜爸　杨澜，快把哨子小旗给我，上岗少了这个可不行。

杨　澜　（倔强地）爸，不是少了哨子小旗不行，而是少了你都行！学校没有咱家孩子，你操什么心？我和志刚的事，你怎么不操心？

杨澜爸　（压住火气）你和志刚的事我不管，别人当保管你们不放心，孩子没人护送你们就放心了？这是什么道理！

杨　澜　（委屈地）妈，你看我爸怎么这么倔呀。

杨澜妈　杨澜，我知道你和志刚没亏待过你爸，今日给他酒，明日给他茶，头上戴的，脚上穿的，没少送东西，按说应该帮这个忙，何况工资还不低……可是让

你爸不当协管去当保管……杨澜，我还是支持你爸的选择。

杨澜爸　这就对啦！

杨　澜　妈，你怎么转变这么快！莫名其妙。
　　　　〔杨澜妈叹一声下。

杨澜爸　杨澜，不是爸不帮你这个忙，这个岗位，爸是真离不开呀。

杨　澜　什么离不开？你压根儿就不想离开！

杨澜爸　（动情地）是啊，我不想离开。每当牵着孩子们的小手安全度过马路的时候，每当孩子们扬起小手笑嘻嘻地说"爷爷再见"的时候，一种无比幸福的感觉就会涌上心头，满身的疲惫就会一扫而光，而这个时候，也是爸最快乐的时候。

杨　澜　我真是不理解，这就是你的幸福，这就是你的快乐！凭着舒适的地方不去，凭着三千的工资不要，却心甘情愿去护送孩子，爸，你到底是为了什么呀！

杨澜爸　（喃喃自语）……为了什么？

杨　澜　难道就是为了追求你所谓的幸福、快乐？

杨澜爸　（痛苦摇头）孩子……

杨　澜　说呀说呀！

杨澜爸　（哽咽）爸、爸、爸是为了不让悲剧重演啊！

杨　澜　（惊）悲剧？哪来的悲剧？

杨澜爸　这件事，我和你妈一直藏在心底，一晃三十多年了……

杨　澜　爸，你快说，到底是怎么回事？

杨澜爸　杨澜，你可知道，你还有一个姐姐？

杨　澜　我还有一个姐姐？（摇头）你们可是从未提起过呀。

杨澜爸　（悲怆地）那一年，你姐姐她……

杨 澜 （有预感）我姐姐她……

杨澜爸 （唱）那一年你姐姐刚好八岁，

上小学一年级俊秀聪慧。

在学校刻苦用功受赞美，

回到家打柴淘米样样会。

杨 澜 （自豪地）我姐姐真棒！那后来呢？

杨澜爸 （接唱）哪想到平地起风雷，

放学路上遇酒驾惨遭撞飞。

杨 澜 （大惊）啊！姐姐——！

杨澜爸 （接唱）亲生的骨肉撒手不归，

我和你妈痛不欲生肝肠欲碎。

杨 澜 （悲愤交加）可恨的酒驾！可怜的姐姐——

杨澜爸 （接唱）那时起一个心愿不可违，

这样的悲剧决不能重演一回！

儿女都是父母生，

将心比心我更有体会。

退休后当上一名协管员，

踏晨雾、披余晖、顶炎日、

迎风催,起早贪黑,废寝忘食,

无怨无悔！

但愿得孩子们笑脸更明媚，

家家幸福春风吹！

杨 澜 （扑进爸怀里）爸！

（接唱）听完父亲肺腑言，

杨澜我悲愤交加欲哭无泪。

姐姐她遭不幸寸断肝肠，

更可恨那酒驾丧尽天良！

儿女都是父母的亲骨肉，

十指连心血浓于水。

爸爸的品德令人敬佩，

悲伤埋心底,爱心育花蕾。

杨澜啊，你可知幸福滋味？

爸爸的幸福伴着泪花飞！

多一个这样的人，

少一分险和危，

多一个这样的人，

少一分伤和悲；

多一个这样的人，

多一分情和爱，

多一个这样的人，

多一分真善美！

一花不是春，百花迎春晖，

众人齐努力，和谐好社会。

从今后我要做一个这样的人，

传爱心做奉献人生无悔！

杨澜爸 （兴奋地）杨澜，你说得对，只要大家共同努力，咱老百姓所期待的顺畅交通、安全交通、文明交通、和谐交通就一定会变成现实！

杨 澜 爸爸！（将小旗交给爸，亲手挂上哨子，深情地依偎在爸的怀里）爸爸！

〔杨澜妈上，见状，喜悦地抹着眼泪。

杨澜妈 孩子，该让你爸上岗去了……

杨 澜 妈，原来我还有个姐姐，你为什么不早告诉我呀！

杨澜妈 都过去这么些年了，别提了。（将杨澜揽在怀里）孩子，只要你们都好好的，我和你爸也就放心了。

杨澜爸 杨澜，你陪你妈多聊一会，我上岗去了。

杨 澜 爸，今天天气不好，我和你一起上岗！

杨澜爸 （意外地）你？（微笑点头）好！多一个人多一分安全，走！（两人急下）

杨澜妈 多一个人多一分安全？你们等等，我也上岗去！（追下）

〔幕徐徐落。

原载四川《红杜鹃》2015 年第 3 期

我是流亭人

（根据流亭街道杨友赞事迹编写）

时　间　冬日早晨。

地　点　流亭居民小区附近

人　物　杨友赞，男，59岁，保洁员。
　　　　王桂兰，女，46岁，外来务工人员。
　　　　张大兴，男，40多岁，杨友赞的熟人。
　　　　王桂芝，女，30多岁，王桂兰妹。

〔幕后合唱：

　　流亭街道好地方，
　　人人都有热心肠。
　　保洁员工杨友赞，
　　拾金不昧美名扬。

〔幕启：杨友赞身着保洁员工装，双手抱一个黑色皮包匆忙上。

杨友赞　这是谁的包？谁丢的包？这么多钱，怎么说丢就丢了啊？这人也真是的，赶紧找啊！咳哟，你可急死我啦！

（唱）我是流亭人，
　　　　名叫杨友赞。
　　　　今年五十九，
　　　　是个保洁员。
　　　　早晨捡了一个包，
　　　　包里装的都是钱。
　　　　迎风冒雪寻失主，
　　　　双手冻麻腰累弯。
　　　　挨冻受苦不算啥，
　　　　不见失主似油煎。

（喊）这是谁的包？谁丢的包啊？

〔张大兴上。

张大兴　（唱）北风嗖嗖下雪天，
　　　　　　　路上不见行人面。
　　　　　　　只听老杨声声喊，
　　　　　　　我来帮他把物还。

（冷不防将包夺去）谁的包？这是我的包。

杨友赞　（严肃地）你的包？张大兴，你可不能胡说，不能开玩笑，快把包还给我。

张大兴　我的包，凭什么要还给你？哈哈，（翻包）我看看这包里装着什么好东西。

杨友赞　不要乱动，千万不能动，少了一样东西，你是要负责任的。

张大兴　我的娘哎，有一百的，五十的，还有十块二十的，花花绿绿好几捆，全是钱呀，你老兄今天发大财啦！

杨友赞　（拿过包）我发什么财，这钱全是人家的，是谁不小心掉在路边，早晨扫马路时才发现，我这正急着寻找失主呢。

张大兴　寻找失主？你想当活雷锋啊？不偷不抢捡来的，那不是和自己的一样嘛。你要是过意不去，那好，见面分一半，（扯着杨友赞）走走走，找个地方，咱俩平分算啦。

杨友赞　去去去，好好说话，别胡说八道。

张大兴　反正这钱来路不正，捡了是白捡，吞了是白吞，捡了不吞，是你脑袋犯晕。

杨友赞　你怎么知道这钱来路不正？

张大兴　你想啊，现在反腐败这么紧，老虎苍蝇一起拍，这一皮包钱肯定是哪一只苍蝇遭人举报怕犯事，把受贿款扔马路边了。

杨友赞　亏你想得出，赃款还有十块二十的？再说了，它就是赃款那也得交给上级部门处理，否则就是违法，你说是不是？

张大兴　这倒也是。但不管怎么说，你不能交出去。大冷天，又没人看见，傻子才不要呢。再说你现在正急着用钱，白捡了一个大皮包，自己还不偷着乐呀。

杨友赞　你这是剜了人家肉补自己窟窿，我老杨决不做那缺德事。

张大兴　我的好老杨啊！

（唱）咱俩也算老朋友，
　　　朋友说话没折扣。
　　　你儿子整天嚷嚷买电脑，
　　　家里的房子要装修。
　　　六十岁还去扫马路，
　　　起早贪黑把罪受。
　　　你看你，黑又瘦，
　　　心事重重多忧愁。
　　　要多替自己想一想，
　　　莫管他人的喜与忧。

杨友赞　（唱）我是流亭人，
　　　看重是人品。
　　　办事讲诚信，
　　　做人有良心。
　　　白天不做亏心事，
　　　晚上不怕鬼叫门。

　　　流亭人得为流亭增光彩，
　　　不为流亭添劣痕。
　　　勤劳致富最光荣，
　　　做一个堂堂正正流亭人。

张大兴　说得好，说得好啊，做一个堂堂正正流亭人！老杨啊，实话告诉你，刚才那些话都是和你开玩笑的，你的为人，我还不知道吗，人憨厚诚实，工作认真负责，是流亭街道有名的大好人。

杨友赞　我可不敢当，流亭的好人多着呢。

张大兴　没错。我来流亭打工也有几年了，已经在流亭安家落户，也算是真正的流亭人了，这几年，我是切身感受到了流亭人的宽仁厚爱，作为一名流亭人，我感到非常骄傲和自豪。

杨友赞　是啊是啊。大兴，你说说，这丢钱的人是不是比我还急呀。这包里的钱，我觉着它不是一般的钱哪，如果是治病钱、救命钱，那还不急死人家啊。大兴，你快替我想想办法，怎么能找到失主，快些把钱还给人家。

张大兴　老杨，刚才听你喊，这是谁的包，这是谁的包，我就知道是怎么一回事了，我过来，就是帮你出出主意的。

杨友赞　快说说，你有什么好主意？

张大兴　我看这样，咱们写一张失物认领启事贴到小区门口，失主找来，肯定能看到，也免得你拿着个包风里雪里东跑西颠，作用还不大。

杨友赞　对呀，这是个好主意，我也是心慌无知。走走走，你帮我写写，咱们马上把它贴出去！

张大兴　慢，今晚你可得请我喝酒，要不然，我可不帮你。

杨友赞　　中，中，找到了失主，我好酒招待！（扯张大兴下）

〔王桂兰上。

王桂兰　　（低头寻找）今早上，我走的就是这条道，唉，怕是让人捡走了，这可怎么办哪！

　　　　　（唱）丢了钱，丢了钱，
　　　　　　　　活活急刹我王桂兰。
　　　　　　　　今早晨下夜班，
　　　　　　　　骑车急忙往家赶。
　　　　　　　　回到家才知道大事不好，
　　　　　　　　装钱的皮包寻不见。
　　　　　　　　这钱是公司同事捐的款，
　　　　　　　　为我母亲治病患。
　　　　　　　　如果这钱找不回，
　　　　　　　　母亲的性命难保全。
　　　　　　　　都是我这个不孝女，
　　　　　　　　惹下了这个大麻烦。

　　　　　（白）三年前，我从老家来到流亭街道打工，在一家公司上班，领导和同事们得知我母亲要来青岛做手术，都纷纷解囊相助奉献爱心，一共捐款三万五千元，终于凑足了手术费。前天，我妹妹陪着我妈高高兴兴来了，说好了过几天住院做手术，可是做梦也没想到，这救命的钱却被我（哽咽）……却被我就这么、这么稀里糊涂给弄丢了，我、我怎么向我妈交代呀！

〔王桂芝上。

王桂芝　　（唱）千里迢迢到流亭，
　　　　　　　　陪我母亲来治病。
　　　　　　　　可恨姐姐太荒唐，
　　　　　　　　还未住院钱无踪。

　　　　　（余怒未消）姐！你蹲那里干什么？

赶紧找啊，你不是说能找到吗？找啊！

王桂兰　　（魂不守舍地）找，找，能找到，能找到。桂芝，那边的沟沟坎坎都找遍了？

王桂芝　　我连老鼠洞都看了，哪有啊？你以为你的皮包是扔掉的破皮鞋没人要呀，那是三万五千块，谁见了谁不拿走啊？

王桂兰　　桂芝，咱们再找找，再找找，说不定让雪盖住了，看不见。

王桂芝　　多大的雪呀，能盖住你的皮包？那你到林海雪原去，那里的雪连皮箱都能盖住了。真是的！

王桂兰　　好妹妹，沉住气，再找找，再找找。

王桂芝　　还找什么！再找也是瞎子点灯白费蜡。你说你办些什么糊涂事，成事不足，败事有余！

王桂兰　　（压住火气）好妹妹，都是姐姐的错，我对不起咱妈，对不起妹妹，对不起我的领导和同事，我对不起……

王桂芝　　好了好了，再多的对不起还有什么用！姐姐，我明确告诉你，如果这钱找不回来，我轻饶不了你，咱妈要有个好歹，妈就没你这么个闺女，从今往后，你走你的阳关道，我走我的独木桥，断交！

王桂兰　　（被激怒）王桂芝！你太过分了吧？你以为我是成心的吗？你以为我的心里就好受吗？是我把咱妈的救命钱弄丢了，你知道我的心里有多痛苦吗？你知道我死的念头都有了吗？我的心像被刀子扎了一样难受，你能体会得到吗？妹妹，你我的心情是一样的，你放心，如果这钱真的找不回，姐姐宁愿把房子卖了！

王桂芝　　（握着姐姐手）姐姐，我对不住你，我不该把怨气全撒到你身上，让你承受如此痛苦，你原谅妹妹吧。

王桂兰 都是姐姐的错，你是好妹妹。桂芝，我总觉着我们的钱丢不了，我有预感。

王桂芝 姐呀，你还心存幻想？肯定丢了。拾金不昧者不是没有，可见利忘义者更多，面对现实吧。

王桂兰 在别的地方我不敢说，可这是在流亭街道，我相信有人捡到钱包，肯定会还给我们的。

王桂芝 （讥笑）你就这么相信流亭人？

王桂兰 我相信。

（唱）流亭街道名声扬，

　　　人人诚实又善良。

　　　若是迷路无处去，

　　　有人为你指方向。

　　　年迈老人摔倒地，

　　　有人主动上前帮。

　　　路上饥渴难忍耐，

　　　有人送茶到身旁。

　　　一人有难众人帮，

　　　助人为乐成风尚。

　　　这次捐款救母亲，

　　　流亭争先来解囊。

　　　品德高尚令人敬，

　　　你我学习好榜样。

王桂芝 姐姐，听你这么一说，我对流亭人真是肃然起敬了。但愿我们的钱包是被流亭人拾到，那样就好了。

王桂兰 妹妹，先别想那么多了，咱们到前面小区看看去。

王桂芝 走！（两人下）

〔杨友赞拿包上，张大兴拿"招领启事"随上。

杨友赞 快，快，你把它贴到大门口最显眼地方。

张大兴 好咪。（张贴启事）

杨友赞 （端详）嗯，这地方好，一眼就看到了。大兴，如果失主不来可咋办？

张大兴 不来咋办？不来你就自己拿着花嘛，有钱你还不会花呀？

杨友赞 又不说人话。我倒是有个办法，不行咱就把皮包送派出所去，民警总比咱们的办法多。

张大兴 这还用说嘛。

〔王桂兰、王桂芝上。

王桂兰 招领启事？（念）今天早晨拾到一个黑色皮包，内有大量人民币，有一百的，有五十的，还有十块二十的……（扑通跪倒在张大兴面前）恩人哪，谢谢，谢谢，这是我的皮包，快，快把皮包还给我！桂芝，快，快磕头。

王桂芝 （摇头）我真不敢相信。

张大兴 你，你跪错人啦，拾金不昧的是他！

王桂芝 （转向杨友赞）谢谢恩人，谢谢恩人！

杨友赞 （不知所措）别，别，别这样。皮包在这，我给你，你拿去，拿去。（王桂兰欲接，被张大兴夺去）

张大兴 冒领的吧？

王桂兰 （忽起身）不是不是，我不是冒领的。

杨友赞 对对对，是得对证对证，这事不能马虎。

王桂芝 我们怎么会是冒领的呢？

张大兴 那你说，你有什么证据，说明皮包是你的？

王桂兰 皮包里的钱不一样，除了一百五十的，还有十块二十的。

张大兴 那启事上都说明白了，不算数。

王桂兰 这……我想起来了，皮包里有我的身份证。

杨友赞	对，这个管用，没有假。
张大兴	（拿出证对照）王桂兰？没错！（递给杨友赞包）杨兄，核查过了，没错，你归还失主吧。
杨友赞	准确无误？
张大兴	丝毫不差。
杨友赞	这我就放心了。（交包）王桂兰同志，往后可得仔细了，这么多钱，可要好好保管。
王桂兰	谢谢，谢谢。这钱是我妈的救命钱，你就是我妈的救命恩人哪。
王桂芝	姐姐，光嘴上说谢谢不行，你得……
王桂兰	哦，我光激动了。（拿出一沓钱）这是我的一点心意，请你务必收下。
杨友赞	不不，我是流亭人，不收钱。
王桂兰	（对张大兴）你收下。
张大兴	我也是流亭人，不收钱。
王桂兰	我来流亭打工也有几年了，也算是流亭人了，流亭人真好，实在！
王桂芝	姐，我也是流亭人。
王桂兰	你是流亭人？
王桂芝	等我嫁过来，不就是流亭人了？
众　人	哦，对，对！我们都是流亭人！哈哈哈……

〔众人谢幕。

二贵的喜事

时　间　早晨。

地　点　二贵家。

人　物　二贵（夫）

　　　　菊花（妻）

〔幕启：喜鹊喳喳声中，二贵与菊花欢快上。

夫　妻　（唱）日出东山映朝霞，

　　　　　　　小两口心里乐开花。

菊　花　（唱）照镜子，把粉搽。

二　贵　（唱）拿剃刀，把胡刮。

菊　花　（唱）描眼眉，涂指甲。

二　贵　（唱）穿新鞋，披新褂。

夫　妻　（白）您问俺为啥这么乐呀？

　　　　（唱）喜鹊登枝叫喳喳，

　　　　　　　今有喜事到俺家。

菊　花　（白）二贵呀！

二　贵　（白）哎！

菊　花　（唱）俺问你，你来答，

　　　　　　　啥样喜事到咱家？

二　贵　（白）菊花呀！

菊　花　（白）哎！

二　贵　（白）你问俺啥样喜事到咱家？

菊　花　（白）对啊！

二　贵　（白）俺知道啦！

菊　花　（白）知道啥了？

二　贵　（唱）一张彩票没有刮，

　　　　　　　头等大奖等咱拿。

菊　花　（唱）一张彩票没有刮，

　　　　　　　你快刮呀还等啥？

二　贵　（摸出彩票）

　　　　（唱）百万大奖手中拿，

　　　　　　　想想往后怎么花？

菊　花　（白）怎么花？

　　　　（唱）街上流行连衣裙，

　　　　　　　俺穿裙子更潇洒。

二　贵　（唱）笑你憨来笑你傻，

　　　　　　　一条裙子算个啥？

菊　花　（唱）眼下时尚高跟鞋，

　　　　　　　俺穿高跟更挺拔。

二　贵　（唱）你不痴来也不哑，

　　　　　　　一双高跟不值夸。

菊　花　（唱）俺狠狠心咬咬牙，

　　　　　　　买对耳环两边挂。

二　贵　（唱）有钱你也不会花，

　　　　　　　一听就是穷人家。

菊　花　（白）那你想买啥？

二　贵　（唱）飞机大炮买不到，

　　　　　　　俺要买辆桑塔纳。

　　　　　　　一三五去兜风，

　　　　　　　二四六去度假。

菊　花　（唱）俺心急的要发芽，

　　　　　　　赶紧刮开看看吧。

二　贵　（刮彩票）啊！

菊　花　（掩嘴笑）中大奖啦？

二　贵　（唱）鸡也飞走蛋也打，
　　　　　　　一句谢谢拜拜啦。

菊　花　（白）二贵呀！

二　贵　（白）哎！

菊　花　（唱）树上喜鹊叫喳喳，
　　　　　　　想想喜事还有啥？

二　贵　（白）菊花呀！

菊　花　（白）哎！

二　贵　（白）你问俺喜事还有啥？

菊　花　（白）对啊！

二　贵　（白）俺想起来啦。

菊　花　（白）想起啥了？

二　贵　（唱）我的工作是翻砂，
　　　　　　　翻砂车间缺当家。
　　　　　　　主任生病住医院，
　　　　　　　看来我要戴乌纱。

菊　花　（唱）你是做梦吃西瓜，
　　　　　　　闭着眼睛说瞎话。
　　　　　　　论资排辈你不够，
　　　　　　　思想落后技术差。

二　贵　（唱）官运来了挡不住，
　　　　　　　馅饼也会掉地下。
　　　　　　　前天遇见俺厂长，
　　　　　　　笑脸相迎把话拉，
　　　　　　　二贵呀，好好干，
　　　　　　　你的前程很远大。
　　　　　　　你听一听想一想，
　　　　　　　分明对俺要提拔！

菊　花　（唱）这个肥缺真不差，
　　　　　　　天天吃香又喝辣，
　　　　　　　逢年过节收礼品，
　　　　　　　人人见了说好话。
　　　　　　　你要真把主任当，
　　　　　　　早晚给你拜菩萨。

二　贵　（白）菊花呀！

菊　花　（白）哎！

二　贵　（唱）赶紧准备酒和茶，
　　　　　　　我给厂长把礼下。
　　　　　　　机会来了别错过，
　　　　　　　错过机会太可怕。

菊　花　（白）二贵呀！

二　贵　（白）哎！

菊　花　（唱）不必准备酒和茶，
　　　　　　　莫给厂长把礼下。
　　　　　　　主任住院已康复，
　　　　　　　明日上班笑哈哈。

二　贵　（唱）闻听此言如霜打，
　　　　　　　俺的头皮直发麻。
　　　　　　　都是厂长戏弄人，
　　　　　　　说俺前程很远大。

菊　花　（白）二贵呀！

二　贵　（白）哎！

菊　花　（唱）树上喜鹊叫喳喳，
　　　　　　　想想喜事还有啥？

二　贵　（白）菊花呀！

菊　花　（白）哎！

二　贵　（白）你问俺喜事还有啥？

菊　花　（白）对啊！

二　贵　（白）俺明白啦。

菊　花　（白）明白啥了？

二　贵　（唱）心里明白不能说，
　　　　　　　说出口来把锅砸。

菊　花　（唱）有话你就尽管说，
　　　　　　　吞吞吐吐不像话。

二　贵　（白）我说？

菊　花　（白）你说！

二　贵　（白）俺说实话？

菊　花　（白）俺不听假话！

二　贵　（唱）前天下班到桥下，
　　　　　　遇见同学杨彩霞，
　　　　　　小手搭在俺肩膀，
　　　　　　脸上笑成一朵花。
　　　　　　她问我娶没娶？
　　　　　　俺问她嫁没嫁？
　　　　　　甜言蜜语说不尽，
　　　　　　日落西山升月牙。

菊　花　（白）后来呢？
二　贵　（白）后来？
　　　　　（唱）电话号码都留下，
　　　　　　各自骑车回了家。

菊　花　（白）二贵呀！
二　贵　（白）哎！
菊　花　（白）你的意思是交桃花运了？
二　贵　（唱）是你让俺说实话，
　　　　　　俺也不必羞答答。
　　　　　　财运官运桃花运，
　　　　　　不会一样没有吧？

菊　花　（白）二贵呀！
二　贵　（白）哎！
菊　花　（唱）你的同学杨彩霞，
　　　　　　去年有了胖娃娃，
　　　　　　夫妻关系很融洽，
　　　　　　你就断了念想吧。

二　贵　（白）我就是瞎琢磨呗，你别当真。
菊　花　（白）二贵呀！
二　贵　（白）哎！
菊　花　（唱）树上喜鹊叫喳喳，
　　　　　　想想喜事还有啥？
二　贵　（白）菊花呀！
菊　花　（白）哎！
二　贵　（白）你问俺喜事还有啥？

菊　花　（白）对啊！
二　贵　（白）俺没啦。
菊　花　（白）真没啦？
二　贵　（白）真没啦。
菊　花　（唱）叫声二贵你听话，
　　　　　　拍拍自己脑门瓜。
　　　　　　今天是个啥日子？
　　　　　　什么喜事到咱家？
二　贵　（唱）拍了三下脑门瓜，
　　　　　　还是不懂你的话。
　　　　　　今天日子很平常，
　　　　　　什么喜事到咱家？
菊　花　（唱）叫声二贵你该打，
　　　　　　尽想好事忘了妈。
　　　　　　兄弟三个轮流养，
　　　　　　今日咱妈到咱家！
二　贵　（白）哎呀呀，该打，该打！
　　　　　（唱）树上喜鹊闹喳喳，
　　　　　　把俺二贵要羞刹。
菊　花　（唱）父母时刻记心上，
　　　　　　千万记住这句话。
二　贵　（白）菊花呀！
菊　花　（白）哎！
二　贵　（白）咱接妈去！
菊　花　（白）二贵呀！
二　贵　（白）哎！
菊　花　（白）走啊！
夫　妻　（唱）日出东山映朝霞，
　　　　　　小两口心里乐开花。
　　　　　　要问为啥这么乐？
　　　　　　欢天喜地去接妈！
　　　　〔二人造型。
　　　　〔幕落。

代理乡长

时　间　某日中午。

地　点　"丹顶鹤"大酒店。

人　物　郑大田 60 多岁，农民。

　　　　郑小林 30 多岁，代理乡长。

　　　　丹　萍 20 多岁，餐厅服务员。

〔幕启：郑大田夹一提包上。

郑大田　丹顶鹤大酒店？嗯，儿子说的就是这儿啦。

丹　萍　（上）大爷，您就餐来啦？

郑大田　不是就餐，就是吃个饭。四碗面条，一碗卤子，要大碗的。

丹　萍　大爷，您几个人？

郑大田　俩人，还有我儿子，指不定你认识。

丹　萍　你儿子我认识……他叫什么名字？

郑大田　郑小林，就在你们乡里工作。

丹　萍　您是郑伯伯呀！（打量）您穿的也太朴素了，差点没敢认出来。您赶紧请坐，郑乡长刚才来电话了，说开完会马上过来。

郑大田　他不是乡长，就是一个部门负责人，事挺杂的。

丹　萍　您还不知道呀？他现在是代理乡长了！

郑大田　代理乡长？这小子，这么大的事也不吱一声。上饭！

丹　萍　上饭？郑伯伯，郑乡长说了，午宴他要亲自安排。

郑大田　安排啥呀安排，我安排妥了，四碗面条，一碗卤子，不麻烦。

丹　萍　这肯定不行。再说，四碗面条谁能吃得下呀。

郑大田　能吃，每人两碗，肯定一根面条剩不下，比猫舔的还干净。

丹　萍　郑乡长能吃两碗面条？

郑大田　那你说的，在家的时候，三碗还不够，肚子撑得像怀了崽的小猪，滴溜滚圆。

丹　萍　在这，我可从来没见过他吃饭，甭说两碗面条。

郑大田　不吃饭，那吃什么？

丹　萍　吃酒呗。郑乡长海量，喝高兴了用大碗喝，人称"郑大官人"。

郑大田　郑大官人？水浒里那个杀猪卖肉的屠夫？让鲁提辖揍得满地找牙的那个镇关西？

丹　萍　我也不知道，反正都这么称呼他。

郑大田　郑乡长经常来这里？

丹　萍　常客。我们丹顶鹤大酒店是乡政府定点单位，这 102 房间就是郑乡长的专用包厢。

郑大田　这一顿饭得花多少钱？

丹　萍　不贵，少则三千五千，多则万儿八千的，反正不用个人掏包，郑乡长签字。

郑大田　乡政府有那么多钱？

丹　萍　拆东墙补西墙呗，就是这样，还欠我们 70 多万呢。

郑大田　欠你们 70 多万？那还不把他们赶出去？闺女，我跟你说，我开了一个小养鸡场，今天我是出去追要欠款的，这不，2500 块钱如数追回，都在提包里搁着。你一定记住，做生意决不能拖欠，一拖欠，就跟蛇咬了一样，生意准黄。

丹　萍　我们也没办法，得罪谁也不能得罪乡政府，是不是郑伯伯？

郑小林　（上）爹，爹！哎呀，工作实在太忙，有失远迎，儿子赔罪，赔罪！我代表乡党委乡政府及全乡 8 万人民对家父大驾光临表示最热烈欢迎！

郑大田　你看你，咱爷俩你还客气什么，少打官腔，你爹不习惯。

丹　萍　郑乡长，上茶不？

郑小林　丹萍小姐，我爹来了能不上茶吗？这还需要请示吗？抓紧的！

丹　萍　我的意思是，不知道郑伯伯喜欢喝哪种茶？

郑小林　最好最贵的，铁观音。

郑大田　什么玩意儿铁观音，观音是喝的吗？那得供着，送子观音知道不？当年就是我和你妈请了观音菩萨才生下你的，什么玩意儿。

郑小林　那就毛峰。

郑大田　别提毛蜂，大前天上山还让它蛰一下，那家伙蛰人不要命，一口下去，脖子上腾地鼓起一大包，现在还没消肿哩，还提毛蜂。

郑小林　那就毛尖。

郑大田　什么玩意儿冒尖？你就是个小小代理

乡长，你冒什么尖你冒尖？你有多大尖？不说不生气，就算你是尖，当上代理乡长也得给我打个招呼不是？

郑小林　我想等开完人代会，给你来个惊喜嘛。

郑大田　那我理解了。茶免了，我自个带着。（从提包找出半瓶矿泉水）还是这个顺口，满口水，解渴。

丹　萍　郑乡长，你看……

郑小林　那就赶紧上菜。

丹　萍　你还没点菜呢。

郑小林　那就上套菜。

丹　萍　套菜也得有个标准。

郑小林　按副县级标准，抓紧的。

郑大田　留步！请问郑代理乡长，副县级是个什么标准？

郑小林　爹，我们乡政府的招待是有着严格的区分和标准，通常情况下，正县级为最高档，也就是说，县委书记或者县长来了，按最高标准招待，32 道菜，缺一不可，白酒一律是国宴用酒。副书记、副县长还有重要部门负责人，这些领导来了，我们是按副县级标准，24 道菜，也是国宴用酒。第三档……

郑大田　打住！这么说，你爹今天享受的是副县级待遇了？

郑小林　是的，父亲。

丹　萍　可能还会增加一些特殊服务。

郑小林　你少插嘴！

郑大田　好哇，24 道菜，国宴用酒，还有特殊服务，我郑大田是做梦也没想到哇。郑代理乡长，你爹就是一个养鸡的个体户，今天顺道过来看看你，这标准是不是高了点？

郑小林　严格意义上讲是高了点，但凡事不能死搬硬套，要讲究机动灵活。只有这样，我们的思想才不会僵化，我们的各项工作才会取得实效。父亲虽然不是国家干部，更不是副书记副县长，但您是郑乡长的亲生父亲，就这一点上讲，您是可以享受的。

郑大田 你的意思是说，这顿饭我应该吃？

丹　萍 应该吃。

郑小林 不仅应该吃，重要的环节是一定要吃好喝好……

丹　萍 玩好。

郑小林 你抢啥话！一边去，抓紧的！吃好、喝好、玩……这充分体现了领导和客人对我们工作的鼓励和肯定，同时也为我们的发展指明了前进方向，为今后两个文明建设取得更大成就奠定了坚实基础，它的作用是不可估量的。归纳起来一句话，酒席宴上无小事，小事不周误大事。大事误了全盘输，全盘皆输自找的。这是我对吃好喝好一点粗浅的认识，不当之处，请父亲指正。

丹　萍 郑乡长看问题，独到，精辟。

郑大田 我看净是放屁。既然吃好喝好这么重要，这顿饭我不吃也得吃了。这么的，我现在是副县级对不对？

郑小林 准确地说是享受副县级，请注意，是享受。

郑大田 不管是香是臭，反正是副县级。我问你，郑代理乡长是哪一级？

郑小林 惭愧，本人现在还是副处。

郑大田 我再问你，副县大还是副处大？

郑小林 当然是副县大。

郑大田 很好。也就是说，我现在的级别比你高？

郑小林 事实正是如此。

郑大田 这就对了。你爹干过民兵排长，组织原则我懂，有一条是下级服从上级。

郑小林 对，个人服从集体，全党服从中央。

郑大田 那你得听我的。

郑小林 对于上级指示，我们的原则是，认真学习，深刻领会，坚决贯彻，半途而废。

郑大田 半途而废？对于上级指示，你们就是这个态度？

郑小林 朝令夕改，你不废也得废，你要不废，自找倒霉。

郑大田 我看这样，24道菜，我一个副县，你一个副处，俩人肯定吃不了。

郑小林 吃不了可以兜着走。

郑大田 我堂堂一个副县级，你让我吃不了兜着走，这多没面子，不好听，也不好看。

郑小林 这是跟您开个玩笑，哪有兜着走的？吃不了，撂这呗。

郑大田 这么多菜，就撂这了？

丹　萍 这是常事，吃不了，我们就倒掉。

郑大田 倒掉？这样，你报报菜名，我听听都是什么菜。

郑小林 给老爷子报报菜名，抓紧的。

丹　萍 蒸羊羔，蒸熊掌，蒸鹿尾儿，烧花鸭，烧雏鸡，烧子鹅，卤煮咸鸭，酱鸡，腊肉，松花，小肚晾肉，香肠，什锦苏盘，熏鸡，白肚儿，清蒸八宝猪，江米酿鸭子，罐儿野鸡，罐儿鹌鹑，卤什锦，卤子鹅，卤虾烩虾，炝虾仁儿，山鸡，兔脯，菜蟒，银鱼，清蒸哈什蚂，烩鸭腰儿，烩鸭条儿，清拌鸭丝儿，黄心管儿，焖白鳝，焖黄鳝……

郑大田 停，停，我怎么越听越耳熟，这不是那个谁说的相声报菜名嘛！

郑小林　是的，我们正是根据文段相声再结合当地的风味小吃制定出了具有浓郁地方特色的美味佳肴，供领导与客人选择，它的最大特点是：走进丹顶鹤，天下名吃尽掌握。

郑大田　我看是走进丹顶鹤，家穷国也破。败家玩意儿！

郑小林　同志，说话要注意自己的身份，你现在是领导干部，不是一般老百姓，什么玩意儿家穷国也破，这是很严重的政治问题，搞不好，是要摘掉乌纱帽的。

郑大田　我是养鸡的，哪有乌纱帽，有一个草帽还露顶了。

郑小林　一定要严肃，严肃知道吗？身在丹顶鹤，你就是副县级，不是在你两间养鸡棚里，可以满嘴獠牙胡咧咧。

郑大田　还满嘴獠牙，去年就掉光了，现在是满嘴假牙。

郑小林　假牙也不能说假话，是不是？刚才我是不了解情况，我的意思是，满嘴真牙也好，满嘴假牙也罢，说话不能满不在乎。

郑大田　是，是，郑代理乡长批评得对。

郑小林　什么玩意儿代理代理，你把代理去掉，说话还不直溜了？

丹　萍　郑乡长说得对，代理不能带。

郑大田　实话实说，你不就是个代理乡长嘛。

郑小林　我是你代理儿子，你愿意吗？再称呼一遍，抓紧的。

郑大田　郑！乡！长！

郑小林　这就对了。领导干部一定要时时处处维护好自己的形象，因为你代表的不仅仅是你自己，而是代表我们的党和政府。这一点，你不在其位，没有体会，

我是可以理解的。菜我想好了，第一道……

丹　萍　郑乡长，我记一下。

郑小林　第一道，鲜虾鲍汁海参，第二道……

郑大田　打住，打住。第一道是什么玩意儿？

丹　萍　鲜虾鲍汁海参。

郑大田　什么玩意儿？

丹　萍　就是大虾、鲍鱼、海参，一道菜吃三鲜。

郑大田　小虾吃过，鲍鱼听说过，海参没见过，还瘆人不？

丹　萍　不瘆人，营养可大了。

郑大田　这么的，闺女，咱不着急，先拿上来瞧瞧，你大爷吃东西挑食。

郑小林　拿一个让老爷子瞧瞧，抓紧的。

　　　〔丹萍端上。

郑大田　我的妈呀，这是海参？不是，这是豆虫！割豆子时候满地都是。有一年我领狗蛋……领着你们郑乡长去豆子地，撒泡尿工夫，就刨了满满一大碗。这家伙，放锅里用油一榨，又脆又香，那时家穷没好吃的，满满一大碗，全让郑乡长给吃了。到晚上肚子胀，放屁，那家伙臭的，满屋三间一个味，我和他妈捂着鼻子跑外面过了一宵。

郑小林　呇，呇，接着呇！

郑大田　你可能忘了。

丹　萍　郑伯伯，这真的是海参。

郑大田　不是，这是豆虫，它穿了黑马褂我也认得出来，不值钱，两毛一只。你这多钱一只？

丹　萍　郑乡长是我们的常客，优惠价80一只。

郑大田　走了。

郑小林　去哪？

郑大田　回家刨豆虫去，刨豆虫比养鸡划算。

养鸡多大成本，是吧，鸡苗，饲料，还得防疫，起早贪黑，费心费力，一年赚不几个钱。刨豆虫不费本不费力，只赚不赔，就这么定了，咱签个合同，我30一只卖给你，你赚大头，咱一手交货，一手交钱，不带拖欠的。

郑小林　闹，闹，闹什么玩意儿，什么豆虫合同的，不闹行不行？

郑大田　儿子，你说得对，咱们别闹了。你爹就是个养鸡的，不是副县级，中午饭我安排妥了，四碗面条，一碗卤子，你爹这个级别吃这个最合适。

郑小林　不喝点？

郑大田　不喝。

郑小林　你说你大老远来了，咱爷俩又很长时间没见面，哪能不喝点。

郑大田　那就喝点。闺女，有二两一瓶的二锅头没有？拿一瓶来。

郑小林　你看你又来了，你不是副县级，还是我亲爹，能让你喝二锅头吗？拿一瓶茅台，抓紧的。

郑大田　拿什么茅台拿茅台，冒牌，全假的。上个月，咱那地工商局在一家酒店查缴了300多瓶，咱家对门那个二楞子偷出一瓶，回家喝了，现在还说胡话，管他爹叫大舅哥。这酒不能喝。

郑小林　你净瞎扯，二楞子前天还来过请我吃饭，活蹦乱跳个人。

郑大田　活蹦乱跳是吧？那是留下的后遗症。

郑小林　我说活蹦乱跳，那是人家有精气神。你看我喝了多少年茅台，不是还叫你爹嘛？都是正规渠道进的货，您放心，是儿子要孝敬您的。抓紧的！

〔丹萍端一瓶茅台上。

郑大田　是你孝敬我的？

郑小林　可不是咋的。

郑大田　我喝？

郑小林　喝呀！

郑大田　不能喝，要喝了叫你大舅哥，你爹就赔大了，赶紧退回去。

郑小林　什么玩意儿退回去，已经打开了。

郑大田　打开了？打开就退不回去了？

郑小林　你说你是个养鸡的，人家把鸡给你退回来，你能答应吗？

郑大田　那不喝也得喝了。（自斟自饮）哎呀，这酒还真不是假货，比咱老家的高粱酒香多了。

郑小林　那是，国宴用酒。整点小菜，抓紧的！

郑大田　不用。你爹当年嚼着铁钉子也能喝两瓶，这瓶酒我全包了。

郑小林　什么玩意儿你全包了，给我倒一杯，不是还有个祝酒词嘛。

郑大田　不用，咱爷俩还祝什么词？我又不是副县级，就是个养鸡的……

郑小林　祝酒词都是现成的，倒一杯，抓紧的！

郑大田　我想起来了，当年你娶媳妇的时候，我说过祝酒词，往台这么一站，我的妈呀，手直哆嗦，浑身冒汗，就说了俩字，散会！那家伙下面笑的，一筷子还没动呢。祝酒词不好说。

郑小林　你说不好，不代表别人说不好，长江后浪推前浪，儿子更比老子强。

郑大田　是，儿子把爹拍到沙滩上。那就给儿子倒一杯，别把你爹拍死了。

郑小林　（清嗓）春雨惊春清谷天，夏满芒夏暑相连，在这春暖花开，姹紫嫣红的美丽季节，我们无比高兴地迎来了……

郑大田　停，停，什么玩意儿，都立秋了。

郑小林　立秋了吗?

丹　萍　是立秋了。

郑小林　哦,那是把词张冠李戴了。立秋了是吧?这样,在秋处露秋寒霜降,即将迎来冬雪冬小大寒的残酷季节,我爹的光临好比温暖的春风,吹绿了大江两岸,吹绿了野岭荒山,吹绿了每个人的心田,也吹绿了我的双眼……

郑大田　别吹了,你把眼睛都吹绿了,再吹都变成绿毛龟了。

郑小林　你说你打啥茬,没看我正激动澎湃着吗?眼睛是心灵的窗户,心绿眼睛肯定绿,它要不绿,那是不同步,是吧,说得高雅一点,这叫合辙押韵。

郑大田　说得通俗一点,这叫对牛弹琴!你吹不行,要吹,还得看你爹的。(吹瓶)

郑小林　再拿一瓶,抓紧的!

郑大田　不用,你爹就喝一瓶,也不用你陪,你就站着,看着我喝。(醉意)儿呀,你变了,不是以前那个狗蛋了,变得让爹都不敢认了。

郑小林　我变了吗?

郑大田　变了。

郑小林　没变。要说变,肚子比以前胖了点,脸庞比以前光了点,腰杆子比以前直溜点,权比以前大了点。还有吗?

郑大田　心比以前黑了点。

郑小林　什么玩意儿心比以前黑了点,说着说着就没正经话了你。

郑大田　儿呀,你知道你爹养鸡最怕什么?

郑小林　怕鸡瘟,多简单的问题。

郑大田　不对,再猜。

丹　萍　怕黄鼠狼。

郑大田　闺女说得对,你爹养鸡最怕黄鼠狼。知

道为什么吗?黄鼠狼偷鸡。刚养鸡的时候,头一晚上丢了一只鸡,我有点纳闷,第二天晚上丢了两只鸡,我还纳闷,第三晚上丢了三只鸡,我不纳闷了。

郑小林　为什么不纳闷?

丹　萍　让黄鼠狼偷去了呗。

郑大田　聪明,闺女聪明。黄鼠狼胆子大,不到半月工夫,100只鸡苗只给我剩下30只。

郑小林　抓呀!

郑大田　抓,后来还真抓了一只。提审,惊堂木一拍,啪!大胆黄鼠狼,为何偷鸡?你道黄鼠狼说什么?黄鼠狼咯咯一笑,说,你欠我70万,就不许偷你70鸡?我一听纳闷,哪个欠你70万?黄鼠狼理直气壮回答,是你儿子!哪里欠的?丹顶鹤大酒店!可有真凭实据?有你儿子亲笔签字!

郑小林　胡咧咧啥呀你,一瓶酒下肚,还变成说书先生了!喝高了吧?

郑大田　闺女,我喝高了吗?

丹　萍　没高。

郑大田　是,没高。儿呀,我再问你,知道老百姓最怕什么吗?

郑小林　怕灾荒,你能不能问点有点智商的。

郑大田　就你这智商,拉倒吧。告诉他,老百姓最怕什么。

丹　萍　老百姓最怕贪官。

郑大田　对,老百姓最怕最恨的就是像你们这样的官。你说你现在还是一个代理乡长,天天花天酒地,公款吃喝,对上级阿谀奉承,对百姓不管不问,一年四季都分不清楚,你说你这样的人当乡长,老百姓哪天能过上好日子!儿

呀，这官咱不能当了，听爹一句话，跟我回家养鸡去。

郑小林　我还跟你养兔子去。这是官场，不是饲养场，你懂不懂？

郑大田　不管是官场，还是饲养场，照你这样下去，将来不会有好下场。你不是叫什么水浒里那个郑大官人吗，迟早让鲁提辖给收拾了。

郑小林　什么玩意儿云山雾罩的，还扯上水浒了。

郑大田　儿子，爹给你说实话，爹知道，铁观音、毛峰、毛尖，这是多好的茶，你爹一辈子也没喝过呀。大虾、鲍鱼、海参，这是多好的菜，你爹一辈子也没尝过呀，你爹不想吃还是不想喝？我想吃也想喝，可是吃了喝了，这是糟蹋咱政府的钱，糟蹋咱老百姓的钱哇！这是犯法！儿子，别折腾了，把政府的日子当成自己的日子过，这才是正道。爹的话说完了，你自己看着办吧。倒酒！全倒上，哦，没了，结账！

郑小林　不喝了？

郑大田　不喝了。

郑小林　上饭。

郑大田　饱了。

郑小林　不吃咋饱了呢？

郑大田　气饱了。

郑小林　不吃不喝，那就结账，抓紧的！晚上还有三大桌等着呢。

丹　萍　正好 2500 元。

郑大田　闺女，能不能省个零，你大爷出去要分钱也不容易。

丹　萍　去个零，那不成二百五了？

郑大田　还不如二百五呢，生了这么个败家玩意。今天算是白跑一趟了，给，提包里正好这个数。

郑小林　什么玩意儿你拿钱，账单上我签字。

郑大田　你签啥字你签字，你再签字，我的鸡全让黄鼠狼叼去了。

郑小林　爹，爹，你别走，我签字！（追下，幕落）

原载《剧作家》2018 年第 2 期

挂灯笼

时　间　现代。

地　点　农村。

人　物　赵明成，村支部书记。

　　　　钱广忠，军属老大爷。

　　　　孙其旺，青年木匠。

　　　　李玉荟，中年妇女。

〔幕启：伴着欢快的节拍，赵明成手提一个"光荣人家"的大红灯笼，兴高采烈上。

赵明成　大年三十暖融融，

　　　　大街上走来我支书赵明成。

　　　　手提一个红灯笼，

　　　　心里别提多高兴。

　　　　军属大爷钱广忠，

　　　　他送儿子去当兵。

　　　　前天大红喜报寄回家，

　　　　今日我去他家挂灯笼。

　　　　一路走来一溜风，

　　　　一路尽是好光景：

　　　　男爷们把那对联贴，

　　　　人在欢乐幸福中；

　　　　妇女们忙着年夜饭，

　　　　鸡鸭鱼肉它香味浓。

　　　　（大笑）哈哈哈……！

　　　　大姑娘窗前贴窗花，

　　　　一对鸳鸯戏水中；

　　　　小顽童挑着一串红炮仗，

　　　　噼噼啪啪它响连声。

　　　　都是党的富民政策好，

　　　　才有小康社会热腾腾！

　　　　（手舞足蹈，绕场）

　　　　嘿，前面就是老钱家，

　　　　刚贴的春联像彩虹。

　　　　我亮开嗓门喊一声：

　　　　老钱，快快出来接红灯！

〔钱广忠一身新衣，精神矍铄上。

钱广忠　忽听门外一声喊，

　　　　定有贵客到门前。

　　　　大红灯笼亮闪闪，

　　　　让我突然有灵感。

　　　　赵书记来了？快请屋里坐。

赵明成　老钱！

　　　　客套话你不要讲，

　　　　哪儿有工夫唠家常？

　　　　你是军属老大爷，

　　　　我送灯笼到门上。

钱广忠　叫声书记先别忙，

　　　　有件事情要商量。

　　　　想我老钱太平常，

　　　　你挂灯笼不应当。

赵明成　儿子立功受表彰，

　　　　全村老少都荣光。

　　　　你家挂上光荣灯，

　　　　理所当然别谦让。

钱广忠　儿子当兵理成章，
　　　　青年就该有志向。
　　　　相比咱村孙其旺，
　　　　他挂灯笼最相当。

赵明成　孙其旺？老钱呀！
　　　　孙其旺，是木匠，
　　　　抓锛砍斧是内行。
　　　　"光荣人家"大红灯，
　　　　不是想挂就挂上。

钱广忠　孙其旺，好榜样，
　　　　他的事迹我来讲。

赵明成　你讲！

钱广忠　今年秋季雨势猛，
　　　　山洪暴发浪汹涌。
　　　　我回家途中落了水，
　　　　大水没了我头顶。
　　　　叫天天不应，
　　　　叫地地不灵。
　　　　老汉只等一命休，
　　　　顺着漩涡往下冲。
　　　　这时候一个身影跳下水，
　　　　才让我鬼门关里逃了生。
　　　　他就是青年木匠孙其旺，
　　　　舍生忘死真英雄！
　　　　好青年做事不扬名，
　　　　叮嘱我对外千万别吱声。
　　　　为了我，他木匠担子被卷走，
　　　　为了我，他满身伤痕让人痛；
　　　　为了我，他在家养伤三个月，
　　　　为了我，他医疗花去四千整。
　　　　救命之恩不能忘，
　　　　我登门拜谢表心情。
　　　　他坚辞不授说应该，
　　　　舍己救人要继承！

　　　　赵书记你听一听，
　　　　他该不该挂上光荣灯？

赵明成　该，该！
　　　　一番话让人受感动，
　　　　孙其旺不愧好标兵。
　　　　他早有入党申请书，
　　　　对党特别有感情。
　　　　这样的青年入了党，
　　　　我们的未来有希望！

钱广忠　说得好，真好听，
　　　　你我给他去挂灯。

赵明成　你提灯笼前边走，
　　　　后边跟着赵明成。

（钱接过灯笼，两人欢快地秧歌式绕场）

钱广忠　钱老汉，前边走，
　　　　转眼到了大门口。
　　　　亮开嗓门喊一声：
　　　　其旺出来快接灯。

孙其旺　忽听门外一声喊，
　　　　定有贵客到门前。
　　　　书记钱叔肩并肩，
　　　　不知登门为哪般。
　　　　书记和钱叔，快请屋里坐。

赵明成　其旺！
　　　　客套话你不要讲，
　　　　哪有工夫唠家常？
　　　　你是咱村好青年，
　　　　红灯挂在你门前。

孙其旺　书记话，听不懂，
　　　　为何给我挂红灯？
　　　　我不是军属老大爷，
　　　　更不是光荣退伍兵，
　　　　没有伤残立过功，
　　　　你挂红灯我心惊。

赵明成　你的事迹受人敬，
　　　　舍生忘死救人命；
　　　　做了好事不留名，
　　　　就是当今活雷锋；
　　　　高尚品德人称颂，
　　　　理应挂上红灯笼。

孙其旺　叫声钱叔不应该，
　　　　怎把事情说明白？
　　　　别人遇到这种事，
　　　　也会挺身站出来。

钱广忠　救命之恩似海深，
　　　　灯笼代表我的心。
　　　　"光荣人家"比金贵，
　　　　这盏红灯你最配！

赵明成　对对对，对对对，
　　　　这盏红灯你最配！

孙其旺　要说配，我不配，
　　　　最配要属李玉荟。

赵明成　李玉荟？其旺呀！
　　　　玉荟她在养鸭场，
　　　　养鸭孵蛋是内行。
　　　　"光荣人家"大红灯，
　　　　不是想挂就挂上。

孙其旺　李玉荟，女中强，
　　　　他的事迹我来讲。

赵明成　你讲！

孙其旺　李玉荟，建鸭场，
　　　　艰苦创业日夜忙。
　　　　乱葬岗上搞勘察，
　　　　不毛之地盖厂房。
　　　　汗水换来丰收果，
　　　　鸭场一天一个样。
　　　　勤劳致富不忘本，
　　　　事事处处做榜样：

　　　　不坐豪华车，
　　　　不购商品房。
　　　　一日三餐粗茶饭，
　　　　上班下班穿工装。
　　　　她对自己严要求，
　　　　却对别人热心肠。
　　　　捐资助学真慷慨，
　　　　扶贫济困有担当。
　　　　我爹走路不方便，
　　　　她将轮椅送门上；
　　　　妻子生病住医院，
　　　　嘘寒问暖又解囊。
　　　　想一想，算一算，
　　　　她的事迹说不完。
　　　　赵书记你听一听，
　　　　她该不该挂上光荣灯？

赵明成　该，该！
　　　　一番话让人受感动，
　　　　李玉荟不愧女精英；
　　　　真善美风尚要发扬，
　　　　人人有一颗好心灵；
　　　　我要告知电视台，
　　　　把她事迹传播开。

孙其旺　说得好，真好听，
　　　　咱们给她去挂灯。

赵明成　你提红灯前边走，
　　　　我俩跟着后面行。

（孙接过灯笼，三人欢快绕场）

孙其旺　孙其旺，前边走，
　　　　转眼到了大门口。
　　　　亮开嗓门喊一声：
　　　　嫂子出来快接灯。
　　　〔李玉荟满面春风上。

李玉荟　忽听门外一声喊，

153

定有贵客到门前。

手里提着大红灯，

不知找俺啥事情？

你们都来了？快请屋里坐。

赵明成 玉荟！

客套话你不要讲，

哪有工夫唠家常？

你的事迹俺刚听，

特意给你来挂灯。

钱广忠 对对对，

你的事迹俺刚听，

特意给你来挂灯。

李玉荟 给俺挂灯俺不配，

这要羞刹李玉荟。

妇道人家见识短，

除了养鸭啥不会。

力所能及做点事，

俺就图个心不愧。

要问灯笼挂给谁？

我有一人他最配！

众 人 谁？

李玉荟 这个人，响当当，

他的事迹我来讲。

众 人 你讲！

李玉荟 咱们村庄有今天，

他的功劳大无边。

带领大家修公路，

公路修到家门前。

山楂樱桃不愁卖，

价格连年往上翻；

前几年里吃水难，

遇上旱天更难看。

他想方设法铺水管，

自来水哗哗像甘泉。

四面环山地偏远，

通讯不畅惹人烦。

他啃书本搞科研，

信号塔耸立在山巅。

山沟沟里有特产，

矿泉水就是好资源。

他引进资金和技术，

咱的品牌受人赞。

他流过血淌过汗，

他是全村的领头雁。

集体经济稳如山，

个体企业大发展。

山乡处处美如画，

家家户户笑开颜。

同志们，听一听，

他该不该挂上光荣灯？

钱、孙 这是咱的赵书记啊？该！该！

赵明成 不该！不该！

众 人 该！该！（孙将灯给赵，赵给钱，钱给孙，孙给李……众人大笑）

大红灯笼手中传，

一段佳话谱新篇。

光荣人家你我他，

百花盛开春满园！

〔欢笑声中幕落。

后 记

经过近一年的修改整理，《胡峄阳传说剧本集》终于要付梓出版。这个剧本集，主要是胡峄阳事迹编创的《胡影寻父》《胡峄阳文学》和《胡峄阳救即墨城》3个剧本，同时收有于孝修先生近几年创作的其他小剧本。

胡峄阳是优秀传统文化中的一位历史人物，著述颇丰。其著述连同他的传说，为后人留下了十分丰富的文化养分。以胡峄阳文化为题材的戏剧、文学、书法、绘画等诸多形式的艺术创作，既传播弘扬了峄阳文化精神，也为诸多门类的艺术创作者提供了取之不尽用之不竭的创作素材。相信在日后的文化传承保护工作中，会有更多的精彩作品不断涌现出来。

在编辑《胡峄阳传说剧本集》的过程中，我们得到了社会各界人士的大力支持，借此出版之机，谨致以诚挚的感谢！

编者

2020 年 7 月

图书在版编目（CIP）数据

胡峄阳传说剧本集 / 刘世洁主编. -- 青岛 ：中国
海洋大学出版社，2020.11
ISBN 978-7-5670-2644-5

Ⅰ．①胡… Ⅱ．①刘… Ⅲ．①剧本－作品综合集－中
国－当代 Ⅳ．①I230

中国版本图书馆CIP数据核字（2020）第227930号

出版发行　中国海洋大学出版社
社　　址　青岛市香港东路23号　　　　邮政编码　266071
出 版 人　杨立敏
网　　址　http://pub.ouc.edu.cn
电子信箱　1774782741@qq.com
订购电话　0532-82032573（传真）
责任编辑　邹伟真　　　　　　　　　　电　　话　0532-85902533
装帧设计　孙友军
印　　制　青岛鑫源印刷有限公司
版　　次　2020年11月第1版
印　　次　2020年11月第1次印刷
成品尺寸　210mm×285mm
印　　张　10.5
字　　数　249千
印　　数　1-1000
定　　价　98.00元